Niki Osl

Die Gräfin in mir

Roman

Besuchen Sie uns im Internet:
www.hockebooks.de

Niki Osl: Die Gräfin in mir

Coverillustration: Kera Till

Realisierung der Print-Ausgabe durch TALOS Media Services, Hamburg, www.talos-media.de

Printed in Europe

ISBN: 978-3-95751-133-1

Besuchen Sie die Autorin im Internet:
www.misslillyshats.com

»… war ich da ein Mensch, der träumt, er sei ein Schmetterling, oder bin ich jetzt ein Schmetterling, der träumt, er sei ein Mensch?«

Tschuang-Tse

»Ich bin wohl eher ein Elefant, der träumt, er wär ein Walross!«

Jessy Stein

»Achtung! Eichkätzchen!«, will ich schreien, es kommt aber nur ein leiser Ton aus meinem Mund und ich schaue mich beschämt um. Es scheint mich niemand bemerkt zu haben, auch nicht das wuschelige, rotbraune Tier, das sich im Affentempo, fest seine Beute umklammernd, auf direktem Weg auf mich zu befindet. Sein Ziel: der noch immer sehr kahl aussehende Baum hinter mir. Ungeschickt mache ich einen Schritt zur Seite, um dem kleinen Nager nicht im Weg zu stehen, aber alle Mühen sind umsonst, sein pelziges Köpfchen rammt mein elefantöses rechtes Schienbein. Das Eichhörnchen schüttelt sich kurz verwirrt und nimmt wieder den Baum in Angriff. Manchmal habe ich wirklich das Gefühl unsichtbar zu sein. Was heißt manchmal …

Ein bisschen bekümmert setze ich meinen Weg fort. Wien ist meine Heimatstadt. Hier bin ich aufgewachsen und ich mag es, hier zu leben. Manche Bezirke mag ich weniger und manche mehr. Es gibt für mich immer wieder Neues zu entdecken, Häuserfronten, an denen ich täglich vorbeigehe und irgendwann durch Zufall hinaufschaue, überrascht, welche verspielten Stuckdetails sich an der Fassade befinden, die ich nie wirklich beachtet habe.

Wir haben Frühsommer, aber es wird nicht wirklich warm, die Menschen auf den Straßen sind grantig. Obwohl die Stadt wunderschöne alte Häuser und tolle geheime Plätze hat, werden die von den Einwohnern bei miesem Wetter nicht gewürdigt, und jeder hastet nur schnell durch die Straßen. Ich gebe zu, auch ich bin da nicht anders. Selten bleibe ich stehen, um das Flair der Monarchie einzuatmen, denn zu sehr bin ich damit beschäftigt, mich über das schlechte Wetter zu ärgern, oder ich werde gerade von einem Eichkätzchen fast niedergemäht. Es sollte warm sein und die kleinen Cafés sollten ihre Schanigärten öffnen, aber das Wetter spielt nicht mit. Die Stadt ist grau in grau getaucht und jeder sehnt sich nach den ersten Sonnenstrahlen. So mache ich mich auf den Weg in mein Büro. Die U-Bahnen sind vollgestopft und ich dränge mich in einen kleinen freien Winkel. Jeden Tag dasselbe, den ganzen Tag sitze ich dann in einem Großraumbüro und habe wenig mit den anderen Mitarbeitern zu tun, worüber ich eigentlich froh bin; ich will nur meine Arbeit machen und dann nach Hause.

»Jessy, hören Sie mir zu? Alle Verträge müssen noch abgetippt werden – bis heute Nachmittag.« Ich fühle, wie meine Wangen erröten, und nicke eilig. »Wo Sie immer mit Ihren Gedanken sind …« Frau Herz bricht mitten im Satz ab, lächelt mich mit einer süßlichen Arroganz an und geht wieder.

Ich sehe ihr nach und verspüre wieder das Gefühl der Machtlosigkeit. Warum habe ich nicht protestiert? Ich komme jetzt schon nicht mit der Arbeit nach. Frau Herz ist so alt wie ich, hat es aber durch ihr selbstbewusstes Auftreten und ihre Zielstrebigkeit bis ganz nach oben in die Chefetage geschafft. Sie hat eine lange, wallende blonde Mähne und endlos lange Beine, die es einem mit Sicherheit erleichtern, weite Schritte im Leben zu gehen.

Ich schaue an mir herunter und es wundert mich nicht, dass ich da bin, wo ich bin. Ich heiße Jessy, bin 32 Jahre alt und mag mich nicht sonderlich. Meist komme ich mir vor wie ein gestrandeter Wal, der in Fettnäpfchen schwimmt. Mein mausbraunes, halblanges Haar ist dünn und ich stecke es eigentlich immer irgendwie zusammen. Meine Augen sind wahrscheinlich das einzige Außergewöhnliche an mir, sie haben einen aquamarinfarbenen Ton, und manchmal finde selbst ich sie ganz hübsch. Ach ja, und ich kann mit meinem Kater sprechen. Das hört sich spektakulär an, ich habe mich aber schon daran gewöhnt. Leider kann ich es auch niemandem vorführen, weil nur ich Whisky verstehe und er sich weigert, wie eine Zirkuskatze irgendwelche Kunststücke vorzuführen. Mit anderen Tieren gelingt mir das leider nicht. Als ich versucht habe, in Zoos oder Parks mit diversen Tieren zu kommunizieren, hat mich das schon in einige komische Situationen gebracht. Zwar kenne ich jetzt alle Tierpfleger, aber ich denke trotzdem, es ist besser, diese Fähigkeit für mich zu behalten. Hier an meinem Schreibtisch fühle ich mich oft, als würde mich niemand bemerken, wie gesagt ein Gefühl, das ich gut kenne und über das ich oft froh bin. Ich bin abgeschirmt durch eine aufstellbare Wand, so wie die anderen Schreibtische auch, das soll wohl ein wenig die Atmosphäre von Individualität geben. Ich habe, seit ich diesen Platz bezogen habe, aber nichts großartig daran verändert. Außer einem kleinen Kaktus, den ich zum Arbeitsbeginn von meiner Mutter geschenkt bekommen habe, und ein paar Stiften habe ich nicht viel Persönliches hier. Die anderen haben ihre Kojen mit Postern von fernen Ländern und Bildern von ihren Liebsten geschmückt. Ich wüsste nicht, was ich da, außer einem Bild von meinem Kater, aufhängen sollte.

»Jessy, kommen Sie bitte in mein Büro.« Da steht er. Direkt vor mir, der fabelhafte Daniel, mein Chef. Nervös ziehe ich meinen ohnehin schon zeltartigen Pullover noch länger. Es wird gemunkelt, dass Daniel ein Verhältnis mit Frau Herz hatte, wobei er damals noch verheiratet war. Für mich ist er Millionen Kilometer entfernt, egal ob verheiratet oder nicht. Er hält mir geduldig die Tür zu seinem Büro auf, obwohl ich in seinen Augen eine gewisse Unruhe erkennen kann. Seit dreieinhalb Jahren arbeite ich hier im Verlag als persönliche Assistentin von Daniel. Ob er mich jedoch wirklich schon einmal bemerkt hat, bezweifle ich. Bei der Entscheidung für meinen Job vermute ich stark, dass seine Frau mich ausgewählt hat, weil ich wohl die geringste Gefahr war.

Es ist nicht mein Tag. Erschöpft und ausgelaugt stoße ich die Eingangstür auf, meine Schritte hallen in dem alten Jugendstilhaus, in dem ich ein kleines Dachatelier bewohne, wider, wobei mein Kater Whisky wohl mehr hier wohnt als ich. Es ist wieder spät geworden und eigentlich will ich nur noch ins Bett. Auf dem Heimweg liegt ein chinesisches Restaurant, das mich mittlerweile besser kennt als meine Familie. Trägt auch nicht gerade zu Kleidergröße 36 bei, aber was soll's. In der Nacht sind alle Katzen grau und so schleiche ich mich durchs Treppenhaus in meine Wohnung. Whisky hebt den Kopf, als ich eintrete. Langsam streckt er eine Pfote nach der anderen und gähnt ausführlichst. »Da ist sie ja, meine Einzige, meine Liebste, mein Augapfel …«

»Ist schon gut, du kriegst gleich was zu Essen!« Wenigstens werde ich mit den nettesten Worten empfangen, die ich heute gehört habe. Whisky schmiegt sich an meine Beine. Sein Fell fühlt sich samtweich an und meine Stimmung hebt sich wieder ein bisschen. Ich teile mein Hühnchen mit Reis gerecht auf und serviere Whisky seinen Teller.

»Schon wieder?«, brummt er vor sich hin.

»Andere Katzen würden sich freuen, wenn sie jeden Tag Hühnchen bekämen!«, brumme ich zurück.

Seine großen Augen funkeln mich an, das ist seine wunde Stelle. Er mag es nicht, mit anderen Katzen verglichen werden, denn auch, wenn ich ihn im Tierheim gefunden habe, hat Whisky adelige Wurzeln – behauptet er zumindest.

Ich kann mich noch genau erinnern, wie ich ihn das erste Mal gesehen habe, wobei – ich habe ihn eigentlich mehr gespürt. Katzen habe ich schon immer geliebt, aber ich durfte nie eine eigene haben. Meine Mutter gab eine Allergie vor, aber ich glaube, sie wollte nicht noch mehr angebunden sein, als es sie durch mich eh schon war. Sobald ich meine erste eigene Wohnung hatte, bin ich schnurstracks ins Tierheim. Es war herzzerreißend – die vielen armen, nicht mehr gewollten Tiere. In dem Wissen, nur einem von ihnen ein Zuhause bieten zu können, wollte ich natürlich die richtige Wahl treffen. Doch gibt es die richtige Wahl? Denn jeder dieser Vierpföter hätte es verdient, geliebt zu werden, und ich werde es nie verstehen, wie manche Menschen ihr heißgeliebtes Tier nach etlichen gemeinsamen Jahren einfach so zurücklassen können. Wehmütig sah ich mich um und als Erstes sprang mir eine schwarze Katzendame ins Auge. Ich war gerade auf der Suche nach einem Pfleger, um mich nach ihr zu erkundigen, da wurde ich zurückgehalten. Von einer Tigertatze, deren Krallen sich fest in meine Strümpfe gruben. Fluchend habe ich den Übeltäter identifiziert – es war Whisky. Irgendeine Stimme flüsterte mir zu: »Das ist Fügung. Schicksal.«

Das war es wohl auch, wobei ich später festgestellt habe, dass es Whiskys Stimme war, die mir das zugeflüstert hat. Also habe ich ihn eingepackt und mit nach Hause genommen. Immer öfter begann ich Stimmen zu hören. Um genau zu sein, immer die gleiche Stimme, und ich zweifelte bald an meiner psychischen Gesundheit. Irgendwann habe ich dann aber einfach akzeptiert, dass ich wohl der einzige Mensch bin, der mit seinem Kater sprechen kann. Psycho hin oder her, für mich ist es nun mal so.

Gemeinsam schlagen wir uns unsere nicht wenig üppigen Bäuche voll und schweigen.

Irgendwie bin ich noch immer beunruhigt wegen des Gesprächs mit Daniel. Nachdem er mich in sein Büro gerufen hatte, ist er eine Weile unruhig auf seinem Sessel herumgerutscht – hat nebenbei umwerfend ausgesehen – und hat mich dann mit einer kleinen Aufgabe wieder hinausgeschickt. Aber wahrscheinlich mache ich mir zu viele Gedanken. Ich sollte jetzt einfach mal schlafen gehen, morgen würde dann bestimmt ein neues Leben beginnen. Ich klemme mir einen universellen Lebensratgeber, *Werde die Frau, die du sein willst*, unter den Arm und werde eben die Frau, die ich sein will: die Frau, die schläft. Whisky rollt sich neben mir ein und tut es mir gleich.

»Nein, ich will noch nicht aufstehen!«

»Huuuuuuunnnggggggeeeeerrrrr«, schnurrt Whisky in mein Ohr.

»Es ist sechs Uhr früh, wann lernst du endlich, dass ich nun mal keine Frühaufsteherin bin?«

»Wenn du endlich lernst, dass ich ein Frühhungriger bin! Oder wäre es dir lieber, wenn ich wieder im Tierheim leben würde, halb verhungert und vernachlässigt und … und …«

Warum können Tiere das? Sie schauen einen an und man hat das Gefühl, sie treffen einen mitten ins Herz, in einer unglaublich schmerzlichen Weise. Wenn es dann auch noch mit Worten untermalt wird, fällt es schwer, kein schlechtes Gewissen zu bekommen. Ich hebe meinen kleinen Moppel hoch, knuddel ihn und bedecke ihn mit Bussis.

»Igitt! Ich will Futter! Na gut, ein bisschen kuscheln ist auch nicht so schlecht.« Geduldig erträgt er meine Zuwendung.

Ich schlurfe in die Küche, taste mich noch immer etwas schlaftrunken durch die Schubladen und ziehe dann ein Schälchen heraus.

»Kalb! Ist das genehm, der Herr?«

»Ja, Jessy, ich hab dich lieb!«

»Wegen des Kalbs?«

»Auch, aber einfach so. Ich finde es nicht so schlecht mit dir. Wobei ich nicht mag, dass du immer so lange arbeitest, und irgendwie finde ich, du könntest dein Fell mehr pflegen, du glänzt nicht.«

»Ach Whisky … Schau mich doch mal an, was soll ich da noch tun? Ich könnte mir ein Zelt bauen oder in ein Land ziehen, wo nur Riesen leben, da würde ich dann zart wirken.«

Whisky putzt sich mit der Pfote akribisch das Ohr und erwidert: »Für mich bist du genau so schön, wie du bist, und ein bisschen was um die Hüften kann in schlechten Zeiten nie schaden! Geh doch mal wieder aus!«

»Du bist eine Katze und nicht meine Mutter …«

»Ich bin ein Kater!«

»Entschuldige bitte, natürlich, du bist ein Kater, aber du weißt, ich habe viel zu tun und meine Freundinnen haben alle Partner und ich will mich nicht dem Schaulaufen unter all den jüngeren, dünneren, hübscheren Frauen stellen.«

Damit ist für mich das Thema beendet. Ich fühle mich traurig, denn ich weiß, dass etwas mit mir nicht stimmt. Mein Leben kommt irgendwie nicht in die Gänge. Nach meinem abgebrochenen Publizistikstudium habe ich den Job im Verlag angenommen und dachte, es wäre nur vorübergehend. Ich dachte auch, meine zehn Kilo zu viel wären nur vorübergehend. Das war nach meiner Beziehung mit Tom. Aber es geht mir gut. Ich habe nur im Moment keine Lust. Das wird sich schon ändern, irgendwann.

Nachdem ich heute erst später im Verlag sein muss, aber schon allzu früh geweckt wurde, beschließe ich, mir Whiskys Worte zu Herzen zu nehmen, und, bevor ich mich in den Arbeitsalltag stürze, wieder mal einen kleinen Shoppingbummel zu machen. Ich sollte mir zumindest ein, zwei neue Stücke gönnen. Eigentlich bin ich ein kleiner Modemuffel, einkaufen macht nun mal wenig Spaß, wenn man nicht die richtige Figur besitzt, aber das versuche ich so gut wie möglich zu verdrängen. Auf dem Weg ins Büro liegt eine Einkaufsstraße mit vielen neuen Läden, in denen ich noch nie war. Da gibt es diese neue Jeansmarke, die laut den Zeitschriften so beliebt ist und die alle Stars und die, die es noch werden möchten, tragen. Also eigentlich nicht das Richtige für mich, aber laut meinen Ratgebern »darf« man ja so nicht denken, sondern soll sich das Beste vom Besten gönnen. Dann ändert sich auch die Sicht der anderen und man zieht wie magisch nur noch Gutes an, oder so ähnlich.

Ich betrete den minimalistisch eingerichteten Laden, der in einem schönen Altbau liegt.

Schon steht eine übercoole, überschlanke, übergroße Verkäuferin neben mir, die eher wie ein Model wirkt. Arrogant mustert sie mich von oben bis unten. »Kann ich helfen?«, ist ihre schnippische Frage.

»Ich wollte mich bloß einmal umschauen«, antworte ich eingeschüchtert.

Sie nickt und bleibt trotzdem neben mir stehen.

Geschäftig beginne ich, die Stangen, auf denen die Jeans hängen, zu durchforsten. Da entdecke ich ein Modell, das mir gefällt. Ausgewaschen und Bootcut-Schnitt, eigentlich genau meines.

Das »Model« nimmt sie mir gleich aus der Hand. »Welche Größe?« Ich nenne ihr meine Größe und sie schnaubt unüberhörbar. »Tut mir leid, aber in dieser Größe führen wir nichts. Ich bringe Ihnen die größte Größe. Aber vielleicht schauen Sie sich besser bei den Herrenhosen um?«

Was haben die hier? Nur Kindergrößen? Es scheint ihr ein unglaublicher Aufwand zu sein, im Lager die Hose herauszusuchen, aber eine Viertelstunde später bringt sie sie mir schließlich doch. Ich verziehe mich in die Garderobe und versuche so gut wie möglich mit den Vorhängen, die einfach nicht lang genug sind, den Blick auf mich zu verdecken. Ich schlüpfe in die Hose und merke schon: Das wird eng. Ich hüpfe auf und ab, um mich irgendwie hineinzuzwängen. Das wäre doch gelacht, ich werde doch wohl in die größte Jeans in diesem Laden reinpassen. Nach langem Herummurksen habe ich notdürftig den obersten Knopf zubekommen und ratsch, mein Bauch schlägt zurück und sprengt die Hose. Na toll, was mache ich jetzt? Unmöglich kann ich der Verkäuferin ihr edles Stück »so« zurückgeben, diese Peinlichkeit könnte ich nicht ertragen. Also schäle ich mich wieder heraus, lege sie kunstvoll zusammen, sodass man nicht erkennen kann, dass der Knopf fehlt, und gehe zur Kasse damit.

»Hat sie gepasst?«, fragt sie zuckersüß.

»Ja, perfekt, ich nehme sie!«, lüge ich und kann dabei nur auf den Boden starren. »Ich stecke sie gleich in meine Tasche.«

»Wie Sie meinen«, erwidert die Heidi Klum der Verkäuferinnen. Ich bezahle schnell und verlasse das Geschäft wie ein Hund mit eingezogenem Schwanz. Ich fühle mich wie der letzte Idiot und habe das Gefühl, mein Körper bläst sich sekündlich noch mehr zu einem Ballon auf. Gut, ich weiß, dass ich ein bisschen zu viel habe, aber realistisch gesehen bin ich nicht wirklich dick. Genau das ist der Grund, warum ich nicht mehr einkaufen gehen will. Wenn ich versuche, mich einmal anders zu kleiden als im Lagenlook, wird es mir unmöglich gemacht. Jetzt habe ich eine sauteure Hose, die ich nie anziehen werde, weil sie mir nicht passt. Gut gemacht! Ich habe keine Lust mehr, in die anderen Geschäfte zu gehen, ich will nur noch schnell ins Büro und mich hinter meinem Verschlag verstecken.

Dort angekommen, arbeite ich stumm vor mich hin und versuche nicht daran zu denken, wie ich mich fühle. So ein Erlebnis kann einem das letzte bisschen Selbstvertrauen rauben. Alle Frauen, die an mir vorbeigehen, empfinde ich als hübscher und dünner. Egal wie sie aussehen, ich finde etwas Positives an ihnen. An mir finde ich gerade nichts. Wer braucht schon eine 200 Euro teure Jeans, versuche ich mir einzureden. So vergeht der Tag langsam, bis ich eine Kaffeepause einlege. Meist schaue ich, dass ich zu einem Zeitpunkt in die Kaffeeküche komme, zu dem niemand anderes da ist, aber diesmal habe ich Pech. Es steht eine kleine Gruppe der anderen Assistentinnen zusammen, sie lachen und plaudern. Nie hatte ich das Talent, in Gruppen locker mittendrin zu sein. Außenseiter bleibt eben Außenseiter, denke ich traurig, als ich mich in sicherer Entfernung von den anderen hinstelle. Frau Herz steht in der Mitte und gibt Kommentare ab, während sie lachend ihr langes, volles Haar in den Nacken wirft. Ich spüre leichten Neid in mir. Es ist mir immer schwergefallen, so locker zu plaudern. Ständig habe ich Angst, etwas sagen zu können, was peinlich wäre, und daher sage ich meist lieber nichts. Den anderen fällt gar nicht auf, dass ich hier stehe, und als sich die Gruppe auflöst, verlasse auch ich unauffällig meinen Platz und begebe mich wieder an meinem Schreibtisch. Vielleicht wäre alles anders, wenn ich den Mut hätte, mich einfach dazuzustellen und offen und ironisch über mein gerade erlebtes Einkaufserlebnis zu berichten, aber ich versuche es nicht einmal. Unmotiviert tippe ich noch ein paar Gesprächsprotokolle ab und packe dann meine Sachen zusammen. Ich freue mich wie jeden Tag auf die Abgeschiedenheit in meiner Wohnung, auf Whisky und auf ein mehr oder weniger gutes Buch.

Whisky liegt breit ausgestreckt auf dem Küchentisch, obwohl er weiß, dass Tische verbotene Zone sind, aber er hat nicht schnell genug überrissen, dass ich schon zu Hause bin. Er tut so, als wäre es das Selbstverständlichste der Welt, rollt seinen stämmigen Katzenkörper auf die Seite und begrüßt mich erfreut.

»Du weißt doch, wie das mit Tischen und Katzen ist?«

»Also, das war ein lustiger Zufall! Ich dachte, ich sehe, dass sich auf dem Tisch etwas bewegt und ich wollte nur überprüfen, ob wir vielleicht Mäuse haben. Dann bin ich während meiner Überwachungsaufgabe kurz eingenickt!«

»Schlechte Ausrede! Mäuse … Die würden auch bestimmt vor dir auf dem Tisch herumtanzen. Und jetzt runter von deinem Podest!«

»Mann, oh Mann, hast du wieder eine Laune … Zeig mir lieber, was du eingekauft hast! Ist für mich etwas dabei?«

»Nein, mein Süßer, heute nicht. Und für mich ist auch nichts dabei. Ich habe mir eine Hose gekauft, die sicher zwei Nummern zu klein ist.«

»Gratulation, guter Kauf. Wie sieht es mit Abendessen aus?« Die beiden Themen, die Whisky am meisten interessieren, sind Futter und Schlafen.

Ich wedle mit einer Angel, an der Federn befestigt sind, vor seinem Gesicht herum. »Ein bisschen Bewegung könnte dir nicht schaden!«

Unbeeindruckt davon lässt er die Federn vor sich zappeln, springt wenig elegant vom Küchentisch und platziert sich vor seinem Fressnapf. Der Abend endet so unspektakulär wie die meisten, wir schlafen beide vor dem Fernseher ein.

Am nächsten Morgen mache ich mich nach dem üblichen Prozedere – füttern, duschen und anziehen – wieder mal auf den Weg in die Arbeit. Das Wetter hat sich nicht gebessert, mürrisch ziehe ich mir den Kragen meines Mantels tief ins Gesicht. Die Straßen wirken heute noch trüber. Viel lieber würde ich in meinem warmen Bett liegen, aber so ist es nun mal.

»Nur Mut, Jessy«, spreche ich mir selbst gut zu. Aber es ist doch seltsam, dass ich heute schon wieder in das Büro von Daniel gerufen werde. Meist sehe ich ihn persönlich nur ein-, zweimal im Monat, er fliegt viel herum oder hat Termine außer Haus. Sein Büro ist lichtdurchflutet, großzügig und modern, ein Glaskobel mit Aussicht inmitten der Wüste von identisch aussehenden Verschlägen. Durch die Glasscheiben erkenne ich, dass noch jemand bei ihm sitzt, ein älterer Herr, und beide versuchen krampfhaft, locker dreinzuschauen. Ich will da nicht rein! Wobei, wer weiß, vielleicht haben sie endlich meine verborgenen Talente entdeckt und mich für ein neues Projekt vorgesehen – ich als quasi verdeckte Ermittlerin. Halt! Ich bin hier Assistentin und das nicht von Brunetti, sondern von Daniel, der fürs Marketing der Koch- und Lebenshilfebücher zuständig ist.

Leise öffne ich die Tür und versuche mein selbstbewusstestes Lächeln aufzusetzen. »Hallo«, sage ich fröhlich in die Runde und verschlucke mich fast dabei. Ich senke meinen Kopf. Warum geniere ich mich immer für mich selbst?

»Hallo, Fräulein Stein«, sagt der ältere Herr und bietet mir neben sich einen Platz an.

Die Stimmung ist förmlich und ernst. Nach den üblichen Floskeln wird es auf einmal ganz still und niemand sagt mehr was, aber es ist zum Greifen nahe, es liegt etwas in der Luft. Ich bin für solche Situationen nicht geschaffen, denn ich merke, hier geht es um mich. Und dann passiert es. Ich höre nicht einmal mehr genau hin, was die beiden mir sagen. Wobei David die meiste Zeit nichts sagt. Ich bin gefeuert. Ich, die ich so unsichtbar bin, dass mich die meisten Leute im Verlag nach dreieinhalb Jahren nicht einmal kennen. Da ist die große Veränderung, auf die ich doch so gewartet habe. Arbeitslos, wahrscheinlich bald ein Sozialfall.

»Es tut mir leid, Fräulein Stein, aber wir müssen Kürzungen vornehmen und nachdem diese Abteilung sich verändern wird, müssen wir leider in Zukunft auf Sie verzichten. Ich bin mir sicher, Sie verstehen das und wir wünschen Ihnen nur das Beste für Ihre Zukunft …« Blablabla … Der Herr ist ein Unternehmensberater, wie mir Daniel vorher erklärt hat. Tolle Beratung, wenn sie mich wegberaten. Es wird sich auch vermutlich niemand für mich eingesetzt haben, sondern es waren alle froh, ihren eigenen Kopf gerettet zu haben. Irgendwie schaffe ich es, aus dem Zimmer zu kommen, ohne loszuheulen. Zurück auf meinem Platz nehme ich meine paar persönlichen Sachen und gehe.

Als ich endlich zu Hause ankomme, bin ich verschwitzt und verweint und außer Atem. Whisky, aus seinem Vormittagsschläfchen geweckt, starrt mich an. »Alles ok?«

»Nichts ist ok. Mein Leben ist vorbei. Unser Leben ist vorbei. Bald werden wir nichts mehr zu essen haben und kein Dach über dem Kopf«, brabbel ich wild vor mich hin und selbst ich verstehe nur Wortfetzen.

Mein Kater setzt zu einem lauten Schnurr- und Kuschelkurs an. »Alles wird gut«, schnurrt er mantrahaft vor sich hin.

Irgendwann schlafe ich dann vor Erschöpfung ein und werde erst am späten Nachmittag wieder wach. Whisky hat sich ganz auf mich gelegt und ein acht Komma drei Kilogramm schwerer Kater weckt einen aus dem tiefsten Schlaf, wenn er einem den Brustkorb eindrückt. Ich schüttle ihn unsanft ab und will mir einen Tee machen. Aber wozu Tee, ich werde mich betrinken. Arbeitslose trinken und ich bin arbeitslos. Wozu sollte ich nüchtern bleiben, bei dem Scherbenhaufen von Leben? Problem: Ich trinke nie und alles, was ich finde, ist der Rum, mit dem ich vor ewigen Zeiten einmal eine äußerst ungenießbare Torte gebacken habe. Was mich noch trauriger macht, ist, dass ich nicht weiß, wen ich anrufen soll. Meine Mutter ist mit ihrem jugendlichen Liebhaber auf einer Kreuzfahrt und Freunde … für die hatte ich während der letzten Jahre wenig Zeit. Ich könnte Sara anrufen, sie war mal meine beste Freundin, bevor sie den scheußlichen Markus geheiratet und mit ihm zwei Kinder in die Welt gesetzt hat. Aber irgendetwas hält mich zurück. Na klar. Ich geniere mich wieder mal für mein »Ich«, für mein Versagen, für mein Leben, für mein Aussehen … Also schütte ich einfach ein Glas Rum hinunter. Whisky, der eigentlich aufgrund seines Namens nicht abgeneigt sein sollte, Alkohol zu trinken, schüttelt angewidert die Pfote.

Ich habe jeden angerufen, den ich kenne, einschließlich Tom und den Chinesen an der Ecke. Nach dem dritten Glas Rum überwog mein Selbstmitleid, niemanden zu haben, und ich habe mein ganzes Verzeichnis im Handy durchgerufen. Meist war niemand erreichbar – Banken, Versicherungen, Ärzte etc. haben schließlich gewisse Öffnungszeiten –, aber auch dieses Problem habe ich souverän gelöst, indem ich unzusammenhängende Sätze und eventuell auch manchmal Beleidigungen auf dem Anrufbeantworter hinterlassen habe. Ich kann mich nicht mehr genau erinnern, was ich alles mitgeteilt habe. Bei dem Gedanken könnte ich vor Scham versinken. So bin ich normalerweise nie, Beherrschung ist mein zweiter Vorname!

Ich liege ramponiert auf dem Sofa und pflege meine beiden Kater, mit denen ich heute zu kämpfen habe. Der eine redet wenigstens nicht zurück, aber Whisky schmollt und versucht, es mir so schwer wie möglich zu machen, mich auszuruhen. Immer, wenn ich gerade am Einnicken bin, attackiert mich das getigerte Monster mit Schlachtrufen. Aber ich fühle mich zu schwach, dem etwas entgegenzusetzen. Warum habe ich mich gestern nur so gehen lassen? Toll, jetzt weiß ich wenigstens, wie glücklich Tom in seiner neuen Beziehung ist, und dass beim Chinesen ein Neujahrsgeschenk auf mich wartet. Der arme Kellner hat wohl Mitleid mit mir gehabt. Nachdem ich ihm mein trauriges Leben geschildert habe und ich nicht aufhören konnte zu schluchzen, dachte er wohl, es tröstet mich, wenn er mir mitten im Jahr ein Neujahrsgeschenk macht. Außerdem weiß Sara jetzt, was ich von ihrem Liebsten halte, was wohl ein Weiterbestehen unserer Freundschaft schwierig gestalten könnte.

Den ganzen Tag habe ich mehr oder weniger verschlafen und wohlweislich das Telefon ausgeschaltet, aber jetzt meldet sich mein schlechtes Gewissen wieder. Was soll ich jetzt bloß machen? Hier ist niemand mehr neugierig auf mich. Es gibt nur eine Lösung: weglaufen. »Whisky – wir verreisen.«

»Tolle Idee, Jessy! Katzen sind richtige Weltenbummler, die am liebsten jede Woche woanders aufwachen.«

»Jetzt sei nicht so. Schließlich hast du, bevor du bei mir eingezogen bist, auch ein paar Mal den Wohnort gewechselt.«

»Richtig, und genau deshalb finde ich, es ist genug. Zu Hause ist zu Hause, hier fühle ich mich wohl, und ich will nicht weg. Basta!«

»Wir fahren morgen. Basta!« Ich muss weg hier, es geht nicht anders. Ich hab mich vor allen und mir selbst lächerlich gemacht. Wie sollte ich mir hier länger im Spiegel begegnen können? Ich mag meine kleine Wohnung, aber ich habe scheinbar nicht das Talent, sie wirklich wohnlich zu gestalten. Hier schaut es eher aus wie in einer Studentenbude als in der Wohnung einer erwachsenen, stilbewussten Frau. Das einzige Designerstück hier ist mein Sofa, was aber eher einem Fetzenzelt gleicht, nachdem Whisky sich hier immer wieder mal seiner Maniküre hingibt. »Wir buchen etwas ganz Bequemes, Heimeliges, wo du ans Meer gehen und Fische fangen kannst!«, versuche ich versöhnlich zu klingen.

»Bin ich ein Grizzlybär?«

Juhu, ich habe das letzte freie Zimmer in einem tollen Wellnesshotel an der Adria ergattert! Ich muss dafür zwar alle meine Ersparnisse zusammenkratzen, aber ich brauche einen freien Kopf, um neu starten zu können. Im Moment bin ich noch immer verwirrt und habe keine Ahnung, wie ich mein restliches Leben anlegen soll. Aber ich muss optimistisch sein und je länger ich meine Entscheidung, wie ich weiter vorgehen kann, hinauszögere, umso besser.

Ich schalte mein Handy wieder an und habe 34 neue Nachrichten – so beliebt war ich noch nie. Gut, 29 sind von meiner Mutter, die sehr besorgt scheint, und eine ist von meinem Zahnarzt, der um die Hundert ist und mich fragt, ob ich nicht einmal mit ihm ausgehen will. Ich bin zwar verzweifelt, aber so verzweifelt auch wieder nicht. Die anderen erspare ich mir und überspringe sie, doch bei der letzten stocke ich, denn das ist meine Stimme. Ich habe mich im Rausch selbst angerufen, um mir mitzuteilen, wie schlecht es mir geht. Wie erbärmlich ist das denn? Ich muss wirklich etwas ändern …

Morgen soll die Reise losgehen und ich muss noch packen. Beim Griff in den Kleiderschrank werde ich wieder ganz bekümmert, alles in gedeckten Farben und nur ein Unding, das wie nach dem Badeanzug meiner Großmutter aussieht. Egal. Es schaut mich dort eh niemand an. Whiskys Sachen packe ich auch sorgfältig, damit es ihm an nichts fehlt, und dann geht es ab in die Falle.

»Guten Morgen«, gurre ich Whisky in seine mit Luchspinseln besetzten Ohren.

»Mhmm«, brummt Whisky zurück.

Es ist das erste Mal, dass ich ihn in der Früh wecke. Er ist noch immer nicht begeistert von der Idee zu verreisen, aber er hat sich seinem Schicksal ergeben und erhebt sich langsam von seinem geblümten Lieblingspolster.

Nachdem wir gefrühstückt haben, stecke ich ihn in seinen luxuriösen Reisekorb und mache mich auf den Weg zum Auto. Schweigend fahren wir los, und das soll sich auch in den nächsten zwei Stunden nicht ändern. Aber das stört mich nicht, so habe ich wenigstens Zeit, alles noch einmal Revue passieren zu lassen.

In meinem ganzen Leben war ich immer jemand, der im Hintergrund gestanden ist, und es hat mich nie gestört. Ich dachte immer, je unauffälliger ich bin, umso weniger stoßen sich die anderen an mir und entdecken nicht gleich all meine Fehler. In meinen Träumen habe ich mir manchmal vorgestellt, wie es wäre, jemand anderer zu sein, aber selbst da habe ich mich im Traum geniert, solche Träume zu haben. In der Schule war ich immer eine, die halt auch dabei war. Die Jungs haben sich nicht für mich interessiert und meine unauffälligen Versuche waren eben auch unauffällig. Obwohl ich damals nicht dick war, habe ich es immer so empfunden, mein Körper war nie mein Freund, sondern ich hatte ständig etwas an ihm auszusetzen. Ein bisschen zu viel Fett da, der Busen zu klein, der Po zu groß.

So dauerte es lange, bis ich, eigentlich durch puren Zufall, meinen ersten Kuss bekam. Von einem Jungen namens Hannes. Er war ein stiller Streber und wurde oft gehänselt. Irgendwie bestand da eine Verbindung zwischen uns – so wie zwischen allen Außenseitern. Trotzdem mieden wir uns. Mit jemandem, der nicht beliebt war, gesehen zu werden, erschien mir damals noch schlimmer, als bei den »Coolen« immerhin geduldet zu werden. Auf einer Landschulwoche konnte ich in der Nacht nicht schlafen und geisterte auf den Gängen herum, bis ich mit besagtem Hannes zusammenstieß und er, was ihn auch immer dazu angespornt haben mag, mich einfach geküsst hat. Ich bin ihm noch heute dankbar dafür. Schließlich war ich schon 17 und alle anderen waren viel weiter als ich. Ich habe es damals niemandem erzählt und hielt es wie einen Schatz in meinem Gedächtnis.

Auch wenn Hannes kein Traumprinz war, stilisierte ich viel in ihn hinein, und in meinen Tagträumen von unserem Kuss war er der Held. Doch sobald ich ihm in der Realität begegnete, war ich abweisend und spottete mit den anderen mit.

Dann ging ich ein paar Mal mit Jungs aus, aber nie hatten sie längeres Interesse an mir, bis ich Tom traf. Er war so anders als alle anderen. Als ich dann mit ihm zusammen war, habe ich zum ersten Mal in meinem Leben das Gefühl gehabt, auch einmal beachtet zu werden. Nie haben wir gestritten, wobei das auch an meiner Angst lag, ihn zu verlieren, wenn ich mich trauen würde, ihm zu sagen, was mir nicht passt. Ich habe mich einfach an ihn angepasst und immer versucht alles so zu machen, wie er es will. Ich habe lange gebraucht, um zu verstehen, dass er wirklich mit mir zusammen sein wollte, und als ich dieses Glück fassen konnte, war es auch schon wieder weg. Wir hätten uns auseinandergelebt, hat er damals gemeint und wie immer habe ich den Schmerz still ertragen und habe ihn ziehen lassen, obwohl ich mich erst ein- und nicht auseinandergelebt hatte.

Das ist jetzt über fünf Jahre her und seitdem habe ich mich noch mehr in mich zurückgezogen. Ich habe viel Schuld meinem pummeligen Körper gegeben, meiner Art und Weise mit Dingen umzugehen und tue das heute noch immer. Vielleicht habe ich nie gelernt, wirkliche Beziehungen aufzubauen. Ich habe keine Geschwister und meine Mutter hatte einen Liebhaber nach dem anderen. Ich erlaubte es mir nicht, einen davon gern zu haben, weil sie dann doch wieder zu schnell ausgewechselt wurden.

Als Kind hatte ich oft die Angst, auch ausgetauscht zu werden, wenn ich meiner Mutter zu sehr auf die Nerven falle. Ich habe mir immer eine ältere Schwester gewünscht, die mir zeigen hätte können, wie es so funktioniert im Leben. Aber nachdem schon ich nicht ganz geplant war, ist dieses Thema nie zur Diskussion gestanden. Keine Schwester, keine Katze – niemand, mit dem ich meine Sorgen und Gefühle austauschen konnte. Meiner Mutter war ihr Aussehen sehr wichtig, sie ist nie ungeschminkt außer Haus gegangen. Es war ihr extrem wichtig, die richtige Figur, die richtigen Haare, die richtigen Kleider zu haben. Ich war eben nicht das richtige Kind dazu. Kein kleines Starlet, nach dem sich alle umdrehten, sondern ein schüchternes, ungelenkes Mädchen. Wir waren uns nie wirklich nahe, aber ich kann ihr nichts vorwerfen, sie hat ihr Bestes getan, und wie ich nach meinem gestrigen Anruf gemerkt habe, macht sie sich Sorgen um mich. Ich werde sie später anrufen. Meine einzige wirkliche Nahbeziehung führe ich mit meinem Kater. Naja, immerhin.

Die Landschaft fliegt an mir vorbei und ich merke, wie ich mich langsam entspanne. »I will survive«, tönt es aus dem Radio und ich drehe noch eine Spur lauter, dabei habe ich Whisky aus seinem Schläfchen geweckt und nach kurzer Grantigkeit stimmt er laut miauend ein. Er findet, Katzensprache wäre musikalischer als unsere Menschensprache. Dem kann ich zwar nicht zustimmen, aber ich bin froh, dass er sich wohl mittlerweile mit der Situation anfreundet, dass wir in den Urlaub fahren.

»Hmm, weißt du, vielleicht werde ich so ein verwegener Jetsetkater, mal hier mal dort und all die Katzendamen himmeln mich an. Schließlich steht die Damenwelt ja auf Kater mit weltmännischer Erfahrung.« Er streckt breit seine Vorder- und Hinterpfoten von sich, bald darauf höre ich nur noch ein leises Schnarchen. Wahrscheinlich träumt er gerade von neuen Abenteuern, die wir erleben werden.

So, jetzt ist es aber Zeit für einen Halt, ich parke das Auto an der nächsten Raststätte und ramme gleich einmal einen Pfosten. Einparken ist nicht so meine Sache. »Ich komme gleich! Ich hole nur was zum Trinken.« Diesmal aber keinen Rum!

Als ich die Raststätte betrete, starren mich einige Leute komisch an. Ich habe doch gar nichts gemacht! »Schau dir die an!«, höre ich ein paar Jugendliche flüstern, andere wenden grinsend den Kopf ab. Ich schaue an mir herunter, um unauffällig zu überprüfen, was mit mir nicht stimmt, und muss feststellen, dass ich in der Hektik des Reiseaufbruchs vergessen habe, meine pinkfarbenen Prinzessinnenschlapfen, die mit Schleifchen und Krone besetzt sind, gegen meine

Straßenschuhe auszutauschen. Ich muss wie ein kompletter Idiot aussehen.

Zu allem Überfluss merke ich, dass mir Whisky nachgeschlendert kommt. Er stupst mich mit der Pfote an: »He, du hast mich vergessen!«

Scheinbar kann ihn außer mir niemand hören, und ich zische ihn an: »Du hättest im Auto warten sollen!«

Jetzt wirke ich wirklich wie eine Wahnsinnige, die auch noch mit ihrem dicken Kater diskutiert. Eine alte Dame schenkt mir einen mitleidigen Blick und ich verlasse fluchtartig den Laden. Als ich den Inhalt meines Kofferraums durchforste, muss ich leider feststellen, dass ich ganz vergessen habe, Schuhe einzupacken. Es ist schon zu spät, als dass irgendein Schuhgeschäft noch offen hätte. Entweder ich gehe barfuß an die Rezeption oder ich behalte meinen Traum in Rosa an. Beides will mir nicht so recht gefallen.

»Ich mache mir ja auch keine Gedanken, dass meine nackten Pfoten jemandem auffallen …«

»Sehr lustig. Gleich beim ersten Eindruck werden die mich für eine Spinnerin halten! Danke übrigens für dein Mitgefühl.«

Ich könnte die erste Nacht im Auto vor einem Schuhgeschäft schlafen und in der Früh … aber den Gedanken verwerfe ich gleich wieder. Ich bin müde von der langen Autofahrt und froh, endlich in ein Bett zu sinken.

Zu früh gefreut. Erst die Schlapfensache und dann das: »Frau Stein, da muss ein Irrtum vorliegen. Wir haben hier kein Zimmer für Sie reserviert und mit Haustier geht das bei uns gar nicht!«, blafft mich die Rezeptionistin im Hotel in akzentfreiem Deutsch an. Sie betrachtet mich von oben bis unten abschätzig.

Ich wühle in meiner Tasche und finde dann zum Glück meine ausgedruckte Reservierungsbestätigung.

Die »nette« Dame scheint irritiert zu sein. »Moment«, sagt sie, während sie wie irr auf ihre Computertastatur eintrommelt. »Ah, da haben wir es. Da muss ein Fehler unterlaufen sein. Entschuldigen Sie, das Zimmer wurde doppelt vergeben und die andere Dame hat schon eingecheckt.« Schon wendet sie sich von mir ab.

»Aber was soll ich jetzt tun? Ich kenne mich hier nicht aus, es ist spät, ich bin müde, mein Kater … Es ist doch Ihr Fehler …«, füge ich kleinlaut hinzu.

»Ich kann Ihnen da nicht helfen …« Doch dann scheint sie einen Anflug von Mitleid zu haben. »Es gibt in der Nähe eine kleine Pension, die haben bestimmt noch ein Zimmer frei. Ich frage kurz für Sie nach.«

»Vielen Dank!« Mir kommen fast die Tränen vor Erleichterung.

Es ist dunkel und gar nicht so einfach, sich in einer fremden Gegend ohne wirkliche Beleuchtung zurechtzufinden, aber eineinhalb Stunden später habe ich dann doch mein vorläufiges Ziel erreicht: eine wunderschön mit Efeuranken überwachsene Villa. Details kann ich keine erkennen, aber dazu habe ja noch genug Zeit, wenn es wieder hell ist und ich ausgeschlafen bin. Ich drücke den edlen Messingknopf und bemerke, dass etwas Putz von der Wand fällt. Es passiert erst einmal gar nichts. »Ich habe dir ja gesagt, dass es eine schlechte Idee ist, wegzufahren. Wir werden hier campieren müssen!«

Ich versuche ruhig zu bleiben, obwohl ich langsam die gleiche Befürchtung hege. »Da kommt sicher gleich jemand.«

Ich läute mittlerweile seit Minuten Sturm. Dann sehe ich endlich ein Licht angehen und unter lautem Knarren öffnet sich die große alte Eingangspforte. »Pronto?«, knurrt man mir entgegen.

»Hello, my name is Jessy Stein …«

Ein »Er« unterbricht mich mit einer Handbewegung. »Die Österreicherin!«

»Ah, Sie sprechen deutsch, umso besser. Es ist mir unangenehm, Sie so spät zu stören, aber die Dame von dem anderen Hotel …«

Wieder unterbricht er mich mit einer Geste. Langsam ist das aber nicht mehr höflich, ich kann ja nichts dafür, dass die in dem anderen Hotel alles verbockt haben. Plötzlich lacht er, ein schnurriges, raues Lachen, wie von Whisky. Er starrt auf meine Hausschuhe. Gut, jetzt haben es alle gesehen und einmal gelacht und jetzt will ich bitte auf mein Zimmer.

Lang, umständlich, möglichst freundlich und höflich versuche ich, den Hausherrn zu bewegen, uns auf unser Zimmer zu führen, was er schließlich auch macht, allerdings ohne mir den schweren Katzenkorb oder sonst noch irgendein Gepäckstück abzunehmen. Ich haste ihm die Treppen hinauf nach, bepackt wie ein Esel. Dann öffnet er die Flügeltüren, die zu meinem vorübergehenden Reich führen. Das Zimmer ist traumhaft. Es hat etwas mysteriös Schönes, ein bisschen abgewohnt, aber den alten Glanz kann man noch spüren. Knarrende Fischgräten-Parkettböden, teils sind die Möbel alt, teils neu. Die Mischung macht es sehr gemütlich. An der Decke thront ein opulenter Kristalllüster, der von floralen Stuckverzierungen gesäumt ist. Von unserem Zimmer geht ein steinerner Balkon in den Garten hinaus. In der Dunkelheit kann ich nicht wirklich viel von der Umgebung erkennen. Aber morgen werde ich das alles erkunden, nachdem ich mir Schuhe gekauft habe. Ich richte Whisky noch sein Futter her, mich verköstige ich mit allem, was es in der Minibar gibt – Erdnüsse, Chips und Schokoriegel – und dann falle ich ins Bett.

*

»Gräfin, Ihre Gäste warten schon!«

Hä, wie, was? Gräfin? Das verwirrt mich. Ich stehe vor einem riesigen goldverzierten viktorianischen Spiegel und starre in meine Augen. Als ich dann meinen Blick weitergleiten lasse, entfährt mir ein kleiner Schrei.

»Alles in Ordnung? Soll ich Ihnen Ihr Riechsalz bringen?«

»Nein danke, Marie, bitte lassen Sie mich jetzt alleine.«

Woher weiß ich, wie diese Dame heißt? Ich muss träumen. Ein seltsamer Traum, es fühlt sich alles so echt an. Ich betaste meine aufwendig aufgesteckten Haare und das eng anliegende Korsett meines Kleides. Noch einmal starre ich gefühlte Stunden in den Spiegel. Es ist meine Figur, es sind meine Haare und es sind meine Augen. Aber sie glänzen aufgeregt und mein Körper scheint sich perfekt in das Kleid zu schmiegen. Von draußen dringt lautes Stimmengewirr durch die Tür und langsam werde ich neugierig. Es ist ein Traum und was kann mir schon passieren?

Ich öffne die Tür und da fällt mir zum ersten Mal auf, dass ich mich in der Villa befinde, in der ich gerade ein Zimmer bezogen habe. Natürlich baue ich sicher alle neuen Erlebnisse in meine Träume ein … Ein bisschen anders wirkt es, im Gang sind unglaublich viele Kerzen aufgebaut und ihr Licht taucht alles in eine seltsame, weiche Stimmung.

»Da ist sie!«, höre ich nun klarer deutliche Stimmen mir entgegenkommen, als ich die Treppen hinunterschreite – mit so einem Kleid kann man nur schreiten. Es sieht aus wie auf einem Kostümball, alle Frauen tragen üppige Kleider mit tiefen Dekolletés und weiten Röcken, die Herren in ihren Fräcken erinnern mich an Pinguine.

»Du bist ja auch da! Seltsamer Traum.« Neben mir taucht eine elegante schlanke Siamkatze auf, mit der Stimme von Whisky.

»Whisky?«

»Jessy?«

*

Und plötzlich werde ich wach und liege in dem schmalen Bett, in das ich vor ein paar Stunden gefallen bin. Ich sehe Whisky neben mir mit den Pfoten zucken und sein Schnurrbart vibriert. »Jessy!«, ruft er laut.

Ich streichle ihn sanft. »Alles gut, Großer!«

Seine Augen öffnen sich langsam und ich merke, dass seine Pfoten zu zucken aufhören. »Jessy! Ach, ich hatte einen seltsamen Traum. Ich war eine Siamkatze und du eine feine Dame.«

»Du hast nur geträumt«, sage ich wohl mehr zu mir selbst, denn es wird mir etwas schummerig. Das muss ein Zufall sein, es heißt ja nicht, dass wir den gleichen Traum hatten, es kann ja auch nur ein ähnlicher gewesen sein. Ich drücke Whisky fest an mich und streichle ihn rhythmisch, bis ich merke, dass er wieder einschläft. Dann falle ich auch in einen langen, traumlosen Schlaf.

Die Sonnenstrahlen kitzeln meine Nase und ich gähne ausgiebig.

»Guten Morgen! Ich habe Hunger!«

Kurz brauche ich, um zu begreifen, wo ich bin und warum, aber dann schäle ich mich aus dem Bett und stelle Whisky sein Schälchen hin. Er schnurrt dankbar. Als ich die Vorhänge ganz öffne, sehe ich den atemberaubenden Blick von meinem Zimmer aus, einen wunderschönen verwinkelten Garten mit einem schmalen Kiesweg, der direkt zum Meer führt. Ich öffne das Fenster, um die frische Luft einzuatmen. Es fühlt sich so vertraut an. Der Garten wirkt verwildert und überall blüht es. Auf der Terrasse, die von der Villa in das Grün führt, stehen ein paar Tische mit Stühlen. Da meldet sich plötzlich mein Magen. Ich habe Hunger, auch wenn es mir nicht schaden würde, eine kleine Diät zu machen. Ich werfe mir ein altes weites T-Shirt und eine Weste über, wasche mir das Gesicht, binde meine Haare zusammen und gehe barfuß die Treppe hinunter. Whisky bleibt zwecks Eingewöhnung vorerst mal im Zimmer. Im Hellen ist das Haus noch beeindruckender. Das imposante Treppenhaus wirkt durch das sehr dunkle, geschnitzte Mahagoniholz zwar etwas einschüchternd, aber trotzdem heimelig. Außer mir sitzt noch ein älterer Herr auf der Terrasse und grüßt mich freundlich.

»Wunderschönen guten Morgen, wünsche ich. Was darf ich Ihnen bringen?«

Ich bin etwas verwundert, weil ich den Herrn auch für einen Gast gehalten habe. Ist doch komisch, dass das Personal selbst am Frühstückstisch sitzt. »Einen Kaffee bitte und was es eben zu Essen gibt. Ich hatte gestern kein Abendessen und es war eine lange anstrengende Fahrt.«

Er nickt väterlich und verschwindet, vermutlich Richtung Küche. Dann sehe ich ein bekanntes Gesicht. Der Herr, der uns gestern geöffnet hat, schlendert den Weg vom Meer zur Terrasse hinauf, nur mit Badehose und einem Handtuch über der Schulter. Gestern habe ich gar nicht bemerkt, wie gut er aussieht – meergrüne Augen, verstrubbelte blonde Haare und ein verschmitztes Lächeln. Aber ich habe auch nicht vergessen, wie unverschämt er sich mir gegenüber gestern verhalten hat. Und wieder! Er geht vorbei, ohne mich zu beachten, ohne ein Wort des Grußes. Arroganter Idiot! Dennoch ziehe ich meine Weste enger zu und geniere mich für meinen Anblick. Dann kommt schon mein Frühstück und ich lehne mich entspannt zurück und genieße einfach die warme Luft, den Duft des blühenden Gartens. Nach dem Genuss des Kaffees und des Omeletts holt mich aber wieder meine düstere Zukunftsperspektive ein. Ich bin zwar geflohen, aber was soll sich hier an diesem Ort für mich ändern? Nach ein paar Wochen muss ich mich doch wieder meinem realen Leben stellen und das bedeutet Job-Suche. Schon damals war es nicht leicht für mich. Nach etlichen Bewerbungen war ich froh, den Job im Verlag bekommen zu haben und das, obwohl ich keine Ausbildung als Sekretärin habe. Bei Vorstellungsgesprächen werde ich immer so unsicher, dass ich kaum einen geraden Satz herausbekomme. Aber so weit ist es ja jetzt noch nicht. Wenn ich wieder zu Hause bin, wird sich schon eine Lösung finden. Es muss sich eine Lösung finden.

»Mein Name ist übrigens Peter«, stellt sich der ältere Herr vor. Er hat ein gütiges Gesicht, von zarten Falten durchzogen, ist klein und hat einen imposanten weißen Schnurrbart, der sich an den Enden lustig kräuselt. »Wenn Sie etwas brauchen, helfe ich Ihnen gerne!«

Ich nicke dankbar. »Peter? Sie sind nicht von hier?«

»Nicht wirklich. Aber ich bin hier so gut wie aufgewachsen. Mein Vater kam aus Wien und war der persönliche Butler der Gräfin.«

Gräfin? Mein Stichwort! Ich erinnere mich wieder an den seltsamen Traum, schiebe ihn aber sogleich zur Seite. »Sie ließ 1910 diese Villa als Urlaubsresidenz erbauen. Und mein Vater war die Hälfte der Zeit hier und kümmerte sich um all die rauschenden Feste, die gefeiert wurden, bis eines Tages die Gräfin verschwand. Niemand hat sie je wiedergesehen!«

Details bitte! »Aber hat man sie nicht gesucht? Ich meine, es verschwindet doch niemand ohne Grund von heute auf morgen.«

Peter windet sich und antwortet dann nur knapp: »Es waren mysteriöse Umstände … Auf jeden Fall hat mein Vater diese Villa weiter gepflegt, und ziemlich spät für damalige Verhältnisse bin dann auch ich auf die Welt gekommen.«

Er versucht abzulenken und ich merke, dass es wohl wenig Sinn macht, nachzuhaken. Einmal versuche ich es noch: »Aber hatte die Gräfin keine Verwandten, die das Anwesen übernommen haben?«

Wieder sieht er mich seltsam an. »Soweit ich weiß, wurde es meinem Vater aufgetragen, die Villa weiter zu betreuen. Das machen wir jetzt schon in dritter Generation.«

»Der andere Herr ist Ihr Sohn?«

»Julian ist mein Enkelsohn. Fleißiger Junge, aber er hat nie viel übergehabt für dieses Haus. Als er ein kleiner Junge war, war das natürlich anders, ich musste ihm ständig die rätselhafte Geschichte der Gräfin erzählen, aber heute ...« Er seufzt und ich merke, dass es ihm näher geht, als er je zugeben würde. »Naja, die jungen Leute«, fügt er hinzu und versucht wieder fröhlich zu klingen.

Ich würde auch gern diese geheimnisvolle Geschichte hören, aber mehr gibt er nicht von sich. Vor sich hin summend räumt er mein Frühstücksgeschirr weg und es ist mir etwas unangenehm, mich so bedienen zu lassen. Normalerweise bin ich es, die Kaffee holt, bringt und wegräumt ... Ich sollte mir erst einmal im Ort Schuhe besorgen. Auf der anderen Seite habe ich heute nicht vor, großartig auszugehen, sondern will mich einfach in die Sonne legen und mich erholen von den aufreibenden Tagen, die hinter mir liegen.

Ich stehe in meinem Zimmer und habe meinen Badeanzug an. Ich fühle mich wie eine Sardine, nur ohne Öl. Er ist wirklich scheußlich, aber egal. Whisky hat sich schon auf dem Balkon ausgebreitet und die Sonne macht sein Fell ganz glänzend. Ich binde mir wohl besser noch ein Tuch um meine Hüften, auch wenn niemand sonst im Garten ist, aber so fühle ich mich einfach sicherer. Die Liege hat schon einmal bessere Tage gesehen. Sie quietscht laut, als ich versuche, mich möglichst elegant hinzulegen. Ich nehme mein Buch in die Hand, doch nach den ersten paar Wörtern döse ich sofort ein.

*

»Aua!«

Jemand zieht an meinen Haaren. Ich öffne die Augen und sehe wieder die Gräfin vor mir, also eigentlich sehe ich mich, aber eben als diese Gräfin. Ich sitze vor einem aufwendig verzierten Spiegeltisch, in einem weißen, sehr keuschen Nachthemd und ein Mädchen, das ich gleich als Marie identifiziere, steht hinter mir und bürstet mir mein Haar.

»Entschuldigen Sie bitte, Gräfin, es tut mir so leid, es wird nicht mehr vorkommen.«

Ich sehe, wie ihre kleinen Hände vor Ehrfurcht zittern. Ehrfurcht vor mir? »Marie, es ist schon gut, ich war … abgelenkt. Ist ja nichts passiert!«

Auf dem dunklen Holz der Psyche liegt ein wunderschöner Handspiegel, der mit Schmetterlingen aus Elfenbein umrankt ist, und die dazugehörigen Bürsten und Kämme. Meine Haare sind länger, als ich sie in meiner Wirklichkeit trage. Sie sind genauso fein, aber sie haben einen wunderschönen Glanz. Marie scheint seit einer Ewigkeit mein Haar zu bürsten, aber ich lasse meinem Traum einfach seinen Lauf.

Es ist Vormittag, wie in meiner Realität auch, aber hier scheint alles mit viel mehr Gemächlichkeit und Ruhe zu passieren. Dann, mit flinken Händen, steckt sie mir mein Haar hoch und es sieht atemberaubend aus. Kein Vergleich zu meinen Versuchen, wenn ich mir, die wenigen Male in meinem Leben, wirklich Zeit genommen habe, mir die Haare schön zu machen. Es wirkt voll und voluminös, hochgerollt an den Seiten. Ich weiß gar nicht, wie ich es beschreiben soll. Ich muss versuchen, mir möglichst viel zu merken, damit ich es selbst mal so ausprobieren kann.

»Sie sind ein Genie, Marie!«

Marie schaut verdutzt. »Danke, Gräfin, ich habe es wie immer hochgesteckt. Soll ich etwas ändern?«, fragt sie verunsichert.

»Nein, es ist wirklich schön. Ich meine, wie immer schön.«

Marie legt den zart verzierten Kamm aus ihrer Hand und entfernt sich leise wie ein Mäuschen. Das dürfte wohl mein Ankleidezimmer sein. An den Wänden hängen Spiegel und es liegen Schmuck und Hüte herum. Dann sehe ich das Kleid vom gestrigen Traum über einem Paravent hängen.

Ich höre leises, immer lauter werdendes Getrappel und plötzlich springt die Tür auf.

»Schwester, ich bin dir so dankbar, das Fest war zauberhaft gestern und wie oft ich getanzt habe! Ich danke dir. Wenn Vater wüsste, wie lange ich auf war …« Sie grinst schelmisch.

Schwester? Cool, in dem Traum habe ich also endlich eine Schwester. Sie ist viel jünger als ich, hat blonde Locken und ein spitzbübisches Lächeln. Eindeutig, ich mag sie. Jetzt bin *ich* also die ältere Schwester, die ich mir immer gewünscht habe! Louise, sie heißt Louise, genau.

»Du hast dich früh zurückgezogen. Geht es dir heute besser?«

»Hmm, ja, ich hatte Kopfschmerzen.« Also, ich denke zumindest, dass ich Kopfschmerzen hatte, wenn ich bei so einem tollen Fest früher schlafen gegangen bin.

»Aber morgen ist der große Ball, ich bin ja so aufgeregt!«

Noch ein großes Fest, ich scheine hier nur große Feste zu veranstalten. Von Louises Enthusiasmus angesteckt fühle ich mich beschwingt und betrachte mich zufrieden im Spiegel. Was eine Frisur doch ausmachen kann! Und überhaupt, in meinem Gesicht ist keine Spur von Verzagtheit: Es strahlt, und meine Augen strahlen mit ihm mit. Marie betritt wieder das Zimmer und Louise huscht davon.

Ganz schön anstrengend, diese Korsettkleider, alles dauert hier zehnmal länger. Aber das Resultat ist nicht schlecht. Ich drehe mich vor dem großen goldenen Spiegel und grinse in mich hinein. Marie kommt das alles wohl sehr komisch vor, aber sie verlässt diskret das Zimmer.

Ich folge ihr kurz darauf und öffne eine Tür nach der anderen. Es ist alles so elegant. Ich erkenne den Gang wieder, und dieses hier müsste mein Zimmer sein. Ja, das ist es, der steinerne Balkon mit den Basilisken-Köpfen, der den Blick direkt auf den Garten preisgibt.

Im Garten sind gerade drei Gärtner damit beschäftigt, alles zu hegen und zu pflegen. Ganz anders, als ich den Garten kenne, liegt hier kein Blatt schief und der Kiesweg ist breiter und imposanter. In meinem Zimmer steht ein Riesenbett aus dunklem Holz. Die dunklen Möbel wirken ein bisschen düster, es riecht nach Bienenwachs und alles ist blank poliert. Als ich die nächste Tür öffne, sitzt dort Louise an einem kleinen Schreibtisch und ist sehr konzentriert dabei, einen Brief zu verfassen.

»Helene, ich schreibe an meine Freundinnen in Wien. Es ist ja alles so aufregend hier und sie sind ja noch nicht in die Gesellschaft eingeführt und müssen ihre Sommer irgendwo gelangweilt am Land verbringen. Ich bin sehr froh, dass Vater ein Einsehen hatte und ich mit dir mitdurfte.«

Unscharf sehe ich Bilder von meinem Vater an mir vorbeiziehen, einem ernsten, strengen Mann, der mir aber nie viel abschlagen konnte. Und ich weiß auch plötzlich, dass in dieser Traumwelt meine Mutter schon lange tot ist, dass sie bei Louises Geburt gestorben ist. Ein seltsamer Traum! Aber nachdem ich mich an meine früheren Träume kaum erinnern kann, wer weiß, vielleicht ist es ja immer so? Ich sollte jetzt einfach mal meinen Kopf abschalten und es genießen, scheinbar die Besitzerin dieser Villa zu sein. Und ich habe endlich eine Schwester, eine Gefährtin, die wissbegierig jedem meiner Worte lauscht.

Wir gehen in Eintracht in den Speisesaal hinunter und es begegnet mir ein wohlbekanntes Gesicht. Peter, nur um vieles jünger, steht vor mir. Seine Livree wirkt klassisch und wohl genau so, wie man sich auch heute noch einen Butler vorstellt, natürlich fehlen auch die weißen Handschuhe nicht. Wir nehmen gemächlich unser Mittagsmahl ein. Der Tisch ist gedeckt, als würden wir noch weitere Gäste erwarten, mit feinem, hauchdünnem weißem Porzellan, das kunstvoll mit Blüten handbemalt ist, aber wir essen nur zu zweit. Bewundernd schaue ich mich um. Jede Gabel, jeder Löffel ist verziert und in sich ein Kunstwerk. Selbst Siam-Whisky hat seinen eigenen Platz. Ich lasse ihm immer wieder ein kleines Stückchen Fleisch zukommen. Er goutiert es mit lautem Schnurren und macht nur ganz leise Schmatzgeräusche, die aber wirklich kaum hörbar sind.

Nach unserem Mahl mache ich einen kleinen Spaziergang durch den Garten, zum Glück habe ich im Traum nicht meine Prinzessinnenschlapfen an, sondern kleine, feine Schnürstiefelchen. Als ich zum Haus zurückkomme, warten schon eine elegante Dame und ein Herr anscheinend auf mich.

»Fürst Schönberg und seine Gattin!«, erklingt es im sonoren Ton aus Peters Mund.

»Gräfin, es ist uns eine Ehre, dass Sie uns empfangen!«

»Mir ist es eine Ehre, Fürst und Fürstin Schönberg.«

»Ein wundervolles Anwesen, das Sie hier erschaffen haben«, beeilt sich die Fürstin hinzuzufügen. »Wir hatten das Vergnügen, den Herrn Grafen, Ihren Vater, in Wien zu treffen und er bat mich, Ihnen diesen Brief zu überreichen.«

»Ich danke Ihnen, lieber Fürst!«

Ich lege den Brief zur Seite und unterhalte mich gekonnt mit den beiden über das Wetter, den bevorstehenden Ball und unwichtigen Klatsch und Tratsch. Die Worte sprudeln mir einfach aus meinem Mund und plötzlich weiß ich alles. Meine Aussagen werden wahrgenommen, obwohl sie zum Großteil nur Unwichtiges beinhalten, aber ich merke, dass ich respektiert werde und meine Meinung geschätzt wird. Als die beiden gehen, fühle ich mich wie benommen.

Neugierde, die mich die ganze Zeit schon gepackt hat, überkommt mich erneut, und ich öffne den Brief, den mir mein Vater geschickt hat.

Liebste Helene,
wie immer hast Du Deinen Willen durchgesetzt und Louise zu Dir geholt, aber ich bin es müde, darüber zu streiten. Ich bin ein alter Mann. Nur wünsche ich, dass Du für sie eine Begleiterin arrangierst und ich lege Dir die Tante von Fürstin Schönberg nahe. Ich habe schon alles in die Wege geleitet und hoffe auf Deine Vernunft. Dein unabhängiges Leben schickt sich meiner Ansicht nach nicht in unseren Kreisen und ich bitte Dich inständig, dafür zu sorgen, dass nicht auch noch Deine Schwester in Verruf gerät.
Durch deine Leichtigkeit, Deine Schönheit, hast Du immer alles erreicht und ich weiß, Du schaust auf dich. Tu dies bitte auch für Deine Schwester.
In Liebe,
Dein Vater, Graf Alexander von Rosenfels

Kurze und klare Worte. Er ist der Meinung, ich schaue nicht gut auf meine Schwester? Eine Anstandsdame? Ich finde das nicht nötig, Louisa ist doch schon fast erwachsen und in unserer Zeit machen Jugendliche doch auch, was sie wollen. Sie scheint mir besonnen und brav wie ein Lamm. Aber es tut gut, schön genannt zu werden. Und um ehrlich zu sein, fühle ich mich auch so. Ich will gar nicht mehr aufwachen!

*

Und tue es aber doch. Auf meinem Plätzchen im Garten ist es schattig geworden und kühl. Nach einem Blick auf meine Uhr stelle ich fest, dass es schon später Nachmittag ist. Habe ich etwa so lange geschlafen? Und wieder dieser seltsame Traum, der sich fortzusetzen scheint. Das liegt bestimmt an der neuen Umgebung und an den Geschichten, die sich um dieses Haus ranken. Ich strecke mich, aber nicht halb so anmutig wie eine Katze, und beschließe, mich in meine Räumlichkeiten zu begeben und dann auf einen Sprung im Ort vorbeizuschauen, um mir endlich Schuhe zu kaufen.

Als ich das Zimmer betrete, ist Whisky gerade damit beschäftigt, ohne einen Muskel zu bewegen, Vögel zu jagen beziehungsweise zu beobachten. Ich will ihn dabei nicht stören, ziehe mir schnell etwas über und werde gleich weiterziehen. Beim Hinausgehen werfe ich einen Blick in den Spiegel und es scheint mir einen Moment lang, als ob mir ein souveränes, hübsches Gesicht entgegenlächelt – das der Gräfin. Ich werfe eilig die Tür zu und mache mich auf den Weg.

Es ist ein wunderhübsches kleines Dorf mit vielen verwunschenen Villen, direkt am Meer, eingebettet in einen leicht überschaubaren Hafen. Es scheint, als hätte die Zeit hier stillgestanden und alles nur mit einem leisen Nebel überzogen. Am liebsten würde ich in jedes der Häuser gehen und es aufwecken, aber das geht leider nicht, und so bin ich zum Zuschauen verdammt.

Endlich habe ich das Schuhgeschäft erreicht – ich habe es den ganzen Weg über geschafft, nicht durch meine rosa Hausschuhe aufzufallen – und zuerst greife ich zu atemberaubend hohen High Heels in Schwarz mit einem zarten Riemchen. Gar nicht meine übliche Wahl!

Ich stelle sie zur Seite, um in der bequemeren Abteilung weiterzusuchen, und entscheide mich, wie schon so oft, für klassische Ballerinas. Irritiert stelle ich fest, dass ich diese High Heels will, und zwar unbedingt. Ich habe nichts, was dazu passt, weil meine gesamte Garderobe auf Bequemlichkeit ausgerichtet ist, aber mein Unterbewusstsein scheint mir zu signalisieren: Kaufen! So entscheide ich mich am Schluss für beide Paare. Sobald ich aus dem Geschäft bin, tausche ich meine Schuhe aus und lasse die Prinzessinnenschlapfen in meine Einkaufstasche wandern, wobei ich mich schon fast daran gewöhnt hatte. Ich flaniere die lange, verwundene Strandpromenade noch ein Stück entlang, bis mich mein Bauch daran erinnert, dass ich seit dem Frühstück nichts mehr gegessen habe. Also steuere ich das nächstbeste Lokal an und bestelle mir einen gebratenen Fisch mit Bratkartoffeln und zur Feier des Tages ein Glas Chardonnay. Der Kellner scheint mich aber nicht richtig verstanden zu haben und bringt mir ein undefinierbar aussehendes Stück Fleisch.

»Ich habe Fisch bestellt!«, sage ich freundlich, aber bestimmt, und schiebe den Teller ein Stück in seine Richtung. Ich erwarte eine schnippische Bemerkung, aber ohne Umstände bringt er mir das Bestellte. Ich wundere mich über mich selbst. Früher hätte ich einfach das genommen, was mir serviert wurde, und hätte mich noch dabei geniert, scheinbar zu undeutlich gesprochen zu haben …

Nach dem ausgesprochen köstlichen Mahl mache ich mich schnell auf den Weg zurück in die Villa, denn nicht nur ich habe seit dem Frühstück nichts mehr in den Magen bekommen, sondern auch Whisky und der wird immer sehr unwirsch, wenn er zu lange auf sein Futter warten muss. In meinem Zimmer angelangt, sitzt Whisky nach wie vor regungslos auf dem Balkon und macht für mich nicht verständliche Katzenlaute.

»Whisky, entschuldige bitte! Du bekommst sofort dein Fressen.«

Minutenlang bemerkt er mich nicht. Dann sehe ich das Ziel seiner Aufmerksamkeit: eine weiße Angorakatze, die im Garten liegt und sich genüsslichst ihr Schnäuzchen putzt. Durch das Klappern seines Futternapfes dann doch erweckt, wendet er sich mir zu.

»Jessy, ich habe das bezauberndste Katzenwesen der Welt entdeckt! Ist sie nicht das hinreißendste, schönste Katzenfräulein, das du je gesehen hast?«

»Sie ist wirklich süß!«, sage ich beiläufig.

»Süß? Sie ist wunderschön! Aber sie bemerkt mich gar nicht …« Traurig wendet er sich seinem Futter zu.

»Du könntest mich morgen in den Garten begleiten, vielleicht ergibt sich ja deine Chance.«

Er schaut mich mit seinen großen, kugelrunden Augen an und nickt.

Wir machen es uns im Bett bequem und ich drehe den Fernseher an. Es läuft irgendein Krimi, doch meine Gedanken schweifen immer wieder ab zu meinem ungewohnten Verhalten und zu meinen Träumen, in denen ich die Gräfin bin. Morgen werde ich versuchen, etwas über das wahre Leben der Gräfin herauszufinden. Peter hat von ihrem mysteriösen Verschwinden gesprochen. Wo sie wohl hin ist? Warum sie nie wieder in diese wunderschöne Villa zurückgekehrt ist? Ob ihr etwas angetan wurde? Alles sehr geheimnisvoll! Über meinem Grübeln nicke ich langsam ein.

*

Louise steht neben mir in einem wunderschönen lindfarbenen Kleid aus Seide. Ihr Haar ist hochgesteckt, nur ein paar blonde Locken umschmeicheln ihr hübsches Gesicht. Sie wirkt aufgeregt. Ich bin wieder zurück in der Villa, in der anderen Zeit, in meinem Traum. Mich umfließt ein dunkelrotes, etwas steifes Seidentaftkleid, ein bisschen sehr zugeschnürt, aber es wirkt trotzdem, als wäre ich … als wäre ich eine Gräfin, die ich in dem Fall ja auch bin. Neben meinen Füßen sitzt der Siamkater, den ich im ersten Traum auch getroffen habe und der irgendwie wie Whisky war.

»Ich muss noch meinen Fächer suchen!« Louise klingt etwas hysterisch, wie Teenager eben sind. Sie verlässt raschen Schrittes mein Ankleidezimmer.

»Was habe ich da wieder für einen komischen Traum …«

»Whisky?«, frage ich zaghaft.

»Ach, das schon wieder. Hallo meine kleine Gräfin, ganz schön herausgeputzt hast du dich! Warum kann ich nicht von meiner angebeteten weißen Schneeflocke träumen? Muss ich schon wieder nur von Menschen umgeben sein, selbst in meinen Träumen? Nichts gegen dich Jessy!«

»Ich verstehe schon, was du meinst. Ich finde das ja auch alles komisch, auch dass ich mich in meinem Traum wieder mit dir unterhalte und dass sich das alles so real anfühlt. Aber, um ehrlich zu sein, bin ich schon sehr gespannt auf die Party, die ich heute gebe!«

»Du gibst eine Party? Na, die lass ich mir nicht entgehen!« Er grinst vor sich hin und schon reißt jemand die Tür auf.

»Verzeihen Sie Madame, ich dachte, Sie wären schon im Salon. Die ersten Gäste sind gerade gekommen!«

»Danke Marie, dort werde ich mich jetzt auch hinbegeben!«

»Das Gebäude, so stilsicher, und wie Sie den Garten anlegen haben lassen, ein Traum!«

Vor mir steht eine blonde Dame im Zirkuspferdkostüm, zumindest sieht sie für mich so aus, mit dem Federbüschel in ihrer Hochsteckfrisur. Sie hat sich sofort zu mir gedrängt, als ich den Salon betreten habe. Überhaupt drängen sich Damen und Herren – die noch immer wie Pinguine in ihren Fräcken aussehen – um mich und umschmeicheln mich mit Komplimenten aller Art. Zu vielen Gesichtern fallen mir spontan die Namen ein. Es scheint für mich das Natürlichste, im Mittelpunkt zu stehen. Ich fühle mich nicht unsicher, zupfe nicht an mir herum, sondern unterhalte mich souverän und greife zu einem Gläschen Champagner, das ein Diener mir serviert. Auch meine Schwester scheint sich köstlich zu amüsieren. Sie steht umringt von ein paar jungen Männern da und lässt sich unterhalten. Ich bin mitten in einem tollen Fest und es ist meines!

»Darf ich Sie um den nächsten Tanz bitten?« Vor mir steht ein rassiger, dunkelhaariger, italienisch aussehender Mann.

»Gern«, erwidere ich.

Na bitte, in meinen Träumen lebe ich ein echtes Leben mit einer Familie, mit Freunden, mit Verehrern. Er wirbelt mich über die Tanzfläche und meine Füße scheinen jeden der Schritte zu beherrschen. Es ist einfach nur berauschend, dieses Gefühl, und ich lasse mich davontragen wie von einem leichten Sommerwind. Mein neuer Freund Gabriele ist ein *Barone* und auch wenn er italienisch spricht, verstehe ich ihn und kann ihm sogar antworten. In meinem Traum bin ich also auch noch vielseitig gebildet, nicht schlecht! Er erinnert mich ein bisschen an David, großspurig und selbstsicher in seinem Auftreten. Glaubt, jede Frau um den kleinen Finger wickeln zu können.

Ich plaudere ein bisschen mit ihm, nachdem meine Tanzkarte aber immer voller wird und ich auch meinen anderen Gästen gegenüber gewisse Verpflichtungen habe, lasse ich ihn nach einer Weile alleine zurück. Das scheint ihm nicht sehr zu gefallen und ich sehe, wie er eifersüchtig zu mir herüberstarrt, als ich mit einem anderen Verehrer tanze. Mich amüsiert das sehr, schließlich habe ich in meinem Leben noch nie erlebt, dass sich gleich mehrere Männer für mich interessieren.

Plötzlich fällt mir auf, dass ich Louise schon länger nicht gesehen habe. Auch wenn es nur ein Traum ist, nehme ich den Brief meines Vaters doch ernst. Ich wandere durch die Räume, rund um mich wird getanzt, und es liegt der Glanz eines vergangenen Jahrhunderts in der Luft. Ich fühle mich ein bisschen beschwipst, als ich auf die Terrasse trete, um Ausschau nach Louise zu halten. Plötzlich steht Gabriele neben mir, mit einem Glas Champagner.

»Suchen Sie nach Ruhe, Gräfin?«

Nein, ich suche nach meiner Schwester, denke ich, erwidere aber: »Ich wollte mich ein bisschen ausruhen, bevor ich in die nächste Tanzrunde starte.« Seine Nähe ist prickelnd und bedrohlich zugleich.

Er reicht mir seine Hand. »Wollen wir einen kleinen Spaziergang durch den Garten machen?«

Es ist mehr eine Feststellung denn eine Frage, mein altes Jessy-Ich kommt durch, und ich traue mich nicht zu widersprechen. Also gehen wir ein paar Schritte. Er steuert immer weiter weg vom Haus, bis wir den felsigen Strand erreichen. In dieser Nacht scheint der Mond sehr hell und spiegelt sich in den sanften Wogen des Meeres. Für mich völlig unerwartet beginnt er, meine Hand zu küssen.

Ich zucke zurück. »Barone, ich denke wir sollten zurückkehren …«

Er unterbricht mich hitzig: »Liebste Gräfin, Sie machen mich verrückt …«

Nun liegt es an mir, ihn zu unterbrechen. Um ehrlich zu sein, ist mir die Situation äußerst unangenehm. Ich kenne diesen Herrn nicht näher und will ihn auch gar nicht näher kennenlernen. Das ist mir jetzt klar. Bestimmter sage ich: »Ich möchte *jetzt* zurückgehen!«

Er umklammert fest mein Handgelenk, aber ich kann mich losreißen.

Wieder zurück in der Villa beginne ich unruhig nach Louise Ausschau zu halten. Wenn hier alle Männer so direkt sind, ist es wohl wirklich besser, wenn ich sie ein bisschen schütze. Da ist sie ja, zum Glück steht sie mit gelangweilter Miene in einer Ecke mit dem Fürsten Schönberg, seiner Frau und einer mir unbekannten älteren Dame. Ich nehme an, es ist die Anstandsdame, die mir mein Vater ans Herz gelegt hat.

»Louise, da bist du ja!« Den anderen nicke ich hoheitsvoll zu. Ich nehme Louises Hand und deute ihr, mir zu folgen. Sie scheint erleichtert zu sein, von ihrer Pflicht erlöst zu werden. Hinter meinem Rücken höre ich ein mokiertes Flüstern. Aber egal, ich habe jetzt keine Lust, mit diesen todlangweiligen Menschen Smalltalk zu führen. Louise ist jetzt zwar ein wenig verunsichert, aber ich finde, der Abend hat genug Aufregung gebracht und ich verfrachte sie in ihr Zimmer.

*

Regen klopft an mein Fenster und ich werde munter. Es ist ein trüber, verregneter Morgen und meine Stimmung gleicht dem Wetter. Ich wäre noch gern in meinem Traum geblieben, die schöne, selbstsichere, begehrte Gräfin. Aber ich wache auf und bin wieder ich.

Whisky sitzt schon bei seinem Schüsselchen und trommelt unruhig mit seinen Krallen auf das Porzellan ein. »H-u-n-g-e-r«, buchstabiert er rhythmisch.

»Bin ja schon w-a-c-h!«

Diesmal schlingt er sein Futter gar nicht hinunter, sondern frisst manierlich Bissen für Bissen. Er lässt sogar ein bisschen was übrig, was ich noch nie bei ihm erlebt habe. Normalerweise schleckt er jeden Futternapf so lange aus, dass er beinahe schon den Belag entfernt.

»Weißt du Jessy …«, setzt er in nasal hochtrabendem Ton an, »ich muss mich wieder etwas mehr auf meinen familiären Hintergrund besinnen, schließlich bin ich ein adeliger Kater. Selbst in meinen Träumen werde ich darauf hingewiesen.«

»Stimmt! Auch in meinen Träumen bist du ein schlanker, hoheitsvoller Siamkater.«

Seine Augen ziehen sich zu einem Strich zusammen. »Hmm, wir scheinen uns auch in unseren Träumen zu begegnen.«

Also ist es wahr, er bewegt sich in der gleichen Traumlandschaft wie ich. Mir fährt ein Schauer über den Rücken. Seltsam. Wobei, es ist schließlich auch seltsam, dass ich als einziger Mensch mit Whisky sprechen kann. Etwas an diesem Ort ist magisch, ich kann es nicht erklären, aber es fühlt sich so echt an, was ich in meinen Träumen erlebe und spüre.

Whisky interessiert das kaum, er liegt bei dem offenen Spalt der Balkontür und saugt die regenfrische Luft in sich ein. Er ist traurig und ich kann erraten, woran es liegt. Mein süßes kratzbürstiges Katerchen hat sich verliebt.

»Du denkst an sie?«

»An wen sonst. Meine zarte, anmutige Katzenprinzessin … Ob ich sie je wiedersehen werde?« Er stößt einen theatralischen Seufzer aus.

»Aber natürlich! Morgen ist das Wetter wieder schön und du wirst sie wieder anhimmeln können.«

Zur Sicherheit bleibt er auf seinem Plätzchen liegen und beobachtet die Regentropfen, die unaufhörlich von Himmel prasseln. Am liebsten würde ich mich einfach wieder hinlegen und schlafen und mein weitaus interessanteres Traumleben beobachten, andererseits sollte ich mich langsam mit meiner Zukunft beschäftigen. Trotz des Regens beschließe ich, einen kleinen Spaziergang zu machen. Vielleicht reinigt der ja meine Gedanken. Ich packe mich regenfest ein und überlasse Whisky seinen Träumereien.

Im Foyer treffe ich auf meinen persönlichen »Freund«, Peters Enkel. Eigentlich will ich nur möglichst schnell an ihm vorbei, doch in meiner Hast stolpere ich über meine eigenen Füße. Julian schaut von seinem Buch hoch und lächelt mich breit an. Toll, es ist das erste Mal, dass er mich wirklich bemerkt, und dann so. Wobei, das stimmt nicht, meine Prinzessinnenschlapfen hat er auch genauestens begutachtet.

Ich versuche, mich so schnell wie möglich wieder aufzurappeln und stürze in den Regen hinaus. Mist! Ich habe den Regenschirm vergessen! Aber jetzt wieder zurückzugehen, wäre mir doch zu unangenehm. Zu meiner Überraschung öffnet sich die Eingangstür und Julian steht mit einem großen Schirm neben mir. »Darf ich Sie ein Stück begleiten? Ich nehme an, Sie wollten einen Spaziergang machen?« Es geschehen also doch noch Zeichen und Wunder …

»Gerne!«, murmle ich verlegen. Eine Weile gehen wir still nebeneinander her.

»Wissen Sie, ich habe in Wien studiert, bin erst seit ein paar Wochen wieder zurück in diesem Nest.«

»Ach.« Mehr bringe ich nicht heraus.

Aber er ist heute anscheinend besonders mitteilungsbedürftig und fährt fort: »Es war nicht mein Wunsch, hierher zurückzukehren, aber nachdem meine Mutter schwer erkrankt ist, musste ich zurück, um meinen Großvater zu unterstützen. Was treibt Sie hierher? Urlaub?«

»Sagen wir eher, ich musste eine kleine Auszeit nehmen.«

»Es ist selten, dass jemand mit seiner Katze verreist. Wussten Sie, dass die ursprüngliche Besitzerin der Villa eine Gräfin war und bekannt dafür, ihren Wohnsitz in Wien und den hier gemeinsam mit ihrem Kater zu wechseln? Wer weiß, vielleicht sind Sie ihre Reinkarnation.«

Er verschluckt sich fast an seinem Lachen und ich lache mit. Doch so lustig ist mir gar nicht zumute. Wie kann das sein? Meine Träume, die Vergangenheit, die Gegenwart … alles vermischt sich. Mir wird schummerig.

»Entschuldigen Sie bitte, Julian, aber ich möchte wieder zurück auf mein Zimmer, ich fühle mich etwas unwohl und will mich lieber wieder hinlegen.«

»Natürlich«, sagt er steif und all die Herzlichkeit, die sein ansteckendes Lachen hatte, ist auf einmal verschwunden. Er begleitet mich still zurück.

Whisky ist über seinem Warten, dass der Regen endlich aufhört, eingeschlafen und hat sich zu einer dicken Fellkugel zusammengerollt. Am liebsten möchte ich das auch tun, mich einrollen und schlafen. Julian muss sich denken, dass ich eine äußerst merkwürdige Person bin: merkwürdig, komisch, drollig, anders. Warum er mir wohl nachgegangen ist? Wahrscheinlich musste er irgendetwas besorgen, an mir kann es ja kaum liegen. Ohne Zweifel ist er ein charismatischer, hübscher Mann, was soll so jemand an mir finden? Ich lege mich quer übers Bett und versenke meinen Kopf in das weiche Kissen.

*

Ein feiner Sonnenstrahl bricht sich im Fensterglas und lässt es für einen Moment in den schillerndsten Regenbogenfarben erstrahlen. Ich liege auf einem mit rotem Samt bezogenen Diwan. Da bin ich wieder, in Korsett und Rüschen. In meiner Hand halte ich eine Fotografie, die mich mit einem fremden Herrn zeigt. Er ist um einiges älter als ich, aber er ist nicht mein Vater. Keiner von uns beiden lächelt. Es ist ein ernstes, steifes Bild. Irgendwo in meinem Unterbewusstsein setzen sich wieder Bilder zusammen. Das war mein Ehemann. Ich war verheiratet. Aber schon kurz nach unserer Vermählung ist er bei einem Reitunfall ums Leben gekommen. Ich spüre keine Liebe für ihn in mir, kein Bedauern. Hat doch sein Tod mir dieses Leben erst ermöglicht. Auf dem Bild bin ich, also die Gräfin – wobei ich da kaum noch einen Unterschied mache, in meinem Traum bin ich ja die Gräfin – weitaus jünger als jetzt und mein Blick ist scheu und ernst. Es ist Jahre her und doch bin ich eine Witwe. Ich spüre den Stich im Herzen, in diesem Leben nie geliebt zu haben. Es war eine Vernunftehe, die mein Vater eingefädelt hat. Erst nach dem Tod von Viktor habe ich mich frei gefühlt. Zuerst war ich überwältigt von dem Gefühl, niemandem Rechenschaft schuldig zu sein, dann auch von der finanziellen Unabhängigkeit, in die ich durch das Erbe gekommen war. Nie könnte ich sonst so ausschweifende Feste feiern. Auch die teuren Kleider und der exklusive Schmuck wären nicht finanzierbar für mich.

Der junge Peter steht in der Tür und unterbricht meine Wogen der Erinnerung. »Gräfin, ein Herr möchte Sie sprechen.«

»Um wen handelt es sich?«

»Er hat mir seinen Namen nicht nennen wollen und meinte, er wolle Sie überraschen.« Peter scheint sich in seiner Situation nicht wohlzufühlen.

Um ihn zu befreien, entgegne ich: »Führen Sie ihn in den Salon!«

Unbemerkt und blitzschnell wie ein Raubtier schleicht er sich an und steht auf einmal vor mir – Barone Gabriele. Bitte nicht! Der gestrige Abgang sollte ihm doch bewusst gemacht haben, dass ich keinerlei Interesse an der Fortsetzung unserer gesellschaftlichen Beziehung habe.

Bevor er zu sprechen beginnen kann, tritt Louise ins Zimmer. Schuldbewusst fragt sie, ob sie stört, und ich erwidere erleichtert: »Nein, setz dich doch bitte zu uns!«

Gabriele ist sichtlich enttäuscht von der Tatsache, nicht wieder alleine mit mir zu sein. Wir unterhalten uns oberflächlich, bis Peter wieder neue Gäste in den Salon führt. Das ist ja ein richtiger Auflauf in diesem Haus! Eigentlich würde ich viel lieber für mich sein und den Raum und meine Gedanken auf mich wirken lassen, aber das ist im Moment wohl nicht möglich.

Diesmal bin ich nicht enttäuscht über die Gesellschaft von Fürstin Schönberg und ihrer Begleitung. Alles, was Gabriele die Möglichkeit nimmt, mir wieder seine Gefühle zu gestehen, macht mich froh. Betont freundlich bitte ich die Fürstin und ihre Tante, Platz zu nehmen, obwohl es, wenn man es genau nimmt, aufdringlich ist, mich schon wieder zu besuchen. Daher beschließe ich in Gedanken, Louise keine Anstandsdame aufzudrängen, denn ich bin mir sicher, das ist der Grund für den Besuch. Ich halte das Gespräch oberflächlich und lasse es gar nicht so weit kommen, dass dies zum Thema werden könnte.

Der Barone bleibt währenddessen im Zimmer und schweigt. Ich sehe ihn aus den Augenwinkeln unruhig im Zimmer hin- und herschreiten. Dann bleibt er stehen und betrachtet ausgiebig mein zuletzt gelesenes Buch, einen Poesieband, der auf einem Beistelltischchen liegt. Nach einigen Minuten verabschiedet er sich hastig und kurz darauf begleite ich auch die beiden Damen hinaus.

Endlich Ruhe! Nur Louise ist noch im Zimmer, sie ist aber wieder mal damit beschäftigt, Briefe zu schreiben, ich nehme an, an ihre Freundinnen. Froh darüber, die ungebetenen Besucher los zu sein, wandere ich ein bisschen im Zimmer umher, bis mir auffällt, dass nun auf dem Beistelltischchen ein kleines Paket liegt. Das kann nur Gabriele hier hingelegt haben. Soll ich es öffnen oder ihm lieber gleich zurückschicken? Dann überwiegt aber die Neugierde und ich mache es vorsichtig auf. Es glitzern mir zwei wunderschöne Diamantohrgehänge entgegen. Ich streichle sanft über die glänzenden Steine und einen Moment will ich sie sogar anlegen, aber dann fasse ich mich wieder. Es ist unmöglich, diese Ohrringe anzunehmen. Das wäre wie eine Zusage zu seinen Aufdringlichkeiten. Schnell packe ich sie weg. Bei der nächsten Gelegenheit werde ich sie ihm zurückgeben. Aber warum muss ich das eigentlich, wo sie doch so schön sind? So etwas Schönes hat mir in meinem Leben noch nie jemand geschenkt. Und ich befinde mich in einem Traum, also was kann mir eigentlich passieren?

Als ich bei Louise vorbeigehe, schaut sie auf und legt ihren Arm über das soeben Geschriebene. Sie errötet leicht, und ich muss lächeln. So sind alle jungen Mädchen: Immer ist alles ein Geheimnis und in Wahrheit schreibt sie wahrscheinlich über die langweiligsten Dinge der Welt.

»Komm, lass uns einen Spaziergang machen!«, fordere ich sie auf und tue so, als ob ich nichts bemerkt hätte.

»Gerne, meine liebe Helene«, gibt sie hastig zurück und packt ihre Briefe weg.

Und dann sehe ich *ihn* zum ersten Mal. Bei der Promenade, die das Meer säumt. Er scheint wie wir einen Spaziergang zu machen. Im Vorbeigehen nickt er mir knapp und förmlich zu und zieht seinen Hut. Ich sehe in seine traurigen, aufmerksam intelligenten Augen und habe das Gefühl, dass sich meine Kehle zusammenschnürt. Schmale Statur, für die Zeit unüblich bartlos, ein markantes Gesicht und die entwaffnendsten Augen, die ich je gesehen habe. Ich kann nicht atmen und werde bestimmt fürchterlich rot im Gesicht.

»Was hast du denn, Schwester?« Louise blickt mich erstaunt an. »Ist dir nicht gut?«

Ich mache eine verneinende Handbewegung. Meine Stimme habe ich noch immer nicht wieder, ich kann nur an diese Augen denken, als ob sie mir tief in die Seele geschaut hätten. Noch nie habe ich mich so tief berührt und gleichzeitig ertappt gefühlt. Es war nur ein kurzer Moment und doch war da ein Erkennen, eine Sehnsucht, die gestillt zu sein schien in dieser Sekunde. Es ist ein fast unbeschreibliches Gefühl, als ob ein lang vermisster Teil von einem selbst sich plötzlich ergänzt.

Wir setzen uns auf eine Bank und Louise plappert drauf los. Ich kriege nur Wortfetzen mit, aber sie scheint sich über den Herrn lustig zu machen. »Hast du gesehen, wie der sein Bein hinterhergeschleift hat? So hager und dann auch noch ein Gehfehler, kein Wunder, dass du dich erschreckt hast!«, kichert sie.

Dumme Pute! Sie ist meine Schwester, aber trotzdem. Ich habe noch nie so etwas erlebt. Er ist es, der Mann meiner Träume, im wahrsten Sinne des Wortes. Mir ist nichts von seinen scheinbar augenscheinlichen Mankos aufgefallen. Kein Humpeln, keine Ausgezehrtheit. Aber es ist besser, das Louise gegenüber nicht zu erwähnen. Sie würde es ja doch nicht verstehen, was weiß sie schon von Liebe. Also versuche ich das Thema zu wechseln, was mir zwar ziemlich schwerfällt, doch bald sind wir in einer Unterhaltung über die Fürstin und ihre Tante verstrickt.

»Vater hat mich darum gebeten, die Tante der Fürstin als deine Anstandsdame einzustellen.«

»Aber ich bin schon erwachsen und will unabhängig leben, wie du!«, sagt sie trotzig.

»Ich werde mir das alles noch in Ruhe überlegen.« Damit beende ich das Thema.

Den ganzen Rückweg geht sie bockig neben mir her und sie erinnert mich ein bisschen an Whisky, wenn er von mir ermahnt wird oder ich ihm etwas verbiete, was er gerne macht, zum Beispiel sich an meiner einzigen teuren und ehemals edlen Handtasche die Krallen schärfen. Aber irgendwie ist mir ihr zickiges Verhalten jetzt egal, ich muss *ihn* wiedersehen. Das ist mein einziger Gedanke.

Zu Hause ziehe ich mich sofort in meine Räumlichkeiten zurück. Übers Bett gestreckt liegt der Siamkater, der eigentlich Whisky ist, und schnurrt zart vor sich hin. An seinen zuckenden Pfoten bemerke ich, dass er schläft. Lustig, Whisky schläft sogar in seinen Träumen. Mich haben Unruhe und Aufregung erfasst. Wie kann ich diesen Mann kennenlernen? Wer ist er? Hat er gleich gefühlt wie ich? So ein starkes Gefühl kann unmöglich einseitig sein! Aber wo finde ich ihn? Sucht er vielleicht schon nach mir? Warum mache ich mir bloß solche Gedanken, es ist schließlich nur ein Traum!

*

Ich bin wieder aufgewacht und befinde mich im Heute. Der Regen hat aufgehört, aber der Himmel ist nach wie vor grau. Doch in mir sieht es rosarot aus. Diese Augen, diese tiefe innere Sicherheit, die ich in meinem Traum gespürt habe, überträgt sich auf mich, ich fühle mich zum ersten Mal seit Langem wieder richtig wohl in mir. Ich beschließe auszugehen, erst irgendwo nett etwas essen und dann in eine Bar. Es stört mich nicht einmal, dass ich alleine bin. Heute gebe ich mir mehr Mühe als sonst und stecke mir die Haare hoch, wie ich es bei Marie gesehen habe, trage Lipgloss auf und tusche mir die Wimpern. Als ich fertig bin, stelle ich mich vor den Spiegel. Den schönen viktorianischen hat scheinbar ein neuer, moderner ersetzt. Aber egal, ich fange schon an, Träume und Wirklichkeit zu vermischen …

Whisky maunzt zustimmend: »Endlich gehst du mal wieder aus, wurde ja auch Zeit!«

»Kann ich dich alleine lassen?« Plötzlich plagt mich mein schlechtes Gewissen, schließlich sind wir erst kurz hier und Whisky war so und so nicht begeistert von der Reise. Aber es scheint ihm gar nicht schnell genug zu gehen, bis ich endlich aus der Tür bin. »Hast du vielleicht noch etwas vor, heute?«, frage ich und lasse mir extra lange Zeit damit, in meine Jeans zu schlüpfen.

Wenn eine Katze rot werden könnte, dann würde Whisky jetzt rote Fellspitzen haben. Er stammelt ein bisschen herum. »Vielleicht sehe ich Milly heute noch …«

»Milly ist die weiße Angorakatze, nehme ich an?«

»Natürlich, wer sonst?«

»Also hat mein süßer Kater ein Date?«

»Naja, noch kein richtiges, sie meinte, sie schaut vielleicht am Abend unten im Garten vorbei.«

»Also lass ich dir wohl besser die Balkontür offen. Und ich flitz dann mal, damit du in Ruhe deiner Angebeteten harren kannst.«

»Sehr lustig, Jessy!«

Der Abend verläuft gut und nach einem ausgiebigen Abendessen in einem kleinen Restaurant am Hafen spaziere ich die Promenade entlang und denke über meine Träume nach. Eigentlich freue ich mich schon, wie es weitergeht, denn ich habe das Gefühl, die Gräfin bringt ganz neue Seiten in mir zum Vorschein. Heute habe ich mein Hinterteil schon als weniger große Naturkatastrophe gesehen und meine Haare sehen auch verhältnismäßig gut aus. Aber nur nicht zu übermütig werden!

Es gibt in diesem Ort nicht wirklich viele Ausgehmöglichkeiten, also beschließe ich einfach, in das nächstbeste Lokal zu gehen. Ich fühle mich nicht komisch, weil ich alleine unterwegs bin, und auch die Blicke der Menschen lassen mich nicht unsicher werden. Nach zwei Caipirinhas trete ich dann aber doch den Heimweg an und freue mich auf mein Bettchen.

Whisky dürfte sich über den Balkon in den Garten abgeseilt haben, denn er ist nicht im Zimmer, als ich zurückkomme. Ein bisschen mulmig ist mir, weil er bis jetzt ja immer nur bei mir in der Wohnung war, andererseits – er hat vorher auf der Straße gelebt, also wird er sich im Villengarten wohl nicht verirren. Ich krieche in mein Bett und kann es kaum erwarten, weiter in meinen Träumen zu wandeln.

Enttäuschung! Ich habe gar nichts geträumt. Scheinbar kann ich es doch nicht steuern, dass ich mich sofort in der anderen Welt bewege, wenn ich einschlafe. Es war aber auch eine unruhige Nacht, ich bin immer wieder aufgewacht und meine Hand hat vergeblich Whiskys weiches Fell gesucht. Erst um vier Uhr in der Früh ist er ins Bett geplumpst und hat mir sehr aufgeregt berichtet, wie schön es war, mit Milly am Strand zu spazieren und in ihre meerblauen Augen zu schauen. Dann sind wir beide eingeschlafen.

Ich bin ziemlich früh wieder munter, während Whisky noch schläft und zufrieden grunzt. Ich stelle ihm sein Futter hin und mache mich bereit fürs Frühstück. Peter empfängt mich schon mit warmen Semmeln und gut duftendem Kaffee. »Haben Sie gut geschlafen?«

»Naja, mein Kater war die ganze Nacht streunen und mein Schlaf war dadurch eher unruhig.«

Er lächelt mich breit an und die Enden seines Schnurrbartes heben sich. »Ein kleiner Vagabund also. Mein Vater hat mir immer von dem Siamkater der Gräfin erzählt. Er dürfte ein außergewöhnliches Exemplar gewesen sein und die Gräfin hat ihn überall hin mitgenommen. Als sie verschwand, verschwand auch das Tier.«

Meine Sinne sind wieder geweckt, jetzt kann ich ein bisschen über die Geschichte dieses Hauses herausfinden und vielleicht gibt es ja noch mehr Parallelen zwischen der Gräfin und mir und meinen Träumen. Vorsichtig frage ich: »Was hat Ihnen Ihr Vater sonst noch über die Gräfin erzählt? War sie verheiratet?«

»In jungen Jahren dürfte sie verheiratet gewesen sein, aber ihr Mann ist wohl bei einem Reitunfall kurz nach der Hochzeit ums Leben gekommen sein.«

Mir stockt der Atem. Wie in meinem Traum! Also gibt es da doch eine Verbindung zwischen der Vergangenheit und der Gegenwart. Kann es sein, dass ich in meinem vorigen

Leben die Gräfin war? Ich bin begierig darauf, mehr zu erfahren. Aber als ich noch dabei bin, Fragen in meinem Kopf zu formulieren, hat sich Peter schon auf den Weg ins Haus gemacht und plötzlich steht Julian neben mir. »Guten Morgen!«

»Guten Morgen!«, erwidere ich strahlend. Das war es dann auch schon, er verzieht sich schnell und ich bleibe mit einem erstarrten Lächeln sitzen. Heute hat er wohl keine Sprechperlen geschluckt. Das ist aber auch egal, trotz der anstrengenden Nacht fühle ich mich bereit für neue Abenteuer und meine Situation in Wien kommt mir weniger belastend und erdrückend vor.

Ich möchte einen kleinen Spaziergang machen und finde, auch Whisky sollte einmal diese wunderschöne Gegend bei Tag bewundern, also mache ich mich auf ins Zimmer. Er ist schon wach und schleckt noch behutsam die letzten Reste seines Frühstücks auf. »Na mein Großer, Lust auf einen Spaziergang?«

Er starrt mich verständnislos an. »Ich dachte, ich mache ein kleines Verdauungsschläfchen und danach halte ich noch ein kleines Mittagsschläfchen …«

»Komm, jetzt raff dich auf, du kannst dich ja später noch hinlegen. Oder triffst du dann wieder deine Süße?«, stichle ich ein bisschen.

»Wer weiß, wer weiß …«, sagt er ganz geheimnisvoll. »Aber, na gut, ich werde dich begleiten. Schließlich muss sich ja jemand um dich kümmern.«

»Naja, so schlimm ist es wieder auch nicht!«, gebe ich lachend zurück und wir beide verlassen im Einklang unser Zimmer.

Whisky ist nun gar nicht mehr mürrisch und wir marschieren gemeinsam die Promenade am Meer entlang. Auf der linken Seite erstrecken sich wieder diese wunderbaren

Villen, teilweise in Schönbrunner Gelb gehalten. Einige sind renoviert und erstrahlen wie vor hundert Jahren, andere verfallen schon, aber dennoch besitzen sie einen morbiden Glanz, der mich gefangen hält. Wir bleiben stehen und bewundern jedes dieser wunderschönen Gebäude.

»Jessy, es war doch keine so schlechte Idee – mit dem Urlaub meine ich.«

»Da bin ich froh, dass du das so siehst. Der Meinung bin ich im Übrigen auch!«

Whisky trottet neben mir her, aber ich finde, seine Bewegungen sind runder und eleganter, als ich sie sonst von ihm gewohnt bin. Sein getigertes Fell glänzt von seinen Sonnenbädern am Balkon und seine Augen leuchten. »Ich finde, du wirst jeden Tag hübscher!«, sagt er plötzlich zu mir. »Du hast einen viel aufrechteren Gang und deine Augen haben ein Funkeln, das ich von dir gar nicht kenne.«

»Danke. Dasselbe habe ich eben von dir gedacht. Du bist ein stattlicher Kater, kein Wunder, dass sich Milly in dich verliebt.«

»Das werden wir erst sehen. Milly ist sehr anspruchsvoll, eine richtige Dame. Da geht das nicht so schnell. Was ist eigentlich mit dir? Hast du schon einen netten Menschenherren kennengelernt?«

Ich winde mich ein bisschen. Soll ich Whisky von meinem Traum erzählen? Er wird glauben, ich bin verrückt, weil ich mich im Traum in einen Mann verliebt habe, den es gar nicht gibt. Ich lächle einfach und schweige. Beste Taktik. Aber nicht bei Whisky, er hat Lunte gerochen und bohrt nach.

»Na gut, ich habe doch diese komischen Träume, die sich so real anfühlen, in denen wir uns auch schon getroffen haben und da habe ich einen Mann gesehen. Ich kann es dir nicht erklären, aber der war es.«

»Das ist ein Traum, Jessy! Ich will ja deine Begeisterung nicht schmälern, aber wir leben im Hier und Jetzt – nicht in unseren Träumen.«

»Du hast ja recht, aber ich hatte schon ewig nicht mehr solche Gefühle und auch wenn das Ganze natürlich nicht in Erfüllung gehen kann, fühle ich mich trotzdem glücklich. Weißt du, was ich meine?«

»Ja, es ist schön, wenn du glücklich bist, und ich sehe ja, wie viel besser es dir hier geht als zu Hause. Aber versprich mir, dass du vielleicht auch mal im Hier schaust, ob du ein nettes männliches Exemplar für dich findest.«

»Versprochen!« Und irgendwie fällt mir Julian ein.

Wir durchstreifen noch ein bisschen die Umgebung und kehren dann durch das schmiedeeiserne Tor zu unserem Garten zurück. Whisky verzieht sich aufs Zimmer, weil er nun doch sein Schläfchen braucht, und ich lege mich an den Pool. Zum Glück habe ich mir auf dem Weg ein bisschen was zu Essen mitgenommen, denn die Villa scheint verlassen und ich bin hungrig.

Nach meinem Mahl schnappe ich mir den Liebesratgeber, den ich mitgebracht habe, und schmökere darin. Das ist zwar eigentlich sinnlos, denn was sollen mir jetzt Liebesratschläge bringen – aber was soll's. Man weiß ja nie. So döse, lese und liege ich den ganzen Nachmittag herum. Bis Julian wieder unvermittelt neben mir steht.

»Jessy, wollen Sie morgen Abend vielleicht mit mir essen gehen?«

Keine Begrüßung, kein Smalltalk, sondern gleich auf den Punkt. Ich versuche noch so schnell wie möglich, mein Bäuchlein einzuziehen und möglichst natürlich zu wirken: »Gerne!«

Ich ziehe mir mein Handtuch über meinen Bauch und danke Gott, wieder ausatmen zu können. Ist das jetzt eine

Verabredung? Nervosität und Freude breiten sich in mir aus. Ich habe nichts zum Anziehen! Alarm!

Aber gekonnt zerstört er meine Freude: »Es hat sonst niemand Zeit von meinen Bekannten und ich bin zu einem Essen der Vereinigung der Hotels und Pensionen hier eingeladen und mein Großvater meinte, ich sollte Sie fragen.«

Na super, danke. Da habe ich jetzt natürlich die größte Lust darauf. Ich lächle noch immer dämlich wie ein Honigkuchenpferd. »Toll! Da komme ich gerne mit.«

Julian scheint erleichtert zu sein. Hat er also eine Trotteline gefunden, die mitgeht. Aber der wird sich wundern: Ich werde mir nämlich selbst beweisen, dass die Gräfin auch in mir steckt und mir ein atemberaubendes Kleid kaufen. Die passenden Schuhe dazu habe ja schon – und ich meine nicht meine Prinzessinnenschlapfen!

Heute ist es schon zu spät, um in den Ort zu gehen und nach einem passenden Traumoutfit zu suchen. Lustig, in meinen Träumen hätte ich ja fabelhafte Kleider, wobei die vermutlich in dieser Zeit wie fehl am Platz wirken würden. Hmm, wie wunderschön ich mich gefühlt habe auf dem Ball, als der Rock meines Kleides über die Tanzfläche geschwebt ist. Gut, eigentlich nicht nur der Rock, sondern auch ich. Beschwingt öffne ich die Zimmertür und finde einen jammernden Whisky vor.

»Meine Pfote, auuuuuaaaa. Ein Stachel. Ganz böse. Ganz spitz. Ojeojeoje. Milly …« Er bricht in ein lautes Geraunze und Miauen aus, sodass ich ihn kaum noch verstehen kann.

Als ich mich nähere, sehe ich kreisrunde Blutflecken auf dem weißen Bettbezug und erschrecke. »Mein Baby, was ist passiert?«

Er zuckt zurück, als ich seine Pfote angreifen will, versteht aber dann doch, dass ich sehen muss, ob ein Tierarzt nötig ist. Währenddessen maunzt er: »Man wird mir meine Pfote abschneiden und Milly wird sich abwenden vor Ekel. Wer will schon ein Dreibein als Freund …«

»Whisky, lass mich jetzt einmal schauen, niemand wird dir die Pfote amputieren! Es ist sicher halb so wild! Was hast du denn gemacht?«, wiederhole ich meine Frage nach der Ursache seiner Verletzung.

»Ich wollte nur wieder in den Garten runter und bin in diesem blöden Gestrüpp hängen geblieben.«

Sorgfältig inspiziere ich sein armes Pfötchen und entdecke einen kleinen Stachel im mittleren Ballen. Ich liebe seine kleinen rosafarbenen Ballen. Nur auf einem ist ein kleiner schwarzer Fleck, aber sonst wirken sie immer, als ob sie gerade frisch gewaschen wären. Whisky ist kitzlig. Wenn ich ihm die Pfoten streichle, spreizt er seine kleinen Zehen, und ich kann die lustigen Haarbüschel dazwischen sehen. Aber jetzt haben wir gerade ein Drama!

Nach dem ersten Schreck muss ich sagen: Es ist eine Lappalie. »Warum kletterst du auch über die Heckenrose runter? Da sind überall kleine Stacheln. Auf der anderen Seite wächst ein Efeu, über den wärst du bestimmt bequem in den Garten gelangt.«

»Danke, Frau Obergescheit, die ja immer alles richtig macht!«, gibt er patzig zurück. »Ich leide hier, meine, Pfote blutet und aaaaauuuuaauauauau!«

Während er in einem Monolog über seinen Schmerz aufgeht, habe ich ihm den Stachel rausgezogen. »Sorry, aber es musste sein. Jetzt werden wir dein hübsches Pfötchen noch desinfizieren und verbinden, dann ist alles wieder gut!«

»Alles wieder gut, alles wieder gut? Nichts ist gut, ich wollte Milly treffen, aber so … Ach, ich bin doch wirklich vom Leben bestraft.«

»Jetzt ist es aber gut, Whisky! Die Welt geht nicht unter, wenn du heute im Zimmer bleibst. Morgen kannst du deine Kleine ja wieder treffen. Willst du was gelten, mach dich selten!«

Er starrt mich missbilligend an und verzieht sich humpelnd auf sein Lieblingskissen, das ich zum Glück nicht in der Heimat vergessen habe. Von der ganzen Aufregung schläft er bald ein und umklammert in tiefen Schlafseufzern sein Plutostoffhündchen. Ich streichle ihn sanft und lege mich neben ihn. Ein kleines Schläfchen wird auch mir guttun.

*

Mesdames et Messieurs – hier bin ich wieder! Die Gräfin, strahlend wie eh und je. Nach der letzten Nacht habe ich schon befürchtet, nicht mehr in diese Traumwelt zurückkehren zu können, aber da habe ich mich geirrt. Ich sitze an einem schnuckeligen, verschnörkelten kleinen Damenschreibtisch, und es häufen sich Briefe und Einladungen neben mir. Ah, ich mache meine Korrespondenz, mal sehen, wo ich so eingeladen bin. Mit einem silbernen Brieföffner, dessen Griff aus Bernstein ist, mache ich mich an die erste Einladung. In großen wunderschönen, handgeschriebenen Lettern steht da: »Sehr geehrte Frau Gräfin, ich freue mich, Sie am blablabla Tag, um so und so viel Uhr, in der Villa am See begrüßen zu dürfen.« Ich überfliege den Text schnell und öffne schon die nächste, und die nächste. Dann ertaste ich einen großen Umschlag, aus einem delikaten Büttenpapier, auf dem ein Adelswappen eingeprägt ist. Das macht mich neugierig, so edel mit goldener Schrift! Sehr förmlich werde ich zu einem großen imperialen Ball, in einem Schlösschen ganz in der Nähe, eingeladen und dazu auch noch heute! Es ist ein Traum, ich kann tun, was ich will, und ich bin frei! Was gibt es Schöneres? Um meine Beine fühle ich ein seidiges Fell streifen. »Whisky?«, quietsche ich auf. »Das kitzelt! Komm unter meinem Kleid hervor!«

Schon sehe ich den wohlgeformten Siamkopf unter meinen Röcken hervorlinsen. »Meine Pfote ist ganz intakt!«, sagt er zufrieden, während er an einer Quaste, die von den schweren Samtvorhängen herunterhängt, spielt.

»Es ist aber auch ein Traum, mein Süßer.« Ich hebe ihn hoch und betrachte ihn eingehendst, seine schöne dunkle Zeichnung um die Augen, die Schnauze und um das Maul herum. Sein restliches Fell ist beige und sieht aus und fühlt sich an wie eine Kuscheldecke in einem Wellnessbereich. Schön ist er, aber Whisky ist immer schön für mich. Er ist der süßeste Kater der ganzen weiten Welt, auch wenn er in der Realität ein kleines Bäuchlein hat. Dafür hat er das weichste Fell. Seine schönen breiten grauen Tigerstreifen umrahmen perfekt sein kleines zartes Katzengesicht. Seine grünen Augen haben fast unsichtbare braune Sprenkel und sehen einen immer mit einer hintergründigen Intelligenz an, die ich gerne hätte. Ich vergrabe meine Nase in das Siamkatzenfell und erschnüffle den vertrauten Geruch von Whisky. Es fühlt sich an wie Heimkommen. Mein Zuhause ist wohl auch mein Kater.

»Ja, ja, ich bin's!« Etwas genervt windet er sich aus meiner Kuschelattacke. »Du, Jessy, ich weiß ja nicht, wie aufmerksam du in deinen Träumen bist, aber ich an deiner Stelle würde etwas achtgeben auf meine kleine Schwester.«

Schwester? »Was ist mit Louise, dem kleinen hübschen Backfisch?« Lustig, als Gräfin drücke ich mich oft seltsam aus. Backfisch, wer sagt das heute noch?

»Na, so klein und süß wie du glaubst, ist sie nicht mehr. Ich habe sie vorhin bei einem heimlichen Kuss vor dem Dienstboteneingang beobachtet.«

»Waaaaasss?« Doch im selben Moment versuche ich abzuwiegeln: »Naja, sie ist schließlich noch jung und die ersten Erfahrungen habe ich zwar erst viel später gemacht, aber …«

»Du bist hier in einer anderen Zeit, ich denke nicht, dass es sich schickt, vor der Hintertür zu knutschen.«

Da fällt mir wieder der Brief von meinem Vater ein. »Du hast recht, wenn du oder ich noch mal so etwas bemerken, werde ich mit ihr sprechen.«

Mir ist die Sache unangenehm. Ich will nicht weiter darüber diskutieren und somit ist das Thema auch erledigt. Ich wende mich wieder meinem Einladungsstoß zu, wobei mich nur diese eine für heute Abend wirklich interessiert. Ich rufe den Diener, gebe ihm eine kurze Antwort in Briefform mit und bitte ihn, sie so schnell wie möglich zu überbringen. Schließlich will ich nicht ohne Ankündigung dort erscheinen und es ist ohnehin unhöflich, erst an dem Tag, an dem die Veranstaltung stattfindet, zuzusagen.

Danach streife ich noch in den Räumen umher und betrachte jedes Detail, um dann in meiner Zeit überprüfen zu können, wie viel Ähnlichkeit mit den heutigen Räumen besteht. Gemälde von lang verstorbenen Verwandten und zarte Blumenbilder, die ich gemalt habe. Die Hobbys von Helene sind Wandschirme bemalen, Blumen zeichnen und ein bisschen sticken. Dazu hätte ich gar keinen Kopf, keine Muße und keine ruhige Hand. Aber im Leben der Gräfin habe ich das wohl. Vielleicht sollte ich auch mal ausprobieren, ob ich irgendetwas von dem kann. Wobei, ich hatte in Handarbeiten mit Müh und Not eine Vier im Gymnasium. Ob da wirklich ein verborgenes Talent in mir steckt, wage ich zu bezweifeln. Es wirkt alles so herrschaftlich und ich fühle mich auch so. Gedeckte Farben und überdimensionale Kristalllüster, die glitzern wie gebündelte Diamanten. Was für eine Arbeit das sein muss, die zu putzen, aber wozu gibt es schließlich Personal? Jetzt sollte ich mich aber sputen und mein Outfit für heute Abend zusammenstellen. Vielleicht mache ich es wie die Zirkusfrau vom letzten Mal und pflanze mir ein paar Federn ins Haar.

Marie steht, wie bestellt, aber nicht von mir gerufen, schon vor der Tür meines Ankleidezimmers. Ich bemerke, dass ihre Augen gerötet sind, aber mein Anstand verbietet es mir, sie zu fragen, was los ist. Mein ganzer Körper wird unbeweglich und unbeholfen, es schickt sich nicht, Dienstboten in den Arm zu nehmen oder trösten zu wollen. Was soll's, ich tue es trotzdem!

Marie, völlig überrascht von meinem Gefühlsausbruch, bleibt stocksteif stehen, während ich die Arme um sie lege.

»Was haben Sie denn, Marie? Ich sehe, Sie haben geweint. Öffnen Sie Ihr Herz und erzählen Sie mir Ihre Sorgen!«

Mann, was wäre ich für eine gute Hausherrin, nein, was bin ich für eine gute Hausherrin. Ich muss unglaublich beliebt sein beim Personal. In Gedanken stelle ich mir vor, wie Dienstmädchen in anderen Häusern Marie um mich beneiden, weil ich mich für ihre Sorgen und Probleme interessiere, und sie dann in meiner souveränen Art löse. Irgendwie funktioniert das aber nicht mit dem Aussprechen, denn sie schweigt weiter, nur heiße Tränen laufen ihr über die Wangen und den Mund kneift sie ganz verbissen zusammen. Jetzt muss ich all meine erlernte Psychologie aus dem Nähkästchen zaubern. Ich meine, wozu habe ich etliche Ratgeber gelesen! »Was es auch ist Marie, Sie können es mir sagen!« Ganz sanft versuche ich sie beschwichtigend dazu zu bringen, sich mir zu öffnen.

Das dauert eine ganze Weile, und ich verliere schon fast den Glauben an meine psychologischen Fähigkeiten. Doch dann bricht alles aus ihr heraus und keine Spur von Contenance bleibt über. »Ich hasse Ihre Schwester! Sie hat mein Leben zerstört!«

Wie bitte? Entsetzt starre ich sie an. So sehr mir die Worte widerstreben, meine innere Beschwörung, aufzuhören, kann sie nicht stoppen, und die Geständnisse sprudeln weiter aus ihr heraus. »Seit sie hier ist, hat mein Verlobter nur noch Augen für sie und trifft sich heimlich mit ihr. Er bestreitet es, aber alle reden darüber, und man hat ihn auch schon dabei beobachtet, wie er Ihre Schwester trifft!« Sie schreit es fast heraus und mir scheint, ein Knoten in ihr ist geplatzt.

Aber meine Schwester? Was soll das? Ich dachte, es geht um kleine Streitereien unter ihresgleichen. Ihresgleichen ist gemein, aber es ist mir so in den Kopf geschossen. Wir sind doch alle gleich. Aber in dieser Zeit nicht ganz gleich, der Standesdünkel ist doch stärker, als man erwartet. »Wie können Sie so etwas behaupten? Das muss ein Irrtum sein!«

Augenblicklich fällt mir ein, was Whisky vorher zu mir über Louise gesagt hat. Ich fürchte, jetzt ist der Zeitpunkt, wo ich mit ihr reden muss.

Marie scheint erschrocken zu sein über ihre eigene Aussage. »Verzeihen Sie bitte, Gräfin.« Ihre Stimme ist ganz wackelig, ich merke, wie sie verzweifelt versucht, gegen die Tränen anzukämpfen.

»Vermutlich haben Sie sich getäuscht, ich bin mir sicher, Louise … Sie wissen schon. Ich meine, sie hat bestimmt nicht vor, Ihnen Ihren Verlobten auszuspannen, vermutlich ist das ein blödes Gerücht.« Ich nicke ihr aufmunternd zu, und will mich selbst auch gerne beruhigen und überzeugen, dass meine kleine Schwester keinen großen Blödsinn macht.

»Sie haben recht, vermutlich habe ich mich getäuscht.« Überzeugung hört sich anders an.

»Nehmen Sie sich den restlichen Tag frei, Marie. Treffen Sie Ihren Verlobten, besprechen Sie alles in Ruhe und Sie werden sehen, es ist nicht immer alles so, wie es scheint.«

»Aber wer wird Ihnen bei der Garderobe helfen?«, fragt sie pflichtbewusst. Ach ja, das habe ich vergessen! Wenn ich weggehen will, brauche ich ja wieder jemanden, der mich in mein Kleid hineinschnürt, die dreitausend Häkchen schließt und erst die Unterröcke … Es wäre aber peinlich, wenn ich meine Großzügigkeit zurücknehme.

Zum Glück sagt Marie aber in diesem Moment: »Natürlich werde ich bleiben und Ihnen beim Ankleiden helfen. Verzeihen Sie mir bitte, dass ich mich nicht beherrschen konnte. Es steht mir nicht zu, Sie mit meinen Privatangelegenheiten zu belästigen. Bitte lassen Sie mich meine Aufgaben erledigen, es ist mir schon so unangenehm genug.« Sie senkt die Augen, die Situation scheint Marie unglaublich peinlich und, um ehrlich zu sein, weiß ich nicht, wie ich ohne sie jemals in meine Kleider kommen sollte.

Mit Peinlichkeit kenne ich mich gut aus. In meiner Realität bin ich die Meisterin darin, mich peinlich und deplatziert zu fühlen. Mitleid mit mir selbst und mit Marie keimt auf. »Gut, aber wenn Sie mich angekleidet haben, können Sie gehen, die Haare mache ich heute selbst!«

Sie scheint sich nicht so zu freuen. Vielleicht glaubt sie, ich mag sie nicht mehr, oder will sie bestrafen, weil sie sich so über meine Schwester ausgelassen hat. Dabei will ich ihr etwas abnehmen. Wenn sie meine Haare hochsteckt, kann man es nicht vergleichen mit meinen Frisurkünsten, also ist es ein großer Verzicht, den ich ihr zuliebe übe. Natürlich finde ich es weder charmant noch erfreulich, welche Geschichten sie da über Louise verbreitet, aber etwas regt sich in mir, das mir sagt, dass es stimmt, was Marie behauptet.

Heute werde ich Louise zu dem Ball mitnehmen und etwas mehr auf sie schauen. Vielleicht sollte ich doch diese Anstandsdame engagieren? Aber nein, ich schaffe das schon! Was kann denn groß passieren? Ich sage ihr, sie soll es lassen, sich mit dem Burschen zu treffen, und fertig. Er bedeutet ihr mit Sicherheit nicht viel, ist eine kleine Spielerei, die sie ohne Weiteres aufgeben wird.

Weit gefehlt! Das Gespräch mit Louise entwickelt sich gar nicht gut. Wir stehen uns gegenüber und sie weint lautlos.

»Ich liebe ihn doch …«, wimmert sie leise vor sich hin.

Ihr Geständnis, sich seit ein paar Wochen heimlich mit Maries Verlobten Albert zu treffen, hat mich etwas umgehauen. Eine sonderliche Antenne dürfte ich als Gräfin nicht haben, ich scheine etwas zu sehr mit mir selbst beschäftigt zu sein als mit den Bedürfnissen meiner Schwester. Mein Herz übergibt sich, als ich ihr erkläre, dass sie nicht zur Arbeiterklasse gehöre und wissen müsse, wo ihr Platz sei. So eine Meinung vertrete ich also. Es ist mein Traum und ich will, dass jetzt alles gut wird, dass jeder die Liebe bekommt, die er sich wünscht. Ich will nicht streiten und ich will nicht, dass meine Schwester weint. Aber die Worte kommen wie selbstverständlich aus meinem Mund und das mit großer Überzeugung. Ich will nicht mehr die Gräfin sein! »Louise, wenn du nicht augenblicklich aufhörst, diesen jungen Mann zu treffen, werde ich unseren Vater darüber in Kenntnis setzen müssen. Du weißt wohl, was das bedeutet?«

»Helene, bitte, du musst mich verstehen …!« Aber ich merke, dass ihr Wille gebrochen und der Gehorsam unserem Vater gegenüber stärker ist als die vermeintliche Liebe. Sie läuft aus dem Zimmer und ich bleibe verletzt zurück, verletzt ob meiner Worte.

Siam-Whisky schleicht sich an mich heran und ich glaube, auch er spürt meinen Schmerz. »Du hast richtig gehandelt.«

Seine Worte wollen mich nicht recht trösten, und ich bleibe noch eine Weile mit starrem Blick vor meinem Spiegeltisch sitzen. Louise hatte nicht das Vertrauen, mich in ihre Liebelei einzuweihen. Aber ist es nicht das, wozu man eine ältere Schwester hat? Man erzählt ihr seine Sorgen und holt sich Ratschläge. Tolle Ratschläge habe ich ihr gegeben, denn wenn sie diesen Mann nun tatsächlich liebt, auch wenn er nur ein kleiner Hufschmied ist, dann habe ich vielleicht ihr Leben zerstört. Gut, nicht ihr Leben, aber zumindest ihre Liebe.

Als ich schon überlege, ob ich das Fest heute Abend nicht abblasen soll, klopft es leise und es öffnet sich die schwere Eichentür. Louise streckt vorsichtig ihren Kopf herein und durch die ganze Aufregung sind ihre Bäckchen errötet, was sie aber lebendig und frisch erscheinen lässt. Mit gesenktem Haupt nähert sie sich: »Es tut mir leid, Helene. Du hast recht. Ich will dir keinen Ärger mehr machen.«

Warum glaube ich diesen Worten nicht wirklich? Aber mein Wille zu glauben, überwiegt, und ich küsse sie sanft auf die Stirn. »Mir tut es leid, ich wollte dich nicht anschreien, aber du musst wissen, dass ich nur dein Bestes will!«

Ob es nun tatsächlich das Beste für sie ist, was ich gerade getan habe, bezweifle ich, schließlich zwinge ich sie, gegen ihre Gefühle zu handeln. Aber sie reagiert nicht auf meine Worte, sondern nimmt die Einladung für heute Abend in die Hand, die ich achtlos auf ein zierliches Kästchen, das an den Türen filigrane Einlegearbeiten hat, gelegt habe. »Gehen wir heute dorthin?«, fragt sie mit gespielter Fröhlichkeit.

»Ich denke nicht.«

»Es ist das wichtigste Fest des Jahres, wer hierzu eine Einladung hat, kann unmöglich absagen, ohne einen wirklich plausiblen Grund! Alle werden dort sein, die Rang und Namen haben!« Ich spitze die Ohren: Vielleicht auch der Herr vom Spaziergang, oder wie ich ihn insgeheim nenne: mein Liebster? »Ich will dir beweisen, wie leid es mir tut und will nicht, dass du wegen mir ein so wichtiges Ereignis versäumst!«

»Gut, wir gehen hin.« Da hat sie aber lange gebraucht, um mich zu überreden! Ich will jetzt wieder gut drauf sein und Louise einfach glauben. Außerdem ist es noch immer ein Traum und ich will mich nicht mit so viel negativer Energie aufhalten.

Marie hat mir ein elegantes, bodenlanges, mitternachtsblaues Seidenkleid zurechtgelegt. Es schimmert wie Meerwasser in der Nacht, wenn nur der Mond darauf scheint, und ich freue mich schon, mich in dieser Abendrobe vor dem Spiegel zu bewundern. Welchen Schmuck soll ich dazu tragen? Ich stöbere meine Schmuckschatullen durch. Ein opulentes Smaragdcollier oder ein schlichtes Perlenhalsband mit Brillantenschließe? Aber irgendwie passt nichts so richtig, bis mir die Ohrringe, die mir der Barone geschenkt hat, wieder in die Hände fallen. Ich lege sie an und sie passen so perfekt zu meiner Gesichtsform, als wären sie für mich angefertigt worden. Wahrscheinlich sind sie das sogar. Es wäre eine Schande, sie nicht zu tragen. Wahrscheinlich ist das Geschenk nur als kleine Aufmerksamkeit gemeint. Als Dankeschön, oder so. Wenn man eine Pralinenschachtel von einem Verehrer bekommt, isst man ja auch das Konfekt, selbst wenn man den Schenkenden nicht vernaschen will. Was mache ich mir überhaupt für einen Kopf? Sie passen perfekt und ich werde sie tragen.

Marie scheint sich gefangen zu haben, sie schnürt mich in mein Korsett und hilft mir in meine Unterröcke. Nach dieser ewig langen Prozedur stehe ich nun fertig gekleidet vor meiner Spiegelwand. Als Gräfin gehört es sich wohl auch, viele Spiegel zu haben … Auf jeden Fall gefalle ich mir. Meine Haare fallen sanft auf meine Schultern und glänzen mit den Ohrringen um die Wette. Die Ohrgehänge gewinnen. Ich summe die Melodie des Donauwalzers vor mich hin und frage mich insgeheim, ob dieses Lied überhaupt gespielt wird, auf solchen Bällen. Vielleicht ist es zu mainstreamartig. Ich meine, in unserer Zeit wird auf den coolen Veranstaltungen immer irgendwelche Musik gespielt, die als »in« gilt, aber niemanden zum Tanzen anregt. Die Leute stehen meist nur leicht wippend auf der Tanzfläche – motiviert sieht aber anders aus. Niemandem gefällt es, aber das würde auch keiner zugeben, denn sonst denken die anderen vielleicht, man wäre nicht Teil der coolen Gesellschaft. Ich habe das nie verstanden. Warum sollte ich so tun, als würde ich Spaß haben bei uninteressanter, fader Musik? Wenn ich weggehe, will ich tanzen und mitgrölen, wobei ich das eigentlich immer mehr in Gedanken getan habe, denn auffallen wollte ich ja nie.

Aber jetzt führe ich meine Gedanken wieder zurück zu dem bevorstehenden Ereignis. Marie fragt vorsichtig nach, ob sie nicht doch meine Haare machen dürfe. Scheinbar ist es ihr ein Bedürfnis, also lasse ich sie machen, es sieht ja tausendmal besser aus als bei mir. Diesmal steckt sie mir einen mit Diamanten besetzten Kamm in die Haare. Er hat einen wunderschönen Schwung, die Brillanten sind wie kleine Sterne angeordnet und er passt sich wunderschön meiner Frisur an. Louise wartet schon vor meinem Kleiderzimmer. Als Marie den Raum verlässt, wenden beide den Blick ab. Die Situation ist auch unangenehm, das muss ich gestehen. Aber jetzt wird sich alles wieder einspielen und Gras über die Sache wachsen. Louise ist ein kluges Mädel und weiß, wo ihr Platz ist und was standesgemäß von ihr erwartet wird.

Vorerst verdränge ich aber die Situation und lasse meiner Aufregung, *ihn* vielleicht wiederzusehen, freien Lauf, als wir die breite, einladende Treppe zu dem wie ein Schloss anmutenden Haus hinaufschreiten. Vor und hinter uns ist schon ein Getümmel von elegant gekleideten Herrschaften. Ich versuche in der Menge »meinen Liebsten« ausfindig zu machen, was mir aber leider nicht gelingt. Nachdem ich ihn nur einmal gesehen habe, bin ich mir plötzlich nicht mehr ganz sicher, ob ich ihn überhaupt erkennen würde. Aber nein, diese Augen würden mir unter Tausenden auffallen. Nur nicht zu früh den Mut verlieren, drinnen warten ja noch eine Menge ungesehener Gesichter.

Louise hakt sich bei mir unter und die Opulenz und Größe der Räume lässt meine kleine Villa plötzlich in einem mickrigen Licht erscheinen. Stuckverzierungen sind hier auch an den Wänden und die Lüster sind so groß wie mein gesamtes Badezimmer in Wien. Überall stehen artige Dienstmädchen in schwarz-weißen Uniformen, servieren den Gästen sprudelnden Champagner und Wein. Doch das ist erst das Entree, der nächste Raum ist für mich nicht mehr überschaubar. Das glänzende Sternparkett hat Einlegearbeiten von Blüten, die für einen Boden schon fast zu schade sind. Einfach nur überwältigend.

Oje, der Barone steuert auf mich zu. Ich hatte doch auf jemand anderen gehofft … »Gräfin Helene, es freut mich, dass Sie kommen konnten. Meine Eltern werden ebenso erfreut sein.« Er lächelt mich verschmitzt an und ich sehe die Bewunderung in seinen Augen, als er mich zufrieden begutachtet. Meine Ohrgehänge betrachtet er eindringlich und rückt etwas näher, um dann im Flüsterton in mein Ohr zu hauchen: »Es freut mich umso mehr, dass wir uns einig sind.«

Dann werden wir unterbrochen und Gabriele muss andere Gäste begrüßen. Ich drehe mich angewidert weg. Was soll das heißen, ist das seine Party? Was meint er mit einig? Nur weil er mir die Ohrringe geschenkt hat, und ich sie trage, heißt das noch lange nicht, dass ich ihm gehöre. Diese Art von Männern habe ich noch nie gemocht. Sie glauben, Frauen kann man genauso kaufen wie andere Güter, die sie besitzen wollen. Aber der wird sich wundern – nicht mit mir! Es gibt ja leider auch noch in der heutigen Zeit genug von diesen Exemplaren, leider aber auch Frauen, die das zulassen.

Am liebsten würde ich das Fest sofort verlassen, aber ich werde Gabriele einfach ignorieren. Wobei, momentan scheint er abgelenkt zu sein: Zwei Bewunderinnen haben sich eingefunden und strahlen ihn abwechselnd schmachtend an. Früher hätte ich das vielleicht auch getan. Er wäre mir mit Geringschätzung begegnet, und ich hätte die Frau beneidet, der er sein Herz geschenkt hätte. Nun bin ich diese Frau, doch ich bezweifle, dass es sein Herz ist, das er mir schenkt. Es geht um etwas anderes, um Beute machen, um das zu bekommen, was man nicht leicht haben kann. Er spürt meine Abneigung, da bin ich mir sicher. Es ist für ihn ein Zeichen seiner Macht, einfach zu bestimmen, dass ich die Seine werde.

Louise tritt neben mir unruhig von einem Fuß auf den anderen. »Macht es dir etwas aus, wenn ich einen kleinen Spaziergang durch den Garten mache? Es ist so heiß hier.«

Ich bin noch ganz in meiner Empörung über den Barone und nicke. »Warte …«

Doch sie ist flink wie ein kleines Reh schon weggelaufen. Eigentlich wollte ich sie begleiten, aber aus meinem Vorsatz, mehr auf sie zu achten, wird vorerst wenig, denn ich kann sie nirgendwo mehr erblicken. Dafür jemand anderen. Da steht *er*. Der Mann, den ich bei dem Spaziergang am Meer getroffen habe. Der, den ich nicht mehr aus meinem Kopf und noch weniger aus meinem Herzen bekomme. Wieder hat er diesen melancholischen Blick, sein Gesicht ist markant und auf gewisse Weise schön, aber auch traurig. Komisch, er hat ein ganzes Tablett Champagnerflöten in der Hand. Ist er etwa Alkoholiker? Ist mir auch egal, ich will nur in seiner Nähe sein, will wissen, wie seine Stimme klingt, in seine Augen sehen. Ich steuere elegant und beiläufig auf ihn zu, wohl etwas zu beiläufig, denn ich stolpere über den Saum meines überlangen Kleides und falle direkt vor ihm zu Boden. Na toll! Sehr verführerisch …

Er reagiert schnell, stellt sein Tablett zur Seite und will mich wieder aufrichten. Er hält mir seine weiß behandschuhte Hand hin und ich will dahinschmelzen. Mein Retter! Seine haselnussbraunen Augen, in die ich sofort wieder eintauche, strahlen Milde und Ehrlichkeit aus.

Ich strecke ihm meine Hand entgegen und lächle ihn scheu an, aber da zischt Gabriele dazwischen und hebt mich hoch. »Kümmern Sie sich besser um die Getränke, Wilhelm«, fährt er ihn harsch an.

Was bildet sich dieser Möchtegern eigentlich ein …? Wilhelm, was für ein schöner Name, es gäbe keinen besseren, schöneren Namen. Helene und Wilhelm, das klingt wie Romeo und Julia oder Sisi und Franz. Wobei deren Liebesgeschichten tragisch endeten, das wird meine nicht!

»Haben Sie sich wehgetan? Kommen Sie, ich bringe Sie in den Garten, damit Sie sich ausruhen können!«

Jetzt hat seine Stimme wieder einen freundlichen, beinahe liebevollen Ton. Aber ich will hierbleiben, ich will mehr über Wilhelm wissen! Warum muss er die Getränke servieren? Ist er sein Bruder, oder … mir schwant Übles. Sein Diener? Gabriele schiebt mich vor sich her und ich ergattere nur noch einen letzten Blick in Wilhelms schöne braune Augen, die mich irritiert ansehen. Vorbei an allen Gästen, hinaus ins Grün, gelangen wir zu einem Seerosenteich mit einem kleinen geschnitzten Gartenpavillon, in dem wir Platz nehmen. In meinem Kopf dreht sich alles, mein Bein schmerzt ein bisschen von dem Sturz.

»Würde es Ihnen etwas ausmachen, mir ein Glas Wasser zu bringen?«, frage ich möglichst liebenswürdig, um Zeit zu schinden. Ich muss jetzt unbedingt alleine sein, denn ich spüre den Aufruhr in mir und in dem Herzen der Gräfin, die sich mit aller Wucht wehrt, einen Diener als ihren Liebsten auserkoren zu haben. Nach allem, was ich zu Louise gesagt habe, meine Empörung über Mischung der Stände, passiert mir das! Diese Gefühle muss ich einfach ignorieren. Ich muss meiner Schwester ein gutes Vorbild sein. Warum muss ich das? Das ist unfair! Ich will leben und lieben, wie ich will. In mir beginnt ein innerer Konflikt. Vielleicht ist er gar kein Diener? Aber den Gedanken verwerfe ich schnell wieder, ich muss mich den Tatsachen stellen. Welcher normale Gast steht mit einem Tablett herum, auch wenn es eine andere Zeit ist? Ich bezweifle, dass es in Mode ist, Tabletts als Accessoires bei sich zu tragen. Außerdem hat ihn Gabriele ziemlich angefahren, bei einem Ebenbürtigen würde er das bestimmt nicht tun. Ich ziehe meine Handschuhe aus und werfe sie zornig auf den kleinen Tisch vor mir. Dabei werde ich von ein paar blöden Gaffern beobachtet. Die kleine Gruppe macht sich zu mir auf. Es sind irgendwelche Bekannten, die ich auch auf mein Fest eingeladen habe. Um ehrlich zu sein, ist mir nach allem zumute, nur nicht nach nettem Geplauder.

Sie gesellen sich zu mir. »Gräfin Rosenfels, ich hoffe, Sie haben sich nicht verletzt?«, fragt mich eine schmächtig aussehende, verlebte, ältere Dame, in blassem Rosé gewandet, das noch stärker zum Ausdruck bringt, dass ihre Jugend nur noch Erinnerung ist.

»Vielen Dank, es geht schon, ich muss mich nur etwas ausruhen.«

»Zauberhaft ist es hier! Der junge Barone wird das alles erben. Glücklich, wer einmal seine Angetraute wird.« Sie zwinkert mir fast unmerklich zu.

»Ja, wunderschön!«, erwidere ich verwirrt. Meint die aufgeputzte Kuh etwa mich?

Da steht auch schon Gabriele wieder neben mir und hält mir ein Glas Roséchampagner hin, das die Farbe des Kleides meiner neuen »intimen« Freundin hat. Hallo, ich sagte Wasser, aber egal, runter mit dem Zeug. Das wird mir alles zu viel! Ich will aufwachen. Aber ich wache nicht auf. Leider muss ich die unangenehmen Teile meines Traumes auch über mich ergehen lassen, wie das Geschnatter dieser Gruppe. Gabriele drängt mich dazu, zurück in den Ballsaal zu spazieren, und um ehrlich zu sein, geht mir dieses ständige Bestimmen ganz schön auf den Wecker.

Louise! Ich habe keine Ahnung, wo Louise ist. Ich sollte sie suchen gehen, aber der Barone gibt mir keine Chance und bugsiert mich zurück. Stolz führt er mich wie eine Trophäe neben sich her. Dann entdecke ich am Ende des Gartens Louises blonde Locken. Sie steht bei einem kleinen Tor, das scheinbar in einen anderen Teil führt und steckt den Kopf durch den Spalt, der offen ist. »Entschuldigen Sie bitte!« Ich löse mich aus seinem Arm, gehe schnellen Schrittes auf sie zu. »Louise!«

»Helene?« Schnell schließt sie das hölzerne Tor und sieht mich schuldbewusst an.

Ich frage nicht nach, es ist mir im Moment wirklich herzlich egal, was sie da gemacht hat. Wahrscheinlich wollte sie ein bisschen herumspionieren, was sich hinter all den verborgenen Türen, Toren und Gattern tut, davon gibt es hier ja mehr als genug. Der Garten ist so weitläufig angelegt, wird aber immer wieder durch diverse Mäuerchen, in denen eine kleine Tür oder ein Gatter ist, durchbrochen. »Wir sollten nach Hause gehen.«

»Was ist passiert? Dein Kleid, der Saum ist gerissen.«

»Nicht so wichtig. Lass uns einfach gehen.« Ich habe keine Lust, ihr jetzt von dem Sturz oder von Wilhelm oder Gabriele zu erzählen, ich muss das für mich selbst erst einmal ordnen.

Es dauert eine halbe Ewigkeit, bis wir in unserer Kutsche zu Hause ankommen. Diese Zeit hat auch ihre Nachteile, immer muss man auf alles warten und zwei PS bringen es auch nicht wirklich. Von all den Aufregungen habe ich genug, wir haben uns von niemandem verabschiedet, sind einfach gegangen. In meinen Räumen will ich mich nur noch aus diesem blöden Korsett befreien. Aber nein, dazu brauche ich ja wieder Hilfe und muss Marie aufwecken lassen, die mich dann in gewohnt flinker Art aus all dem befreit. Mir ist schlecht, mein

Schädel brummt von dem Champagner. Ich werfe mich auf mein Bett. Bitte, lass mich aufwachen!

*

Ich bin aufgewacht, grantig und traurig. Whisky liegt noch immer eingerollt neben mir, seine kleinen Pfoten zucken und der Verband hat sich gelöst. Ich drücke mein Gesicht behutsam in seinen Pelz und wünsche mir, ich wäre in meiner kleinen Wohnung in Wien. Ich habe Heimweh! Zum ersten Mal seit Tagen vermisse ich meine gewohnte Umgebung. Eine vereinzelte Träne rollt über mein Gesicht und wird in Whiskys Fell getrocknet.

Langsam öffnet er seine Augen. Ein Schnurren setzt ein, so wie immer, wenn ich traurig bin. »Schlecht geträumt?«

»Ja. Alles ist so verwirrend und ich kenne mich nicht mehr damit aus, was ich fühle, was ich fühlen darf. Ich meine, das sind Träume, so echt sie auch wirken. Es ist, als wären es meine Empfindungen und auch wieder nicht.«

»Komm, lass uns aufstehen, die Sonne genießen und einen kleinen Bummel machen. Du wolltest dir doch ein schönes Kleid für heute Abend kaufen!«

Ach ja, heute Abend! Ich will nirgendwo hin, nicht spazieren gehen, nicht ausgehen, einfach nur nach Hause. Aber dort erwartet mich ja weiteres Chaos. Heute ist echt kein guter Tag.

»Wie geht es deiner Pfote?«

Vorsichtig versucht Whisky aufzutreten. »Schon besser, es geht schon wieder. Ein kleiner Spaziergang schadet uns nicht und wir könnten ja am Meer in diesem kleinen Café frühstücken.«

Seine kalte Nase stupst mich an, und ich gebe mir einen Ruck. »Es war ja wirklich nur ein Traum, jetzt bin ich wieder in der Gegenwart. Die Sonne scheint und ich befinde mich in einer wunderschönen Umgebung. Heute Abend gehe ich aus, das werde ich mir nicht kaputt machen lassen, nur weil ich im Traum eine andere Frau bin, die in einen Diener verliebt ist. Ich meine, wo ist da bitte das Problem?«

»So gefällst du mir, Jessylein! Du hast eine Verabredung, und ich werde heute meine allerliebste Milly treffen. Ich lasse mich doch nicht von einer wehen Pfote aufhalten! Bin schließlich ein echter ›Von-und-zu‹!«

Beide haben wir neuen Mut gefasst, jetzt geht es erst mal dran, unsere knurrenden Mägen zu beruhigen. Schnell was drübergezogen, die Haare lässig hochgesteckt – ein bisschen was habe ich mir von Marie schon abgeschaut – einen Hauch Schminke ins Gesicht und schon ziehen wir gemeinsam los.

Am Anfang humpelt Whisky ein wenig, bei jedem Auftreten verzieht er seine süße Schnauze, aber bald ist der Schmerz vergessen, denn Hunger ist der beste Motor. Als wir die Promenade entlangstreifen, treffen wir Milly. Sie liegt auf einem Fels direkt beim Meer und lässt sich die Sonne auf ihren weißen Pelz scheinen. Die beiden verständigen sich, aber ich verstehe leider kein Wort. Das Problem kenne ich ja schon, dass ich nur mit meinem Kater sprechen kann und auch nur ihn verstehe. Es ist so und so nicht die feine Art, bei Liebesgeflüster zu lauschen.

Eingehend betrachte ich die angebetete Katzendame. Halblanges, weißes Fell, mit einem buschigen, aber dennoch zarten Schweif. Ihr Gesicht ist wirklich herzig. Sie ist eine der Katzen, die immer so wirken, als ob sie lächeln würden. Ihr Mäulchen ist nach oben gezogen und ihre weißen Schnurrbarthaare auch. Milly streckt sich, wechselt von der Rücken- in die Bauchlage und während sie gähnt, kann ich den babyrosa Gaumen sehen und seufze entzückt. Die beiden sind ein hübsches Paar. Als ob sie meine Gedanken gehört hätte, schaut sie mir plötzlich direkt in die Augen. Babyblaue Augen. Alles ist Baby bei Milly! Ich lächle sie an und habe das Gefühl, sie lächelt zurück. Whisky ist aber nicht gerade offensiv in seinem Vorgehen. Ich glaube, der junge Herr ist schüchtern, denn er drückt sich ganz fest an meine Beine und geht ihr kein Stück entgegen. Die beiden scheinen alles Nötige besprochen zu haben, denn Milly macht wieder eine Drehung und setzt ihre Besonnung fort.

Wir gehen weiter. Als wir außer Hörweite sind, frage ich: »Na, gut gelaufen?«

»Mhmm«, brummt Whisky nur.

»Vielleicht solltest du ihr mehr zeigen, wie sehr sie dir gefällt? Ich habe deine Körpersprache beobachtet und die war, um es vorsichtig auszudrücken, nicht so positiv.«

»Ich kann das eben nicht, ich bin halt nicht so ein Charmeur. Ich will nicht, dass sie mich blöd findet.«

»Aber warum sollte sie das? Du bist der liebenswerteste, intelligenteste Kater dieser Welt! Wer könnte dich nicht mögen?«

»Hast auch wieder recht.« Sein Mut kehrt zurück, dann fährt er fort: »Sie gefällt mir halt so gut und ich will nichts falsch machen.«

»Aber woher soll sie das wissen, Whisky?«

»Na gut, ich werde heute Abend etwas charmanter sein.«

»Ich werde euch Thunfisch kaufen und du kannst sie ins Zimmer zum Essen einladen. Was hältst du von der Idee?«

»Thunfisch, ich liebe Thunfisch!« Dabei schleckt er sich über sein Mäulchen.

Ich bin mir sicher, im Geiste sieht er sich mit riesigen Bergen von Thunfisch, durch die er sich gerade frisst. »Du sollst *sie* einladen und dir nicht alleine den Bauch vollschlagen! Aber keine Sorge, es wird genug da sein!«

Mit seinem Köpfchen schmiegt er sich ganz dicht an mich. »Danke Jessy!«

»Gerne, mein Casanova der Katzenwelt!«

Wir haben ein riesiges Frühstück zu zweit verdrückt und lassen uns jetzt noch die Meeresbrise um die Nasen wehen. Ich fühle mich wieder ausgeglichen. Mein Traum von letzter Nacht ist in den Hintergrund gerückt und ich konzentriere mich auf heute Abend. Schließlich muss ich noch das ultimative Kleid finden! An einem Kiosk habe ich mir ein paar Modezeitschriften gekauft, um darin zu schmökern und mir Inspiration zu holen, aber ich muss mich wie immer ärgern. Wobei diesmal mein Unmut nicht bei mir selbst ansetzt, sondern bei den Machern dieser Zeitschriften. Sonst habe ich mich geschämt, dass ich nicht in die angepriesene Mode passe, nicht wie die Models aussehe, mein Po zu dick, meine Oberschenkel zu breit … Die Liste ließe sich unendlich fortsetzen, aber jetzt frage ich mich: Wann werden die endlich kapieren, dass nicht jeder, oder eigentlich sogar nur die wenigsten, Size Zero haben? Alles retuschiert, gut in Szene gesetzt, mit der richtigen Beleuchtung und noch halbwüchsigen Gesichtern. Wie soll man da je zufrieden sein mit dem Körper und dem Gesicht, das einem jeden Tag im Spiegel begegnet, wenn von einem erwartet wird, so auszusehen? Ich habe wirklich keine Lust mehr, mich einem Ideal zu unterwerfen, in das unmöglich ein normaler Mensch hineinpassen kann, ohne dass er sich kasteit oder umoperieren lässt.

Meine Erinnerung an meinen letzten Einkaufsversuch in Wien lässt mich schaudern. Da kommt mir eine Idee. Ich werde eine Internetseite machen, einen Blog mit der Regel, dass die neusten Diät-Tricks oder Schönheitsoperationen-Trends nicht ausgetauscht werden dürfen. Wenn ich selbst mit mir und mit meinem Körper zufrieden bin, brauche ich das alles nicht. Ich will auch nicht weiter ein Lemming sein, der sich versteckt, nur weil er nicht diesem Ideal entspricht! In meinen Träumen habe ich gesehen, wie glücklich und zufrieden ich mit meinem Aussehen sein kann, auch wenn mein Bauch sich nicht nach innen wölbt! Gut, da trage ich ein Korsett, aber trotzdem muss ich nicht hungern! Auf die richtige Umsetzung kommt es an und auf das richtige Auftreten!

Meine Idee, mich auch mit anderen darüber positiv auszutauschen, beflügelt mich! Tipps für Läden, wo man genau richtig, nämlich seiner Figur entsprechend, beraten wird! Keine blöden Trendmarken, die einfach nur in gewissen Größen produzieren. Nicht ich bin nicht gut genug für die, sondern umgekehrt! Ich will dort gar nichts kaufen, wo man nur dann etwas gilt, wenn die richtige Figur vorhanden ist, wenn man jung genug aussieht, bloß nicht vom »Ideal« abweicht! Beinhaltet natürlich nicht zu groß, zu klein, zu mager oder zu weiblich zu sein. Ich will mich auch nicht von zahnstocherdürren Frauen beraten lassen, die mich mitleidig anschauen, wenn sie meinen: »In Ihrer Größe haben wir leider nichts!« Sollen die doch ersticken an ihren Salatblättern! Wobei ich sagen muss, ich verurteile jetzt nicht prinzipiell Menschen, die schlank sind, sondern nur die, die sich, wenn morgen in allen Modeheften steht, ein dritter Busen sei »in«, sofort einen dazuoperieren lassen. Die, die glauben, dass das Leben nur lebenswert ist, wenn sie dem Modeideal entsprechen. Was ist mit Persönlichkeit? Was ist mit individueller Schönheit? Ist ein expressionistisches Bild nicht viel interessanter als eine haargenau ausgemalte Schablone von Malen nach Zahlen? Macht nicht das »anders sein« unser Interesse aus? Wen würdest du dir merken in einer Reihe blonder Strandschönheiten? Die Einzige, die dunkelhaarig ist? Ich denke schon! Man muss kein Freak sein, sondern einfach nur so schön sein dürfen, wie wir ja schon schön sind. Wenn man sich dann nicht wohlfühlt, ist ja nichts dagegen zu sagen, etwas an sich zu verbessern. Aber doch bitte nicht aufgrund absurder Vorgaben von Designern!

Nachdem meine berufliche Zukunft bis jetzt ein großes Fragezeichen war und ich keine Ahnung hatte, was ich mit meiner erzwungenen Freizeit anfangen sollte, sehe ich endlich wieder Licht am Horizont. Wozu habe ich schließlich Publizistik studiert, gut nicht fertig, aber trotzdem? Es muss dort draußen ganz viele Frauen geben, die genauso fühlen wie ich, nur haben sie keine Plattform. Lieber ordnet man sich unter, wie ich es allzu lange in meinem Leben gemacht habe.

»Erde an Jessy?«

»Oh entschuldige Whisky, ich war so in Gedanken! Ich habe nämlich gerade eine tolle Idee geboren!« Schon erzähle ich Whisky von meinen Plänen.

Nach seinem anfänglichen Desinteresse reiße ich ihn doch mit. »Super Idee! Ich könnte auch meinen eigenen Blog schreiben, über Fellpflege oder wie man zufrieden sein kann mit den kleinen Fettpölsterchen, denn sie bedeuten eigentlich nur, dass man immer genug zu fressen hat. Und dann könnte ich …«

»Ich unterbreche dich ungern in deinen Träumen, aber Katzen lesen selten Internetseiten. Ich denke, die meisten können auch nicht mit Menschen kommunizieren, so wie du.«

»Na und?« Oje, jetzt ist er beleidigt.

Ich rudere zurück: »Du könntest den Menschen Tipps geben, was sie machen können, damit ihre Katzen noch glücklicher und zufriedener sind bei ihnen.«

Seine schönen grünen Augen blitzen begeistert auf, er kuschelt sich an mich. »Ich werde *der* Katzenspezialist für Menschen! Ich werde sie alle erziehen, wie der Hundeflüsterer im Fernsehen. Vielleicht bekomme ich eine eigene Show!«

Whisky gibt sich, wie schon des Öfteren, unrealistischen Träumen hin, aber das soll er ruhig. Das Leben ist zu schön, zu unerwartet, zu überraschend, als dass ich ihm das nehmen will. Wer weiß schon, was morgen passiert? Hätte ich vor ein paar Tagen noch erwartet, dass ich jetzt hier bin, geschweige denn in meinen Träumen eine echte Gräfin? Mit Sicherheit nicht, so gefangen war ich in dem üblichen Alltagstrott und so unfrei – sinniere ich.

Jetzt habe ich aber mal vor, die kleinen Boutiquen in der Gegend zu durchstöbern, und ich werde mich nicht runterziehen lassen, wenn mal ein Teil zu eng sitzt. Ich werde bestimmt das Richtige finden! Was mir vorschwebt, ist etwas Elegantes, aber nichts Aufdringliches, eher etwas, das meiner weiblichen Figur schmeichelt und meine Vorteile betont. Wir wandern über das holprige Backsteinpflaster und befinden uns bald in der Mitte des kleinen Ortes. Auf dem Hauptplatz steht eine von Efeu umrankte Kirche, die dadurch wie eine geheime Höhle erscheint. Daneben gibt es winzige Geschäfte, Kleider, die mit ungewöhnlichen Schnitten und teils außergewöhnlichen Farben und Mustern locken. Außerdem sind auf dem Platz kleine Tische mit weißen Leinentischdecken aufgebaut. Sie gehören zu der Vinothek, nehme ich an. Alles ist ziemlich ruhig, nur der Meereswind bringt etwas Bewegung in die Szenerie. Whisky beschließt, sich ein bisschen auf eine schmiedeeiserne Straßenbank zu legen, um sein Fell von der warmen Sonne auftanken zu lassen. Shopping ist eben für einen Kater wenig interessant, schließlich ist er immer perfekt gekleidet, in seinem schönen Pelz!

Schon im ersten Laden werde ich fündig. Was für ein Erfolgserlebnis! Die nette dunkelblonde Verkäuferin scheint genau zu wissen, was ich suche, und zaubert aus ihrem Hinterzimmer ein atemberaubendes, rotes Seidentaftkleid. Zuerst bin ich unsicher, ob mir so viel Farbe steht und ich mich traue ein so auffälliges Kleid zu tragen, aber zu meinen dunklen Haaren wirkt es toll! Es ist im Stil der 1950er-Jahre geschnitten, das schmale Oberteil und der ausladende Rock zaubern eine perfekte Taille. Dazu nehme ich mir ein zartes Westchen, das, falls ich mich doch wieder unsicher fühle, all meine Schwachstellen überdeckt. Fast fühle ich mich wie eine Gräfin, als ich mich in dem kleinen Laden, der nur Platz für zwei Menschen und maximal einen Kater hat, im Spiegel sehe. Meine Haut ist schon leicht gebräunt und meine Augen strahlen mich an. Auch meine Beraterin scheint zufrieden zu sein und grinst mich breit an. Das ging ja wirklich schnell!

Hier macht es mir Freude einzukaufen, deshalb gehe ich noch die anderen winzigen Boutiquen ab. Diese alten kleinen Häuser haben eine besondere Faszination für mich, fast mehr als die herrschaftlichen Villen, die den Meeresrand säumen. Wie Heinzelmännchenstuben, und in jedem der Geschäfte entdecke ich andere Schätze. So werde ich noch um ein paar Kleidungsstücke reicher, außerdem um diese wundervolle Vintage-Halskette, die eine Künstlerin aus dem Ort aus alten bunten Glassteinen in verschiedensten Schliffformen und mit Strassrondellen zu einem unglaublichen Collier gefertigt hat. Jetzt bin ich voll bepackt und lasse mich erschöpft neben Whisky auf die Bank fallen.

»Schon fertig?«, fragt er mich verschlafen.

»Wie kannst du nur immer und überall sofort einschlafen?«

Er schaut mich verständnislos an. »Ist doch keine Kunst. Übrigens hast du mich gerade aus einem interessanten Traum geweckt. Ich war wieder der Siamkater.«

Uff, unser paralleles Traumleben hatte ich schon fast verdrängt. Was hat er gesehen? Was hat er erlebt? Was macht die Gräfin, also ich, oder wie auch immer. »Erzähl!«

»Zuerst war ich in diesem Ankleidezimmer. Nachdem dort niemand war und ich mir die Krallen an diesem wunderschön bemalten Paravent geschärft habe, bin ich wie durch Zauberhand, einem köstlichen Geruch folgend, direkt in die Küche geführt worden. Da hat die Köchin den größten und saftigsten Braten, den ich je gesehen habe, zubereitet. Gerade, als sie mir ein Stückchen Fleisch abschneiden will und ich mein Mäulchen öffne, weckst du mich auf! Vielen Dank auch!«

»Aber was war mit der Gräfin? Wo war Louise? Was wurde geredet?«

»Was weiß ich, was gibt es Wichtigeres als einen saftigen Schweinebraten? Also, ich verstehe dich wirklich nicht!« Er schüttelt seinen süßen Katzenkopf und ich sehe die Missbilligung in seinen Augen.

Da macht es wohl wenig Sinn, weiter zu fragen, wir haben einfach verschiedene Prioritäten. Aber vorerst habe ich eh einmal genug von dieser Traumgeschichte.

»Lass uns zurückgehen und uns ein bisschen in den Garten legen, bis ich meine Vorbereitungsarbeiten für heute Abend beginne.«

»Gute Idee!« Langsam streckt er eine Vorderpfote nach der anderen, dann scheint ihm seine wehe Pfote wieder einzufallen. Mit zuckersüßer Stimme winselt er: »Meine allerliebste Jessy, dein allerliebster Whisky kann nicht mehr so weit gehen, mit seiner armen, schwachen, kranken Pfote.«

»Vorher ist es doch ganz gut gegangen, als wir an der Meerespromenade an Milly vorbeiflaniert sind.«

»Da habe ich mich nur enorm zusammengerissen, aber jetzt glaube ich, kann ich es nicht mehr bis in die Villa schaffen.«

Dieses kleine Biest! Ich muss lachen. »Na, komm her.«

Das ist gar nicht so leicht, mit einem auf der Schulter sitzenden, dicken Kater und diesen vielen Einkaufstaschen den Heimweg anzutreten, aber was tut man nicht alles für die, die man liebt. Whisky thront zufrieden auf meiner linken Schulter und kommentiert dabei die Umgebung. Ich bin schweißgebadet und habe keinen Sinn mehr für die schönen Villen, die alten Schatten spendenden Bäume, die Gänseblümchen am Weg und was er sonst noch Interessantes erspäht.

Endlich sind wir wieder in dem wohlbekannten Garten. Ich sinke erschöpft in die Liege. Whisky springt munter von meiner Schulter und sucht sich ein Schattenplätzchen. Ich werde nur ein bisschen die Augen zumachen …

*

Nein, nicht schon wieder, ich will jetzt nicht die Gräfin mit ihrem verschrobenen Liebesleben sein! In dem Moment spüre ich ein heftiges Ziehen in meinem Herzen. Es tut so weh, weil ich mich dagegen wehren will, dass mir Wilhelm nicht aus dem Sinn geht. Ich sitze in dem blauen Salon, der auch das Frühstückszimmer in der Villa ist. Vor mir stehen eine Tasse Tee und ein silbernes Tablett mit einer verzierten silbernen Teekanne, deren Ausguss wie ein Drachenmaul wirkt. Alles in diesem Raum ist luftiger als in den anderen Zimmern, an den Wänden sind hellblaue Stofftapeten mit floralen Mustern, die Möbel sind filigran und feminin. Es gibt einen direkten Zugang in den Garten, die weißen Flügeltüren stehen offen und der Wind weht die Vorhänge ins Zimmer. Ein zarter Rosenduft liegt in der Luft.

Mich fängt wieder das ganze Flair dieser Zeit ein. Ich schaue an mir herunter, um meine Kleidung zu prüfen. Ich trage ein hübsches, schlichtes Kleid, ganz bis oben geschlossen, in einem Rotton. Dieselbe Farbe hat auch das Kleid, das ich mir für heute Abend gekauft habe.

Langsam erhebe ich mich und meine Füße tragen mich wie von selbst in den Garten hinaus und weiter zu der Strandpromenade. Ein ruhiger Spaziergang tut mir sicher gut. Keine Louise, kein Whisky und kein Barone ist in Sicht, also kann es auch keine Aufregung geben. Es ist nicht viel los, nur vereinzelt sehe ich Spaziergänger. Ich höre eine Dame entsetzt darüber tuscheln, dass ich weder Handschuhe noch einen Hut trage, aber das ist mir egal. Ich könnte in meinen Träumen sogar nackt herumgehen, wenn ich wollte!

Da würde ich mich zwar selbst in meinen Träumen genieren, aber ich könnte, wenn ich mich dafür entschiede. Die Allee ist mit alten knorrigen Bäumen gesäumt und alle paar Meter steht für müde Beine eine dieser typischen schmiedeeisernen Bänke zum Ausruhen bereit. Die nächste werde ich belegen und einfach die Stille, die nur vom Vogelzwitschern durchbrochen wird, genießen. Belegt! Aber egal, ich setze mich einfach daneben. Als ich den Herrn neben mir genauer betrachte, erschrecke ich. Es ist Wilhelm! Muss er nicht arbeiten? Es ist ihm sichtlich unangenehm, beim Ausruhen ertappt worden zu sein, er will sofort aufstehen, aber er dürfte Probleme mit seinem Bein haben und kann sich nicht so schnell aufrichten.

»Guten Tag, Wilhelm!« Er scheint überrascht zu sein, dass ich seinen Namen kenne.

»Einen wunderschönen guten Tag, Gräfin Rosenfels.« Entschuldigend fügt er hinzu: »Mein Bein …« Dann hält er kurz inne. »Ich bin eigentlich gerade auf dem Weg, Erledigungen für den Herrn Barone zu machen …«

»Sie brauchen sich bei mir nicht zu entschuldigen. Es ist ein wunderschöner Tag und was spricht dagegen, eine kleine Pause einzulegen?«

Unergründlich sieht er mich mit seinen haselnussbraunen Augen an und wir beide wissen, dass es sich nicht schickt, weiter miteinander zu plaudern oder nebeneinander auf dieser Bank sitzen zu bleiben, aber ich will nicht aufstehen. Ich will noch in seiner Nähe bleiben. Ich genieße es, auch wenn sich zwischen uns nichts entwickeln darf. Für mich strahlt Wilhelm so viel Ruhe, Zuversicht und Kraft aus, trotz seines Mankos, das mir aber völlig gleichgültig ist. Es sind eben nicht die optischen Dinge, die in Wahrheit zählen. Das war mir eigentlich immer klar und trotzdem habe ich oft geglaubt, meine vermeintlichen körperlichen Schwächen überdecken meine Persönlichkeit. Zum Glück ist unsere Bank von anderen Flanierenden abgeschirmt, denn die Büsche rundherum ergeben eine Laube. Seine Nähe erzeugt ein aufregendes Prickeln. »Wie lange arbeiten Sie schon für den Barone?«

Wilhelm scheint überrascht, dass ich das Gespräch fortsetzen will und ich bemerke ein leichtes Erröten. Das ist irritierend bei einem Mann, der für mich so in sich ruhend scheint, aber es lässt ihn noch liebenswerter erscheinen. »Seit einigen Jahren«, antwortet er knapp.

Irgendwie scheint ihm dieses Gespräch zu intim zu werden, aber was ist schon dabei?

»Ich werde mich nun wieder auf den Weg machen, verzeihen Sie bitte, wenn ich Sie gestört habe! Einen guten Tag wünsche ich Ihnen noch.«

Hä? Warum flieht er vor mir? Wilhelm steht auf und ich sehe, dass es ihn einige Anstrengung kostet. Sein schneller Schritt verbirgt aber die augenscheinlichen Schmerzen, als er sich wieder auf die Promenade begibt.

»Ich gehe oft hier spazieren, diese Bank ist mein Stammplatz!«, rufe ich ihm hinterher. Was ist bloß in mich gefahren? Das ziemt sich nicht gerade für eine Gräfin.

Er dreht sich um, sein Lächeln scheint die ganze Welt zu erhellen, zumindest meine Welt. Kurz nickt er mir zu und zieht andeutungsweise seinen Hut. Ich fühle mich wie auf Wolken schwebend und mache mit kurze Zeit später auch auf den Weg, wenn auch in die andere Richtung. Ich will schnell nach Hause und den alten Peter über Wilhelm ausfragen. Er muss doch noch mehr Details über sein Leben wissen.

Als ich zurück bin, setze ich mich wieder in den blauen Salon und lasse Peter zu mir rufen, der auch umgehend vor mir steht. Die Ähnlichkeit zu dem Peter in meiner Zeit verblüfft mich noch immer. Auf der anderen Seite ist es ein Traum. Wahrscheinlich baue ich mir aus allem, was ich kenne, diese Welt zusammen. Oder es ist mein Vorleben? Nicht nachdenken, es wird sonst zu kompliziert. Zuerst frage ich ihn nach belanglosen Dingen wegen der nächsten Essenseinladung, die ich vorhabe. Dann flunkere ich ein bisschen: »Sagen Sie, Peter, kennen Sie vielleicht den Diener Wilhelm, der für Barone Gabriele arbeitet?«

»Natürlich, Gräfin.«

Ein bisschen mehr Eigeninitiative bitte, muss ich dem alles aus der Nase ziehen? Diese noble Zurückhaltung nervt. Also setze ich erneut an: »Wissen Sie, bei dem Ball gestern war er so freundlich, mir in einer misslichen Lage behilflich zu sein. Ich würde mich gerne bei ihm bedanken und da dachte ich, Sie wissen vielleicht ein wenig mehr über ihn?«

Peter schaut mich ungläubig an, es ist wohl nicht so üblich, sich beim Personal zu bedanken. »Genaueres kann ich auch nicht sagen.«

»Ein bisschen was werden Sie ja wissen!«, versuche ich es in schmeichlerischem, aber bestimmten Ton. »Woher kommt zum Beispiel seine Beinverletzung?«

Er besinnt sich darauf, mir dienen zu wollen und demnach auch all meine Fragen zu beantworten, obwohl ihm das nicht so zu gefallen scheint. Steif antwortet er: »Gräfin Rosenfels, das war eine unangenehme Geschichte … Ich kenne sie auch nur vom Hörensagen. Angeblich war Herr Wilhelm nicht immer Diener. Er gehört einem ungarischen Adelsgeschlecht an und zwischen den beiden Familien, der des Barone und seiner, gab es seit Jahrzehnten Zwietracht. Warum, weiß ich nicht genau. Herr Wilhelm ist der Einzige, der von seinem Geschlecht noch übrig ist. Früher haben der Barone und er um große Summen Karten gespielt. Herr Wilhelm hatte wohl sehr oft Pech und nachdem er schon alle Güter an den Barone verloren hatte, gab es ein letztes, alles entscheidendes Spiel, in dem er entweder alles zurückgewinnen konnte, oder wenn er verliert, sich in die Dienste des Barone stellen musste.«

»Und er hat verloren!«, beende ich seine Geschichte.

Ganz schön dramatisch. Glücksspiel sollte man eben nicht unterschätzen. Auch ich bin einmal kurz dem Automatenspielen am Computer verfallen, habe dabei aber nicht mein Hab und Gut, sondern nur 50 Euro verloren, worauf ich beschlossen habe, nie wieder diese Teufelsdinger zu spielen. Wobei ich die Faszination schon nachvollziehen kann, die Chance zu haben, ganz schnell alles zu gewinnen, oder eben wie in Wilhelms Fall, alles zu verlieren.

»Und sein Bein?«

»Soweit es mir bekannt ist, ist er mit diesem Gehfehler auf die Welt gekommen.« Ich bleibe ruhig sitzen, versuche das eben Gehörte zu verarbeiten. »War das alles, Gräfin?«

»Ja, ja, danke!«

Peter verschwindet lautlos und ich bleibe mit meinen Gedanken zurück. Wilhelm ist also gar kein echter Diener! Gabriele ist noch widerwärtiger, als ich dachte. Was für eine große Genugtuung muss es ihm sein, dass sein Erzfeind ihn jetzt bedienen muss. Aber um so einen Einsatz zu spielen …

*

»Jessy, Jessy, Jesssyyyyyyyyyyyy!« Eine sanfte Pfote stupst mich immer rabiater werdend an.

»Hmm …«, bringe ich verschlafen heraus.

»Du solltest dich langsam fertig machen! Es ist schon später Nachmittag und du bist eingenickt. Ich wollte nur nicht, dass du deinen großen Auftritt versäumst und ich den meinen. Milly kommt gleich vorbei und wir brauchen keinen Anstandswauwau!«

»Ja, natürlich, ich bin eingenickt. Wir haben die Gegenwart, ich bin hier, du bist hier. Heute Abend mit Julian essen gehen. Genau!«

Ich schaue auf meine alte Lederarmbanduhr, eines der wenigen Dinge, die ich noch von meiner Großmutter besitze, und stelle fest, dass es höchste Eisenbahn ist. Ich springe auf und lasse mir in meinem angrenzenden Badezimmer erst mal eine heiße Badewanne ein. Auch diese scheint aus vergangener Zeit, denn sie ist aus Gusseisen und hat vier Löwenpranken. Ob darin auch schon die Gräfin gebadet hat?

So ein Bad entspannt und macht den Kopf frei! Ein paar Tropfen Lavendelöl, eine Feuchtigkeitsmaske ins Gesicht geklatscht und nachher fühlt man sich wie neu geboren. Ich wickle mich in den flauschigen Bademantel. Eigentlich will ich mir noch die Haare waschen, aber die Leitungen machen komische Geräusche. Alles, was aus der Duschbrause kommt, ist eiskaltes Wasser. Aber es bleibt mir nichts anderes übrig, also ertrage ich die Eisdusche über meinem Kopf. In der Villa wäre wirklich einiges zu renovieren, die Leitungen sind scheinbar ewig nicht erneuert worden. Obwohl ich diesen Shabby Chic liebe, wäre auch ein neuer Anstrich an den Wänden nicht das Schlechteste. Aber das kostet alles viel Geld. Die Pension scheint nicht so viel abzuwerfen. Ich meine, wir haben Juni und niemand außer mir hat hier ein Zimmer. Das soll nicht mein Problem sein. Es tut mir nur weh, zu sehen, wie dieses Juwel langsam verfällt. Wenn man dann auch noch weiß, wie es in seinen Glanzzeiten ausgesehen hat – was ich ja nicht mit Sicherheit behaupten kann zu wissen, aber an meinen Träumen wird schon was Wahres sein –, dann schmerzt es noch mehr. Ich rubble mir die Haare trocken und beginne mit Phase zwei des Schönheitsprogramms. Heißt: Haare trocken föhnen, dann mit Lockenstab eindrehen, damit sie mehr Volumen haben, und abschließend hochstecken. Alles gelingt mir zu meiner Zufriedenheit, aber es dauert eine halbe Ewigkeit, denn auch die Stromleitungen dürften schon mal bessere Tage gesehen haben. Der Föhn läuft nur mit halber Kraft.

Whisky tänzelt währenddessen nervös vor mir hin und her. Seine Pfote dürfte sich wieder prächtig erholt haben, denn es ist keine Spur von Humpeln mehr ersichtlich.

Jetzt zu meinen Malkünsten! Ganz selten habe ich mich wirklich geschminkt, denn ich bin mir meist wie ein Lehrlingsclown vorgekommen, wenn ich es versucht habe. Entweder es war zu viel oder niemand hat überhaupt bemerkt, dass ich versucht habe, mich besonders zu bemalen. Ich hole mir eine der von mir früher stets verschmähten Frauenzeitschriften (es gibt ja auch wirklich hilfreiche Tipps in solchen Magazinen) und versuche die Schminktipps auch bei mir anzuwenden. Smokey Eyes sind wohl die höchste Kunstform … Bei mir sieht es eher aus, als wäre ich ein verunstalteter Pandabär. Ich brauche einfach mehr Übung, schminke mich ab und beginne von vorne.

»Wie lange dauert das bitte? Es wird eh nicht besser!«, keift mein immer freundlicher Kater.

Beim dritten Versuch will ich schon aufgeben, denn ich habe nicht mehr lange Zeit, aber es gelingt und meine blau-grünen Augen kommen durch die dunkle Akzentuierung katzenartig zur Geltung. Zufrieden betrachte ich mein Werk. Die Haare lasse ich offen und fixiere sie mit mindestens einer Dose Haarspray, die Frisur soll auch wirklich halten. Whisky verzieht sich mit einem gespielten Asthmaanfall auf den Balkon und schimpft leise vor sich hin. Ich habe keine Zeit, mich mit dem Divengehabe des Herrn aufzuhalten, denn es klopft schon an der Tür. Mist, ich bin noch gar nicht fertig.

»Fräulein Stein?« Ich höre Julians Stimme durch die dicke Tür.

»Ich komme gleich, geben Sie mir noch zehn Minuten.«

Die Schritte entfernen sich und ich hyperventiliere gleich. Schnell das Kleid drüber, Strümpfe, Schuhe, Weste. Alles fertig!

»Wo ist der Thunfisch?«

Mist, den habe ich fast vergessen! Aber zum Glück habe ich ihn schon eingekauft und drapiere das Festmahl jetzt appetitlich auf den Tellern. Whisky scheint zufrieden zu sein und auch seine Zuneigung zu mir ist wieder hergestellt. Als ich an dem Spiegel vorbeigehe, werfe ich flüchtig einen Blick hinein und könnte nicht zufriedener sein: Ich habe keine zehn Kilo abgenommen, auch ist mein Hintern nicht plötzlich geschrumpft und meine Haare sind nicht wirklich voller geworden, aber ich sehe fantastisch aus. Genauso fantastisch, wie ich bin, nur mit ein paar Stunden Aufwand und dem richtigen Outfit.

Auch Whisky pfeift bewundernd, als ich auf meinen High Heels an ihm vorbeistöckle. »Schönen Abend, schöne Frau!«

»Dir auch, mein Lieblingskater!« Küssen kann ich ihn nicht, sonst wären meine Lippen ganz pelzig. Ich habe schon mal den Fehler begangen, mit frischen Lipglosslippen Whisky ein Küsschen auf den Kopf zu geben: Den ganzen Abend habe ich die Haare nicht mehr aus meinem Mund bekommen. Nicht sehr angenehm!

Die Tür fällt ins Schloss und ich begebe mich in die noch immer imposante Eingangshalle, wo Julian schon ungeduldig auf mich wartet. Gleich überkommt mich wieder Unsicherheit, er sieht so umwerfend gut aus und ich … Er steht auf und in seinem Blick liegt etwas Seltsames. Geniert er sich, neben jemandem wie mir gesehen zu werden? War es doch zu viel des Guten? Nein, Schluss jetzt, ich finde mich schön! Basta! Er sagt nichts, sondern begleitet mich schweigend zum Auto. Na, das kann ja ein toller Abend werden. Hat er vor, die ganze Zeit zu schweigen?

Wir fahren in die nächste Ortschaft und als wir aussteigen, sagt er etwas verhalten: »Sie sehen zauberhaft aus, Jessy!«

Ich strahle wie eine Glühbirne mit tausend Watt. Er findet mich zauberhaft! Juhu! Vielleicht wird es ja doch ein netter Abend …

Der Veranstaltungsraum, in dem die Feierlichkeit oder das Treffen oder was immer das auch sein soll, stattfindet, ist nicht sehr beeindruckend. Ein brauner Plattenbau mit niedrigen Decken, an denen Neonröhren angebracht sind. In dem Licht sieht jeder Teint beschissen aus. Zum Glück muss ich mich ja selber nicht anschauen, aber es wäre mir lieber, wenn es Julian in dieser Beleuchtung auch nicht müsste. Aber das kann ich nicht wirklich verhindern. Lange Tafeln, die bemüht üppig geschmückt sind, machen das andere Ambiente nicht wett. Einfache Plastikstühle, die wohl noch aus den 60er-Jahren stammen, Plastikböden und eine mickrig aussehende Bühne, geschmückt mit bunten Girlanden. Die Dame, die uns freundlich begrüßt – wobei, mich empfängt sie weniger freundlich, denn sie mustert mich mit eisigem Blick –, führt uns zu unserem Platz.

»Es tut mir leid, ich dachte das ist etwas glanzvoller hier …«, bricht Julian das wieder aufkeimende Schweigen.

»Es ist … eh … total … nett hier.«

Wir müssen beide lachen. An unserem Tisch sitzt auch ein dicker bärtiger Herr, der es wohl kaum erwarten kann, dass das Buffet endlich eröffnet wird, und sich in Vorfreude auf das Mahl schon die Serviette umgebunden hat, außerdem ein paar andere unscheinbare Gestalten, die scheinbar weder am Buffet noch an einem Gespräch interessiert sind. Julian sitzt mir gegenüber und nachdem der Tisch ziemlich breit ist, wird sich ein Gespräch etwas schwierig gestalten. Die Dame vom Eingang und ein älterer Herr betreten die Bühne und reden und reden und reden. Ich verstehe kein Wort, denn sie sprechen nicht deutsch. Leider habe ich nicht die Fähigkeit, andere Sprachen zu sprechen und zu verstehen, wie in meinen Träumen. Julian lauscht interessiert und schließlich frage ich mich schon, ob es wirklich nötig war, mich so lange herzurichten, denn er lässt mich eigentlich links liegen. Nicht, dass ich das nur für ihn gemacht habe, aber etwas mehr Aufmerksamkeit hätte ich schon erwartet.

Dann sind die Ansprachen endlich beendet und er wendet sich wieder mir zu: »Ich glaube, alles Weitere können wir uns ersparen.«

Das war der Abend? »Aber …«

»Wollen wir nicht lieber in ein nettes Lokal am Hafen gehen?«

Gut, der Abend beginnt jetzt erst! Ein Lächeln breitet sich über mein Gesicht und wir verlassen sogleich dieses komische Gelage.

»Für mich war es nur wichtig, mich hier sehen zu lassen. Ich habe gedacht, Kontakte knüpfen zu können, damit die Villa öfter gebucht wird. So ist es langsam nicht mehr zu bewerkstelligen. Es stehen so viele Reparaturen an, langsam zerfällt das ganze Haus. Aber leider war dieses Dinner anders als erwartet und es waren auch nicht die Gäste da, die ich erhofft habe zu sehen. Vielen Dank, auf jeden Fall, dass Sie mich begleitet haben! Als Entschädigung lade ich Sie jetzt in das schönste Fischrestaurant der Gegend ein!«

»Gerne!«, sage ich knapp, um mir meine Freude nicht anmerken zu lassen.

Es ist wirklich wunderschön, ein geschmackvolles, aber nicht überkandideltes Lokal, direkt am Hafen, mit fangfrischem Fisch. Im Gegensatz zu dem vorigen Speisesaal gibt es hier geschnitzte Holzsessel und nette intime Zweiertische. Das Licht ist schummrig, wie bei Kerzenschein und ich blühe wieder auf. »Sagen Sie, Julian, warum kommen nicht genug Gäste?«

»Wie Sie wahrscheinlich schon bemerkt haben, ist das Haus in keinem sehr guten Zustand, die Wasser- und Gasleitungen gehören erneuert und auch die Zimmer sollten modernisiert werden. Uns fehlt auf der einen Seite das Marketing, um auf unsere Pension aufmerksam zu machen, auf der anderen Seite, selbst wenn wir das hätten, würde uns das Geld fehlen, um alles anständig herzurichten. Man muss heutzutage einen gewissen Komfort bieten. Von den wenigen Stammgästen kann man leider nicht leben.«

»Verstehe schon, aber es wäre schade, das alles verfallen zu lassen.«

»Das möchten wir auch nicht! Mein Großvater hat es sich zur Lebensaufgabe gemacht, die Villa weiterzuführen, wie schon sein Vater.«

»Das finde ich gut so!«

Wir bereden noch weitere Details, was alles zu machen wäre, und es tut mir leid, dass ich nicht einfach reich bin, um mich an den nötigen Renovierungsarbeiten zu beteiligen, denn es rührt mich, dass diese Menschen sich verpflichtet fühlen, das Erbe der Gräfin weiterzuführen. Dann bekommen wir unser liebevoll zubereitetes Essen kredenzt, jeder Bissen schmilzt in meinem Mund. Meine Gedanken wandern zu Whisky, der jetzt vermutlich mit seiner Liebsten den Thunfisch verspeist.

Nach dem Essen bestellt Julian noch eine Flasche Wein. »Jessy, wollen wir uns nicht endlich duzen, schließlich haben wir schon einen Regenspaziergang, eine furchtbare Veranstaltung und ein wunderbares Essen hinter uns.«

»Gerne! Ich heiße Jessy!«

»Ich weiß!« Er lächelt mich an und seine sonst nicht sichtbaren, kleinen Grübchen kommen zum Vorschein. Zum ersten Mal schaue ich ihm bewusst und tief in die Augen und erschrecke dabei, denn das sind die Augen von Wilhelm! Ich meine nicht die Farbe, aber der Ausdruck, das gleiche Strahlen – mir wird ganz heiß. Ich versuche mich auf etwas anderes zu konzentrieren, die rustikalen Lüster an der Decke, die zu einem Schwan gefaltete Serviette am Nachbartisch ... aber jetzt bin ich in seinem Bann. Diese Augen!

Wir machen noch einen kleinen Verdauungsspaziergang zum Auto, aber ich will lieber wieder schnell zurück, es könnte sonst gefährlich für mich werden. Es reicht mir schon, in meinen Träumen unglücklich verliebt zu sein. »Es war ein wunderschöner Abend!«, sage ich, um die Situation zu retten.

»Finde ich auch! Wollen wir noch einen Absacker in der Bar nehmen?«, fragt Julian beiläufig.

Ich würde gerne, aber ich halte das für keine gute Idee. Mein ganzes Leben ist im Moment durcheinander, ich habe Angst, wieder etwas zu verlieren, was mir viel bedeuten könnte.

»Sei mir nicht böse Julian, aber ich denke, ich gehe lieber schlafen.«

»Kein Problem!« Irgendwie habe ich gehofft, dass er enttäuschter klingt. Wenn es ihm eh nichts auszumachen scheint, ist es so mit Sicherheit das Beste. Wir fahren zurück zur Villa und wieder ist das große Schweigen ausgebrochen. Verstohlen schaue ich ihm von der Seite noch einmal in die Augen und mein Herz beginnt schneller zu schlagen.

Im Dunklen wirkt die ganze Gegend ein bisschen unheimlich, als ob ein düsteres Geheimnis über dem Garten der Villa läge. Julian verabschiedet sich und wünscht mir eine gute Nacht, schnell und schlicht. Was habe ich erwartet? Dass er mich küsst? Irgendwie hatte es ein Teil von mir gehofft ...

Als ich vorsichtig das Zimmer betrete, liegen Milly und Whisky ineinander eingekuschelt am Bett, die Pfoten haben sie übereinander verschränkt. Ihr Abend scheint besser gelaufen zu sein als meiner. Ich will die zwei nicht wecken, denn ihr Anblick ist einfach zu putzig. Also lege ich mich auf das kleine blau-weiß gestreifte Sofa, decke mich dürftig mit meiner Weste zu und schlafe ein.

*

Ich liege im Bett, der Siamkater neben mir. Also schließe ich wieder die Augen und schlafe auch in meinem Traum weiter.

*

Der Tag hat schon längst begonnen, als ich wieder aufwache. Das Bett ist leer, die beiden Katzen dürften sich in den Garten verzogen haben. Gestern war ich zu müde, um mich abzuschminken, und als ich ins Bad gehe, um mich zu waschen, erschrecke ich über meinen eigenen Anblick. Der schwarze Lidschatten und die Wimperntusche haben sich über das gesamte Gesicht verteilt. Ich schaue aus wie ein Kohlebergwerkarbeiter! Es dauert ewig, bis ich wieder gesellschaftsfähig bin. Vielleicht wartet Julian ja unten auf mich, daher lege ich erneut ein bisschen Make-up auf. Doch als ich zu meinem gewohnten Frühstücksplatz marschiere, ist es nur Peter, den ich sehe.

»Guten Morgen, Fräulein Stein! Ich hoffe, Sie hatten einen netten Abend gestern?«

»Ja, danke!«

Peters lustiger Schnurrbart hebt und senkt sich, während er spricht. »Ihr Kater und die Nachbarskatze waren schon ganz früh unterwegs. Ich habe mir erlaubt, ihnen ein kleines Frühstück zuzubereiten.«

»Vielen Dank, Peter, das ist sehr freundlich von Ihnen. Daher hat Whisky mich nicht aufgeweckt, sonst kann er nämlich ziemlich lästig werden, wenn er nicht rechtzeitig seinen Futternapf gefüllt bekommt. Apropos, könnte ich bitte auch ein kleines Frühstück bekommen?«

»Selbstverständlich!«

Und schon macht sich Peter auf den Weg. Wenig später bekomme ich köstliche, warme Croissants mit Butter und eine riesige Tasse Kaffee mit Milchschaum. Er nimmt an einem anderen Tischchen Platz und vertieft sich in seine Zeitung.

Langsam sollte ich einmal meine Mutter anrufen. Ich habe es bis jetzt nicht geschafft, ihr zu sagen, dass alles in Ordnung ist, sondern ihr nur eine kurze SMS geschickt mit der Nachricht, dass ich in den Urlaub fahre. Jetzt, wo ich wieder Zukunftsperspektiven habe, wäre es nicht das Schlechteste, sie zu beruhigen. Seitdem ich hier bin, ist mein Handy ausgeschaltet. Nun nehme ich es nach Tagen zum ersten Mal wieder in die Hand und schalte es ein. Es sind wieder ein paar neue Sprachnachrichten darauf, aber abhören will ich sie noch nicht. Die SMS lese ich. Drei von Sara, die zuerst beleidigt schreibt, dass sie von einer Freundin wie mir nie erwartet hätte, dass ich ihr so mitteile, was ich von ihrem Partner und ihrem Leben halte.

Das ist mir unangenehm, so wollte ich das wirklich nicht! Wobei meine Meinung über ihren Angetrauten sich nicht geändert hat. Die nächsten beiden sind freundlicher und milder, ich freue mich, dass sie sich Gedanken macht und gerne für mich da wäre. Also bin ich doch nicht so alleine auf dieser Welt, wie ich dachte. Anstatt eine SMS zu schreiben, beschließe ich, sie anzurufen.

»Hallo?«, meldet sich ihre müde Stimme am Telefon.

»Hallo Sara! Ich bin es, Jessy!«

»Jessy! Zum Glück, ich habe mir schon solche Sorgen gemacht! Nach deinem nächtlichen Anruf habe ich nichts mehr von dir gehört, ich war sogar bei deiner Wohnung und ich dachte, du machst mir nicht auf, weil ich mich bei unserem Gespräch damals so blöd verhalten habe«, sprudelt es aus ihr heraus, wie ein Wasserfall.

»Nicht du warst blöd, ich war blöd! Es tut mir so leid, alles was ich über Markus gesagt habe … Du musst ihn lieben und mit ihm glücklich sein. Ich war nur einfach in so einer beschissenen Situation ...«

Sie unterbricht mich. »Ich weiß, ich hätte als deine Freundin für dich da sein sollen. Aber es hat mich einfach gekränkt. Aber dann habe ich lange nachgedacht und festgestellt, dass ich in letzter Zeit nicht wirklich für dich da war, aber das soll sich ab jetzt wieder ändern! Wollen wir uns nicht auf einen Kaffee treffen? Ich kann zu dir kommen, wenn du willst?«

»Gerne, aber ich bin nicht zu Hause. An dem besagten Abend habe ich ja nicht nur dich angerufen. Ich habe mich vor Gott und der Welt blamiert. Am nächsten Tag habe ich Whisky geschnappt und bin mit ihm weggefahren. Wir sind an der Adria in einer kleinen Villa und ich versuche gerade, alles wieder auf die Reihe zu bekommen!«

»Du solltest deine Mutter anrufen, die hat sich schon ein paar Mal bei mir gemeldet, sie hat sich auch große Sorgen gemacht.«

»Ich wollte niemandem Sorgen machen!« Aber es fühlt sich gut an, vermisst zu werden.

»Ich weiß. Erzähl, was machst du dort? Wie geht es dir?«

Und dann, seit ewigen Zeiten, plaudern wir wieder so wie früher, ich erzähle ihr von Julian, von der Villa und meinem Internetprojekt. Meine Träume lasse ich lieber aus, das kann ich ihr noch ein anderes Mal erzählen. Mir wird klar, wie sehr ich es vermisst habe, ihre Ansichten zu hören und ihr Lachen, nachdem ich ihr die Geschichte mit den Prinzessinnenschlapfen erzählt habe.

»Du hast dich verändert.«, sagt sie.

»Inwiefern?«

»Du wirkst viel selbstsicherer, dieser Ort scheint dir gutzutun und die Idee mit deinem Blog finde ich großartig! Mir geht schon lange dieser mediale Druck auf die Nerven, einem gewissen Schönheitsideal entsprechen zu müssen. Du weißt, ich hatte nie Probleme mit meinem Gewicht, aber mit meiner Größe.«

Sara ist nur einen Meter sechzig groß, was das Einkaufen auch nicht einfach gestaltet. Meist muss sie in die Kinderabteilung gehen, weil ihr Körperbau so zart ist. Daher passt sie auch nicht in das vorgegebene Schema, im Gegensatz zu mir hat sie sich aber nicht selbst bestraft dafür, sondern immer mit mehr Wut darauf reagiert. »Wenn ich dich da unterstützen kann, tue ich es gerne!«, untermauert sie ihre Begeisterung.

»Ich dachte, ich könnte jede Woche ein Geschäft empfehlen, wo man gut beraten wird und wo die Konfektionsgröße nicht bei einer 40, die eigentlich eine 38 ist, aufhört. Natürlich werde ich auch die Geschäfte aufspüren, die für zierliche Personen wie dich das Richtige haben! Die bekommen dann von mir ein Gütesiegel! Alle diese Trendmarken, die nur für einen bestimmten Figurtypus designen, kommen auf die No-Go-Liste!«

»Gute Idee, da fallen mir gleich ein paar ein!«

Wir tauschen noch etwas länger unsere Erlebnisse in diversen Geschäften aus, bis ich im Hintergrund Kindergeschrei höre. »Sei mir nicht böse Jessy, aber ich muss dann mal wieder. Ich glaube, da hat jemand Hunger! Aber es hat so gutgetan, dich zu hören. Meld dich bald wieder! Über diesen Julian musst du mir noch Genaueres berichten!«

»Da gibt es nichts zu berichten. Jetzt lass die Kleinen nicht warten! Ich schick dir ein dickes Bussi!«

»Und ich dir zurück!«

Glücklich lege ich das Telefon zur Seite, es ist ganz heiß von dem langen Gespräch. Alles scheint sich wieder einzurenken. Ich schließe die Augen und atme tief den Duft von frisch gemähtem Gras ein. Wenn ich an gestern Abend denke, wird mir irgendwie wohlig zumute. Schade, dass Julian nicht hier ist.

Den ganzen Nachmittag bringe ich damit zu, ein Konzept für meine Internetseite zu erstellen. Ich muss noch viel recherchieren, aber es macht mir Freude, im Gegensatz zu der Arbeit im Verlag. Wie habe ich nur jahrelang so leben können, als wäre es nicht mein Leben? Ich habe mich einfach damit abgegeben, bloß weil ich mir nicht zugetraut habe, etwas anderes zu finden. Nur weil es mit Tom und mir nicht geklappt hat, habe ich geglaubt, dass ich nicht gut genug bin. Ich spüre eine Woge der Traurigkeit, die aber sofort von einem viel größeren Gefühl vertrieben wird: Mut! Den Wissen, ab jetzt alles ändern zu können, auch wenn Rückschläge kommen. Ich weiß auf einmal, dass ich es in der Hand habe und ich werde mich nicht mehr so gehen lassen!

Whisky schlendert mir entgegen. »Der Abend war einfach nur *großartig*!«

»Das freut mich! Also ist das Dinner bei Milly gut angekommen?«

»Nicht nur das Dinner!« Whisky lächelt verschmitzt. Er gähnt auffällig. »Ich glaube, ich brauche heute viel Schlaf!«

»Ich auch!«, erwidere ich zufrieden.

Nach einem kleinen Abendmahl, das ich noch schnell in dem kleinen Supermarkt im Ort besorge, fallen wir beide müde ins Bett. Meine letzte Nacht auf dem Sofa war ja weniger bequem, aber Hauptsache, die beiden Katzen hatten es gemütlich. Jetzt bin ich froh, mich wieder ganz in meinem Bett ausstrecken zu können. Whisky klettert hoch zu meinem Gesicht, legt seines auf meines und so schlafen wir beide zufrieden ein.

*

Ich befinde mich wieder auf der Strandpromenade. Diesmal habe ich ein fließendes, weißes Kleid an, das im Empirestil unter dem Busen weit auseinandergeht. Die neue Mode, denke ich, und spaziere weiter bis zu der Bank, an der ich Wilhelm das letzte Mal getroffen habe. Es ist schon später Nachmittag und enttäuscht muss ich bemerken, dass der Platz auf der Bank leer ist. Ob er schon da war, oder ob er überhaupt kommen wollte? Vielleicht lässt ihn Gabriele nicht aus dem Haus? Es ist ein Traum und ich schließe die Augen und wünsche mir Wilhelm einfach her. Aber es passiert nichts. Entmutigt bleibe ich sitzen und beobachte das rotbraune Eichkätzchen, das eifrig den Baum vor mir rauf- und runterjagt, mit einer Nuss im Maul. Ich habe ein kleines Notizbüchlein bei mir und skizziere das süße Tierchen. Es macht mir wirklich Spaß, vor allem, weil ich im Gegensatz zu meinem realen Leben richtig gut zeichnen kann. Die Striche sind flüssig und gekonnt. Ohne Zweifel habe ich als Gräfin schon viel gezeichnet.

»Sie können das gut!«

Ich schrecke auf, hinter mir steht Wilhelm! Also ist mein Wunsch doch in Erfüllung gegangen, spät, aber doch. Er trägt einen normalen grauen Straßenanzug und wie selbstverständlich nimmt er neben mir Platz.

»Oh, danke«, goutiere ich das Lob für meine Skizze. Mein Herz beginnt wieder wie wild in mir herumzuschlagen und obwohl es eigentlich warm ist, überkommen mich leichte Schauer, als er mir direkt in die Augen blickt.

»Es freut mich sehr, Sie zu sehen Gräfin Rosenfels! Aber ich bin eigentlich nur gekommen, um Ihnen zu sagen, dass ich leider nicht mehr hierherkommen kann.«

Seine Nähe und die Unmöglichkeit der Situation mischen sich mit meinem unglaublichen Bedürfnis ihm nahe zu sein, von ihm berührt zu werden, und ich kann mich kaum auf seine Worte konzentrieren. Doch dann nehme ich mich halbwegs zusammen.

»Aber warum, Wilhelm?«, frage ich verwirrt.

»Sie kennen unseren Standesunterschied, es würde sich für Sie nicht schicken, mit einem Diener in der Öffentlichkeit gesehen zu werden. Ich will auf keinen Fall Ihren Ruf schädigen!«

»Aber das ist wohl allein meine Entscheidung, wen ich mir als Freund aussuche!«, sage ich empört. »Außerdem sind Sie gar kein richtiger Diener.«

Das Eichkätzchen lässt seine Nuss fallen und ein leichter Wind fährt durch die Blätter der Büsche, sodass sie rascheln. Es scheint, als schrecke Wilhelm zusammen. Hat er die Sorge, dass wir beobachtet werden?

»Aber jetzt ist es nun mal mein Los.«

»Und damit wollen Sie sich abfinden?«

»Es bleibt mir leider nichts anderes übrig.«

»Ich könnte mit dem Barone sprechen!«

»Verzeihen Sie mir, wenn ich es so direkt sage, aber als die zukünftige Braut des Barone betrachte ich das als überflüssig. So wie auch jeden weiteren Kontakt unsererseits. «

Jetzt bin ich es, die zusammenschreckt. »Zukünftige Braut? Wer behauptet das?«

Er wirkt fast unbeteiligt, sein Blick ist etwas arrogant und stolz – so kommt er mir fast fremd vor –, dann sagt er bestimmt: »Es ist allgemein bekannt! Soweit ich weiß, ist der Barone gerade auf dem Weg nach Wien, um sich mit Ihrem Vater zu treffen.«

»Spinnen die?«, entfährt es mir. »Da müsste der gnädige Herr Barone doch zuerst einmal mich fragen, denken Sie nicht auch?«

Wilhelm schweigt kurz, dann fragt er mit seiner schönen, melodischen und doch kraftvollen Stimme: »Das heißt, Sie haben nicht vor, den Barone zu heiraten?«

»Natürlich nicht, ich finde er ist ein arroganter Affe, der meint, über alles und jeden bestimmen zu können!«

Sein fremder Blick fällt ab von ihm und er lächelt mich an. Was für ein Lächeln! Diese Lippen … Warum verschwenden wir da eigentlich die Zeit, um über Gabriele zu sprechen?

Nachdem es mein Traum ist, mache ich, was ich mich sonst nie im Leben trauen würde. Ich küsse ihn! Unvermittelt und ohne Vorwarnung küsse ich ihn auf den Mund, es ist wie eine Erlösung, ihm endlich so nahe zu sein. Wilhelm erwidert den Kuss und drückt mich fest an sich. Ich kann mich nur ergeben, was ich auch ersehne. Als er sich von mir löst, scheint er dann aber komplett durcheinander zu sein. Ist ja auch verständlich, ich bin eine Gräfin, die Erwählte seines Widersachers und in dieser Zeit drücken Damen nicht unbedingt auf diese Art und Weise ihre Gefühle aus, schon gar nicht in der Öffentlichkeit. Aber es gefällt mir, diejenige zu sein, die den Verlauf dieses Traumes bestimmt. »Wir müssen uns morgen wiedersehen!«, sage ich bestimmt. Von meiner eigenen Toughheit übermannt, stehe ich auf und lasse Wilhelm alleine auf der Bank zurück. Ich werde noch zu einer richtigen Amazone!

Die Vögel singen und die Welt ist so wunderschön! Ich spüre noch immer seine Nähe und es fühlt sich so beglückend an. Plötzlich stoße ich mit jemandem zusammen. Es ist Louise.

»Schwester, wo warst du denn? Ich habe dich gesucht! Es ist eine Eildepesche mit einem Brief von Vater für dich gekommen!«

Oh nein, hat Gabriele ihn vielleicht tatsächlich aufgesucht? Schnell kehren wir in die Villa zurück und schon halte ich den besagten Brief in meinen Händen. Ich traue mich kaum, ihn zu öffnen, das kann nichts Gutes bedeuten. Aber ich muss wohl. Also breche ich das Siegel auf und beginne sofort zu lesen.

Liebste Helene,
mit Freuden habe ich heute einen Besuch empfangen, der mich, um ehrlich zu sein, sehr überrascht hat. Wobei ich erwähnen muss, im positiven Sinne. Du weißt ja, wie unglücklich mich

Deine Wahl zu leben gemacht hat, und, um ehrlich zu sein, habe ich nicht zu hoffen gewagt, dass sich das je ändern wird. Aber Du bist eben doch meine Tochter, mein Fleisch und Blut. Natürlich hätte ich normalerweise erwartet, dass Du in einem Deiner vorherigen Briefe erwähnst, wie die Dinge bei Dir stehen, aber ich will Dir, ob der frohen Botschaft, keinen Vorwurf machen.
Natürlich stimme ich einer Vermählung mit dem Barone Checone zu! Nebenbei eine exzellente Wahl, wenn ich die Stellung, den Einfluss und den Reichtum der Familie bedenke. Mein zukünftiger Schwiegersohn hat ein sehr bestimmtes Auftreten und ich hätte ihm wohl keinen Wunsch verwehren können. Aber wie erwähnt, ist in diesem Falle sein Wunsch auch mein Wunsch! Nachdem Du nun vermutlich mit allen Hochzeitsvorbereitungen beschäftigt bist und leider meinem Anliegen nicht nachgekommen bist, eine Gesellschafterin für Louise zu beschäftigen, werde ich in den nächsten Tagen anreisen und Louise wieder zu mir nach Wien holen. Das dürfte wohl auch Deinem Begehren entsprechen!
So verbleibe ich Dir als Dein Dich liebender Vater
Graf Alexander von Rosenfels

Oh Gott, oh Gott, oh Gott. Was soll ich jetzt machen? Was soll das Ganze überhaupt? Ich habe nie einer Vermählung zugestimmt! Wie kommt der Typ überhaupt darauf? Lasst mich doch alle in Ruhe! Außer Wilhelm natürlich! Wilhelm, er hatte also recht: Alle glauben, dass ich den Barone heiraten werde. Was läuft hier schief?

Plötzlich fällt mir siedend heiß ein, wie mir Gabriele auf seiner Feier zugeflüstert hat, dass wir uns ja jetzt einig wären, nachdem er gesehen hatte, dass ich diese blöden Ohrringe getragen habe. Aber das kann doch nicht reichen? Wegen so einem Detail zu glauben, dass wir heiraten! Es war doch nur ein nichtssagendes Geschenk – wohlgemerkt ein wunderschönes, edles, glitzerndes, wie soll man da widerstehen, es zu tragen? Aber hätte ich gewusst, welche Zusage in seinen Augen damit verbunden ist, hätte ich sie nie und nimmer getragen. Nebenbei bemerkt, will ich auch nicht, dass Louise wieder nach Wien muss. Endlich habe ich eine Schwester und dann soll sie getrennt von mir leben? Ich muss so schnell wie möglich alles klären! Schließlich ist es mein Vater und er wird verstehen, dass ich keinen Mann heiraten kann, den ich nicht liebe. Dass es jemand anderen gibt, dem mein Herz gehört. Aber dann lässt meine Zuversicht nach. Nein, er wird es nicht verstehen und er wird schon gar nicht akzeptieren, dass der Mann, den ich liebe, der Diener des Mannes ist, der glaubt, mich bald zu heiraten. Ein super Schlamassel! Vielleicht ändert sich ja doch noch was, ich warte einfach ab und stelle mich blind. Ich tue jetzt einfach so, als wäre der Brief nie angekommen. Louise steht noch immer neben mir, sie habe ich ganz vergessen. Sie wartet natürlich ungeduldig darauf zu erfahren, was so wichtig ist, dass Vater extra einen Boten schickt.

»Sag, liebste Helene, ist etwas mit unserem Vater?«, fragt sie beunruhigt.

»Ach gar nichts. Vater will uns nur demnächst eventuell besuchen.«

Sie läuft rot an und fragt unsicher: »Aber warum? Gibt es einen Anlass?«

Aha, da hat außer mir wohl noch jemand ein Geheimnis. »Es hat keinen bestimmten Grund«, schwindle ich.

Ob sie es mir glaubt oder nicht, kann ich nicht einschätzen, aber jede von uns ist mit ihren eigenen Problemen beschäftigt. Ich darf nicht außer Acht lassen, dass ich die ältere von uns beiden bin. »Louise, hast du mir irgendetwas zu sagen? Ich hoffe, die Geschichte mit Maries Verlobten hat sich in Wohlgefallen aufgelöst?«

»Er ist nicht mehr Maries Verlobter.« Na toll, die nächste Baustelle.

»Aber auch nicht deiner, hoffe ich!« Louise streicht sich ein paar blonde Haarsträhnen aus dem Gesicht und dreht den Kopf auf die Seite. »Louise! Schau mich an und sage mir, dass du nicht mit diesem Albert verlobt bist!«

»Bin ich nicht …«, sagt sie nach langem Zögern.

»Warum kann ich dir das nicht glauben?«

»Wirklich Helene, es ist nicht so, wie du denkst!«

»Woher willst du wissen, was ich denke?« Ich wollte nicht so scharf klingen, aber ich finde, es nervt allmählich. Langsam fasse ich mich wieder und erlange meine Beherrschung zurück, meine Stimme war doch einige Oktaven zu hoch. Aber ich habe hier schließlich genug andere Probleme!

»Albert ist weg.«

»Was heißt, er ist weg?«

Das scheint alles zu viel für dieses zarte Wesen zu sein. Louise bricht zusammen, vergräbt ihren Kopf in den seidenen Kissen des Diwans und weint so jämmerlich, dass ich zuerst einmal nur hilflos zuschauen kann. Vorsichtig setze ich mich auf das rote Samtsofa neben sie. »Was ist denn passiert?«

»Es ist alles so schrecklich«, schluchzt sie. »Albert … er meint, es hätte so alles keinen Sinn. Marie hat ihm eine furchtbare Szene gemacht und dann ist er weg. Er hat mir nur ein paar Zeilen hinterlassen und ich weiß nicht, wann er wiederkommt, ob er jemals zurückkommt!«

»Glaub mir, es ist das Beste so, das wäre nie gut gegangen!« Ich streichle ihr sanft über ihre hübschen blonden Locken.

Ihr Kopf vergräbt sich noch tiefer in dem mittlerweile tränennassen Kissen, ihre Stimme klingt ganz dumpf: »Warum hast du mir nie gesagt, wie weh es tut, zu lieben?«

Woher hätte ich das wissen sollen? Meinen ersten Mann habe ich ja scheinbar nie geliebt. Aber es ist nicht der richtige Zeitpunkt, um ihr das zu erzählen.

»Du wirst wieder lieben und dann wird es nicht schmerzhaft sein. Meistens geht die erste Liebe leider nicht gut aus.«

»Aber ich werde nie wieder lieben!«

Natürlich, das glauben wir alle, wenn unser Herz gebrochen wurde. Wenn ich da jetzt widerspreche, wird sie es so oder so nicht annehmen können, also sage ich nichts, sondern streichle ihr weiter liebevoll über ihr Haar. Als sie sich wieder aufrichtet, sieht sie furchtbar elend aus, selbst die royale Umgebung erscheint durch ihre Trauer düster und einschüchternd. Wenigstens hat man damals keine Wimperntusche getragen, sonst würde sie auch noch aussehen wie ein Mitglied von *Kiss*.

»Ich gehe auf mein Zimmer, wenn es dir recht ist.«

»Natürlich, meine Liebe. Glaube mir, alles wird gut und bald bist du wieder glücklich!«

Das waren wohl die falschen Worte, denn sie lösen erneut ein Weinkrampf aus und Louise läuft die Treppen zu ihren Räumen hinauf.

Das alles entwickelt sich immer mehr zu einem Drama, aber wenigstens bin ich die Sorge los, dass sich Louise unstandesgemäß verlobt. Jetzt bleibe ich nur noch mit meinen eigenen Sorgen zurück. Ich habe hier alles, außer eines: meinen freien Willen, zu entscheiden, was mich glücklich macht. Da lobe ich mir meine Zeit, wobei es auch da immer noch Mädchen gibt, die gegen ihren Willen verheiratet werden. Ich nehme mir einen Gedichtband aus der über die ganze Wand verlaufenden Bibliothek und verlasse den Salon in Richtung Schlafzimmer. Alles wird sich klären, es ist mein Traum, meine Entscheidung. Warum entgleiten mir die Dinge dann so?

*

Den Rest der Nacht wälze ich mich unruhig von einer Seite auf die andere, nur Whisky scheint gut zu schlafen und zu träumen, er schmatzt vor sich hin. Wahrscheinlich ist er in seinen Träumen wieder bei der Köchin und bekommt die ganzen Probleme, denen ich mich stellen muss, gar nicht mit. Ich nehme ein Buch zur Hand und irgendwann falle ich dann doch wieder in einen traumlosen Schlaf.

Es ist Zeit, endgültig aus meinem Bett zu kriechen, denn Whisky sitzt wieder mal vor seinem Napf, erwartungsvoll, diesen mit Futter gefüllt zu bekommen.

»Du machst dich rar in meinen Träumen.«

Er grinst mich an. »Ich habe eine tolle Futterstelle gefunden, nur leider wache ich dann immer umso hungriger auf!«

»Ich habe den Wink verstanden!«

Auch ich spüre das Verlangen nach einem kräftigenden Frühstück und ziehe mich rasch an. Doch als ich auf der Frühstücksterrasse ankomme, bin ich nicht wie gewohnt mit Peter alleine, sondern auch Julian sitzt mit einer blonden, eleganten Frau an einem üppig gedeckten Tisch. Das hat mir gerade noch gefehlt!

»Guten Morgen!«, sage ich unwillig und setze mich möglichst weit weg von den beiden.

Julian lächelt mir kurz zu, macht aber keine Anstalten, sich zu mir zu begeben. Ist mir auch egal, soll er doch mit seiner Tussi bleiben, wo der Pfeffer wächst. Ich habe viel wichtigere Dinge zu tun! Dennoch versuche ich meine Ohren weit aufzusperren, um das Gespräch zu belauschen, was mir nicht gelingt, denn ich kann kein Wort verstehen. Ich betrachte sie eingehend, während ich so tue, als lese ich in der Morgenzeitung. Irgendwie kommt sie mir bekannt vor. An ihrem Lächeln kann ich ablesen, dass Julian ihr gefällt, und die Art, wie sie sich durch die Haare streicht, lässt mich fast aus der Haut fahren. Nur nicht die Beherrschung verlieren, ich bin eine selbstständige, unabhängige Frau, die *nicht* auf der Suche nach einem Mann ist! Nur weil ich mit Julian aus war, bedeutet das gar nichts. Immer weiter lehne ich mich in dem Sessel zurück, um doch noch irgendwas erlauschen zu können. Nein, bitte *niiiccccchhht* … Es macht einen lauten Platscher und ich falle mitsamt dem kleinen Tischchen, an das ich mich noch verzweifelt zu klammern versuche, um. Ich könnte im Erdboden versinken! Julian springt auf und will mir hochhelfen, aber ich schlage seine Hand aus und flüchte in die Villa. Peter kommt mir mit meinem Frühstück entgegen, fast renne ich ihn nieder.

»Na, na. Sie haben es aber eilig!«

»Entschuldigen Sie bitte!«, sage ich kleinlaut und lasse ihn einfach stehen. Vielleicht sollte ich zurück nach Wien fahren …

Aber als ich das Zimmer betrete, ist Whisky schon wieder verschwunden, und ohne ihn geht es vorerst einmal nirgendwo hin. Es wäre auch wirklich kindisch von mir. Zwischen uns beiden war ja nichts, wir haben uns gut verstanden, einen netten Abend verbracht, also was habe ich erwartet? Immer wieder sehe ich vor mir, wie Julian mit der Blondine vertraut plaudert. Meine Gedanken gehen natürlich sofort weiter: Die beiden küssen sich, halten Händchen, machen sich über mich lustig. Aus jetzt! Ich klappe meinen Laptop auf und versuche, weiter an meinem Konzept für die Internetseite zu basteln, aber so wirklich Lust dazu habe ich nicht. Was mache ich mit dem angebrochenen Tag? Ich habe doch gleich gewusst, dass es nur Ärger gibt, wenn Julian mir zu gut gefällt.

Es klopft an meiner Tür, vorsichtig öffne ich sie einen Spalt und er steht vor mir. »Jessy, ist alles in Ordnung bei dir?«

»Natürlich, was soll denn nicht in Ordnung sein?« Sehr unauffällig von mir.

»Nur, weil du eben, ich meine, du bist so schnell weggelaufen.«

»Mir ist nur eingefallen, dass ich fast vergessen hätte, meine morgendlichen *Turnübungen* zu machen.« Ich dehne mein Bein, um das Ganze realistischer wirken zu lassen, aber es wirkt weder sportlich noch sonst irgendwie sinnvoll.

»Ich wollte nur nach dir sehen.«

»Na, das hast du ja jetzt.«

»Wollen wir nachher einen Spaziergang machen?«

»Weißt du, ich bin sehr beschäftigt. Ich bin an einer großen Sache dran und habe wenig Zeit.«

Enttäuschung und Verwunderung stehen ihm ins Gesicht geschrieben. Aha, so unwichtig bin ich ihm ja doch nicht.

»Verstehe. Ich dachte nur, wenn die Dame von der Vereinigung der Pensionen wieder weg ist, könnten wir uns einen schönen Nachmittag machen, aber wenn du keine Zeit hast, verstehe ich das natürlich!«

Jetzt fällt es mir wieder ein, woher ich die Frau kenne: Bei dieser Veranstaltung hat sie uns zu unserem Tisch geführt. Ich bin ein echter Trottel! Julian hat die Tür schon wieder geschlossen, ich reiße sie erneut auf.

»Warte! Ich hab dann später schon Zeit! Ich meine, ich kann das ja jetzt schnell machen. So viel ist auch nicht zu tun«, versuche ich mich in halbherzigen Erklärungen.

Ihm scheint etwas zu dämmern und er lächelt mich an. »Gut, dann hole ich dich nachher ab!«

Männer haben aber manchmal schon eine lange Leitung.

»Das sieht ja nach etwas Ernsterem aus!«

»Whisky, dich habe ich gar nicht bemerkt! Ich dachte, du hängst schon am Strand herum!«

»Falsch gedacht! Ich habe mir noch mein Fell geputzt, siehst du nicht, wie es glänzt?«

»Na klar, du musst dich ja auch für Milly hübsch machen!«

»Also, wie gehst du es mit Julian an?«, fragt er spitzbübisch.

»Gar nichts gehe ich an.«

»Das sind ja ganz neue Töne! Sonst siehst du doch immer schon die Hochzeitskutsche vorfahren, wenn du mit einem Mann nur einmal aus warst!«

»Du findest dich wohl sehr komisch?«

Aber es stimmt, normalerweise kann ich es gar nicht locker sehen, egal wie sehr ich mich bemühe. Jeder Mann, der nur halbwegs passen könnte, kommt in einen Scanner und wird sofort überprüft, ob er als Ehemann und Vater meiner Kinder infrage käme. Und gut, ich gebe es zu, kurz habe ich auch Julian diesem Prozedere unterzogen. Aber wirklich nur ganz kurz.

»Naja, es ist so viel wirklich Lebensveränderndes in letzter Zeit geschehen, ich will mich nicht selbst unglücklich machen, indem ich mir etwas vormache.«

»Ich glaube, er mag dich!«, sagt Whisky unvermittelt.

»Ich glaube auch!«, gebe ich zufrieden zurück. »Und mehr brauche ich vorerst einmal nicht zu wissen.«

»So, jetzt aber genug von deinem verkorksten Liebesleben! Es ist an der Zeit, meines zu pflegen und meine anbetungswürdige Milly aufzusuchen!«

»Genau!«

Mit seiner Schnauze und mithilfe einer Pfote stößt er die Balkontür auf und klettert gekonnt an der Wand in den Garten hinunter. Diesmal aber auf der sicheren Seite, nicht auf der, die mit Heckenrosen bewachsen ist.

Fellpflege ist auch bei mir angesagt. Ich bürste mein Haar, zupfe meine Augenbrauen, schminke mich dezent und kann es kaum erwarten, mit Julian den Nachmittag zu verbringen. Im Ort habe ich mir noch ein blumiges Sommerkleid gekauft, mit einem schwingenden Rock, und drehe mich damit begeistert vor dem Spiegel. Da ist er auch schon, mein Begleiter für heute Nachmittag – vielleicht fürs ganze Leben. Ich muss über mich selbst lachen, ich wollte doch alles auf mich zukommen lassen!

Im wahren Leben läuft es eindeutig leichter als in meinen Träumen! Wir verbringen einfach einen wunderschönen Nachmittag. Julian erzählt mir von seiner Kindheit, die er im Sommer immer hier verbracht hat. Wir suchen all die Plätze auf, die er schon damals als unerlässlich empfunden hat. Wir befinden uns gerade in einem wunderschönen tropischen Garten, den ein Industrieller zur Jahrhundertwende für seine Frau angelegt hat. Das waren noch richtige Geschenke, nicht eine mickrige Packung *Merci*.

»Das hier sind Stechäpfel!«, erklärt mir Julian fachmännisch die üppigen Sträucher vor uns. Sie blühen wunderschön weiß und haben eine trompetenartige Form. »Aber Vorsicht, sie sind giftig!«

»Keine Sorge, ich hätte sie schon nicht gegessen!«, gebe ich lachend zurück.

Überall blüht und verströmt es einen intensiven Geruch, der die Luft fast greifbar erscheinen lässt.

»Hierher habe ich mich immer zurückgezogen, wenn ich alleine sein wollte.«

»Aber es ist ein Park! Es gibt sicher bessere Plätze, wo man ungestört sein kann.«

Er lächelt mich verschmitzt und wissend an: »Ja, aber ich bin ja auch nicht dann gekommen, wenn alle hier waren, sondern in der Nacht! Es gab damals eine undichte Stelle im Zaun und durch die bin ich hineingeschlüpft!«

»Nicht schlecht! Machst du das immer noch?«

»Ich glaube, ich bin schon etwas zu groß, um mich durch das Loch zu zwängen, aber vielleicht sollte ich es wieder mal versuchen!«

Wir amüsieren uns köstlich und tauschen unsere Kindheitserlebnisse aus. Immer wieder erinnert er mich an Wilhelm und das Gefühl, das ich als Gräfin für ihn habe. Mir kommen die seltsamsten Gedanken in den Sinn, die ich mich gar nicht traue zu denken. Vielleicht war Julian in seinem Vorleben Wilhelm und wir müssen uns in jedem Leben wieder treffen, weil wir einfach zusammengehören? Vielleicht wandern unsere Seelen immer wieder in andere Körper, aber es ist trotzdem unvermeidlich, dass wir zueinander finden? Wer weiß, wie oft wir uns schon getroffen haben? Wie oft wir uns schon geliebt haben? Aber wie gesagt, ich habe mir vorgenommen, mich nicht Hals über Kopf in eine ungewisse Sache zu stürzen. Vorerst ist es einmal wichtig, mein Leben in neue Bahnen zu lenken. Außerdem macht er keine Anstalten, mir näherkommen zu wollen, er ist einfach nett und freundschaftlich.

»Hast du Geschwister?«, erkundige ich mich.

»Nein, leider nicht. Und du?«

Ich denke an Louise. »Nicht wirklich.«

»Komische Antwort. Was meinst du damit?«

Kurz überlege ich mir, ihm die Geschichte meiner Träume zu erzählen, vielleicht hat er ja ähnliche. Aber zum Glück lasse ich es dann doch lieber, so gut kennen wir uns noch nicht. Vielleicht ist es auch besser, all das für mich zu behalten – etwas, das nur mir gehört und vielleicht ein bisschen Whisky. »Ach gar nichts, ich wollte immer eine Schwester, aber nein, ich habe keine.«

Wir trinken noch einen Kaffee zusammen und dann wird es auch schon langsam Abend. Er bringt mich in die Villa zurück und verabschiedet sich.

Ich habe viel von ihm erfahren, er hat es nicht unbedingt leicht mit seiner Mutter, die von starken Rückenproblemen geplagt wird und dadurch ständig seine Hilfe benötigt. Seit sie im Ruhestand ist, hat sie sich gemeinsam mit ihrem Vater um die Villa gekümmert, aber jetzt fällt ihr jede anstrengendere Arbeit schwer, deshalb hat sie sich in ihre kleine Wohnung im Ort zurückgezogen. Es fehlt eindeutig die Herrin in der Villa. Auf jeden Fall macht es Spaß, mit jemandem Zeit zu verbringen, der gebildet, höflich und lustig ist. Gut, er sieht umwerfend aus, aber das ist nicht der Grund, warum ich ihn mag.

Whisky und Milly haben es sich wieder mal in meinem Bett bequem gemacht. Egal wie entzückend es aussieht, wenn sie wie zwei Igel nebeneinander eingerollt liegen, ich brauche mein Bett für mich. Die letzte Nacht war so unruhig und ich sehne mich nach Schlaf.

»Whisky?«, flüstere ich möglichst leise in sein Ohr. »Whisky! Ihr könnt gerne hier schlafen, aber ich brauch auch etwas Platz!«

Er murrt vor sich hin, auch Milly wacht auf. Sie öffnet ihre schönen blauen Augen, die von zarten weißen Wimpern umrahmt sind, und ihr Augenaufschlag macht es mir unmöglich, die beiden zu verdrängen.

»Na gut, diese eine Nacht noch, aber dann sucht euch bitte ein anderes Plätzchen. Wie wäre es zum Beispiel mit dem Sofa?«

Ich bekomme ein einheitliches Schnurren zurück. Milly streckt ihre weiße, weiche Samtpfote aus und berührt dabei meine Hand. Ich sehe das als Einwilligung, nehme meine Decke und verziehe mich auf das viel zu kurze »Zweitbett«.

*

Ich stehe im Garten und zwicke mir gerade ein paar üppige, altrosa Rosen von einem Strauch, da steht er neben mir, der Barone.

»Meine liebste Helene!« Diese vertraute Anrede ist mir unangenehm, vor allem nach dem, was ich im Brief meines Vaters gelesen habe. Schließlich hat er ohne mein Wissen um meine Hand angehalten, hinter meinem Rücken mit meinem Vater paktiert.

»Barone Checone, ich begrüße Sie, was führt Sie zu mir?«, antworte ich betont sachlich.

»Meine Liebe, jetzt wo wir uns so nahestehen, sind diese Floskeln doch überflüssig!«

»Ich weiß nicht, wovon Sie sprechen!«

Gabriele ist zweifelsohne ein attraktiver Mann, aber die Anziehung, der zweifelsohne viele Frauen erlegen, schreckt nur ab. Seine Hartnäckigkeit, Dinge einfach zu erzwingen, macht ihn wenig sympathisch. Er kommt noch näher an mich heran, so, dass ich seinen Atem in meinem Nacken fühlen kann. Ein eiskalter Schauer läuft mir über den Rücken.

»Ich bitte Sie!«, rufe ich aus und rücke ab von ihm.

»Meine kleine Wildkatze!«

Toll, das scheint ihm auch noch zu gefallen. Plötzlich hält er mir eine Schachtel mit einer großen Schleife hin, aber ich unterdrücke den Zwang, sie mir zu schnappen und auszupacken. Geschenke, ich liebe Geschenke – aber nicht von ihm! »Gut, meine Liebe, ich schätze Ihre Erziehung, Ihre Zurückhaltung! Aber die wird sich noch geben, sobald wir Mann und Frau sind.«

Ich versuche meine Empörung zu verstecken und in ruhigem Ton zu erwidern: »Lieber Herr Barone, da unterliegen Sie einem Irrtum! Ich werde Sie nicht heiraten! Niemals!«

»Das bezweifle ich!«, stellt er süffisant fest. »Soweit ich weiß, ist Ihr Vater schon unterwegs, um mit uns die Verlobung zu feiern! Nächste Woche ist ein großes Fest in meinem Schloss angesetzt und da werden wir unsere Vereinigung bekannt geben!«

»Was Sie und mein Vater untereinander ausmachen, ist Ihre Sache! Ich stimme dem nicht zu!«

In seinem Blick kann ich plötzlich Kampfgeist aufblitzen sehen, er wird so leicht nicht aufgeben. Wobei ich nicht verstehen kann, warum er sich mich in den Kopf gesetzt hat. Wenn ich ihn doch gar nicht will und ihm das auch noch eindeutig zu verstehen gebe.

»Ich fürchte, Sie haben die Situation nicht begriffen. Denken Sie gar nicht an Ihre Schwester?«

»Was hat Louise damit zu tun?«

»Ihr Vater wäre bestimmt nicht begeistert, wenn er erführe, was sich unter Ihrer Obhut abspielt.« Was will er mir damit sagen? Er fährt fort: »Meine Liebe, stellen Sie sich nicht naiver, als Sie sind! Ihre süße, kleine, unschuldige Schwester ist nicht mehr unschuldig.«

Ähnliche Sätze, die Siam-Whisky einst zu mir über Louise gesagt hat und die ich so nicht glauben wollte. Marie – hat sie Louise etwa verraten? Hat sie sich aus Wut und Verzweiflung dem falschen Menschen anvertraut?

»Was Sie behaupten, ist eine Frechheit! Wie können Sie erwarten, dass mich das Ihnen mehr zugeneigt macht?«

Doch er grinst mich nur an und erwidert: »Sie werden die Meine. Ich bekomme immer, was ich will, es hat keinen Sinn, sich dagegen zu wehren. Ihre Schwester hat sich heimlich verlobt!«

»Das hat sie nicht!«

»Sie könnte es aber haben, die Ehe haben die beiden ja schon praktisch vollzogen.«

»Das sind infame Lügen, passen Sie auf, was Sie sagen!« Wo gerate ich da gerade hinein? Ich muss Louise schützen!

Er fährt in seinen Ausführungen fort: »Sie ist entehrt! Ihre Familie ist entehrt und es liegt in meiner Hand, das bekannt zu machen, oder auch nicht. Ihnen ist doch bewusst, was das in unseren Kreisen auslösen würde? Ihr Vater wäre ebenso geschmäht wie Sie, von Ihrer Schwester gar nicht erst zu sprechen. Ich denke nicht, dass es Ihr Wunsch ist, geächtet zu werden.« Er lässt die Worte wirken und fährt erst nach bedrückend langem Schweigen fort: »Sind wir uns nun einig, meine hübsche Gräfin?« Mit einem wölfischen Grinsen beobachtet er meine Regungen.

Mir kommen Tränen, die ich aber eisern versuche zurückzuhalten. Stumm nicke ich.

»Das stimmt mich glücklich! Um Sie zu erfreuen, habe ich Ihnen etwas mitgebracht! Und somit wollen wir die dumme Angelegenheit vergessen.« Erneut hält er mir das Päckchen hin. »Wollen Sie die Schleife nicht lösen?«

Mein ganzer Wille und meine Kräfte sind scheinbar besiegt, ich tue, wie mir geheißen. Es ist eine edle Schmuckschatulle und in ihr befindet sich ein funkelndes Geschmeide. So ein Schmuckstück habe ich in meinem Leben noch nie gesehen! Es ist über und über mit Brillanten und Perlen besetzt. In der Mitte thront ein riesiger dunkelroter Stein. Ich klappe das Kästchen wieder zu.

»Dieses Collier hat einst meine Mutter getragen, es ist das wertvollste in unserer Sammlung! Nun dürfen Sie es zu unserer Verlobung tragen!« Stolz blickt er mich an. Nachdem er kein Widerwort mehr von mir zu erwarten hat, macht er eine leichte Verbeugung, deutet einen Handkuss an und zieht von dannen.

Mir wird schwindlig, ich muss mich setzen. In meinen Händen halte ich noch immer das wertvolle Stück, meine Fessel an ein ungewolltes Leben. Am liebsten würde ich es im Teich versenken, doch ich tue es nicht. Vielleicht sollte ich mich all dem ergeben, ihn heiraten und vergessen, wo mein Herz eigentlich hin will …

Das ist ja ärger hier als in jedem Drei-Groschen-Roman! Wie wird das weitergehen? Werde ich einen Weg finden, mich aus dieser Lage zu befreien? Diese Fragen gehen mir durch den Kopf, der immer schwerer wird. Ich spüre nur noch, wie mir die Beine wegsacken, und höre, wie jemand ruft: »Schnell, die Gräfin! Riechsalz!« Dann bin ich weg.

*

Wieder in meiner Zeit. Einerseits bin ich erleichtert, auf der anderen Seite ist es gerade so spannend. Wie ein Krimi, der erst am nächsten Tag wieder fortgesetzt wird. Ich will wissen, wie es weitergeht. Es ist ja nicht wirklich mein Leben, daher kann ich trotz allem der Geschichte mittlerweile mit einer gewissen Distanz zusehen. Zumindest wenn ich wach bin. Im Traum fühlt sich alles so real an, als ob es mein Leben wäre. Ich beschließe, dass es vorerst mal genug »Zauber eines vergangenen Jahrhunderts« ist, stehe auf, mustere mich im Spiegel – ja, das bin eindeutig ich und keine Gräfin mehr – und gehe zum Pool. Heute mache ich einen Wellnesstag. Was ich jetzt wirklich brauchen kann, ist Erholung! Auch Whisky soll mich zu einer Massage begleiten, das haben wir uns beide verdient. Aber ich kann den Kerl schon wieder nicht finden. Wahrscheinlich ist er mit Milly auf Kuschelkurs. Vielleicht liegen die beiden auf Millys Felsen an der Promenade. Ich beschließe, ihn dort zu suchen. Ich finde ihn auch, aber alleine.

»Sie ist nicht gekommen!«

»Mein armer Kleiner. Vielleicht ist sie aufgehalten worden, oder sie kommt am Nachmittag, wenn die Sonne so schön auf dieses Plätzchen scheint.«

»Kann sein …«, sagt er enttäuscht.

»Ich dachte, wir lassen es uns heute gut gehen! Ich habe im Ort eine Massage für dich und auch eine für mich gebucht.«

Er hält mir seine wehe Pfote vor die Nase. »Ich glaube nicht, dass ich auch noch einen Schritt gehen kann.«

Es ist keine Spur seiner ehemaligen Verletzung sichtbar, aber ich weiß, dass seine Verletzung woanders sitzt und er einfach Zuneigung braucht. Wenn er wie ein kleines Katzenkind herumgetragen wird, fühlt er sich bestimmt besser. Also tue ich das, ich hebe ihn hoch und merke, dass er ein bisschen leichter geworden ist. Das viele Herumstreunen dürfte auch seiner Figur wohl bekommen. Gut, dass ich meine Strandtasche dabeihabe, da kann ich ihn bequem hineinsetzen, und wir machen uns auf den Weg. So unbeschwert gelingt mir der Start in den Tag aber leider nicht, denn natürlich kehren meine Gedanke immer wieder zu dem Schicksal der Gräfin zurück, aber ich zwinge mich wieder schnell in die Gegenwart. Es ist ein Traum und in Wahrheit ist es egal, wie er ausgeht, versuche ich mir einzureden.

»Es ist eher ungewöhnlich, dass jemand eine Massage für seine Katze bucht«, teilt mir die verwunderte Heilmasseuse mit, als wir beide den kleinen Laden betreten.

Das habe ich mir schon gedacht, aber mittlerweile ist es mir ziemlich egal, ob sich jemand über mich wundert oder denkt, dass ich seltsam bin. Denn ganz ehrlich, mein Leben *ist* im Moment seltsam und das genieße ich auch in gewisser Hinsicht. Zumindest stecke ich nicht mehr im Alltagstrott fest. Meine Träume sind spannender als jeder Fortsetzungsroman und meine Realität ist auch nicht so schlecht.

Whisky ist als Erster an der Reihe und seine Augen scheinen zu sagen: »Wehe, es tut weh, dann mag ich dich nicht mehr und werde nie wieder mit dir kuscheln!«

Aber dann sehe ich, wie er sich entspannt, und sich bald ganz ausstreckt auf der Massageliege. Ein leises, wohliges

Schnurren integriert sich in esoterische Musik, die im Hintergrund dudelt. Die Dame weiß wohl, was Katzen wollen.

Während ich die beiden beobachte, überlege ich, was ich als ersten Blogeintrag auf meiner Internetseite schreiben werde. Ich nehme mein kleines schwarzes Notizbuch zur Hand und schreibe mir Stichworte zusammen. Sobald wir wieder in unserem momentanen Zuhause sind, werde anfangen zu schreiben, nehme ich mir vor.

Als ich an die Reihe komme, ist Whisky völlig entspannt, springt locker von der Liege und macht es sich in meiner Tasche bequem. Er geht ein paar Mal im Kreis, um sich die bestmögliche Liegefläche breitzutreten, seufzt und kringelt sich ein, um wieder ein Schläfchen zu machen. Dieser Kater ist echt ein Wahnsinn, Schlafen ist wohl sein Lebenselixier! Gut – ich liege da, den Kopf in die runde Auskerbung der Massagebank gesteckt und entspanne mich. Nein, um ehrlich zu sein, ist das gar keine Entspannung, die Zauberhände der Masseuse sind bei mir scheinbar viel gröber als bei Whisky. Sie knetet mich durch und ich habe das Gefühl noch mehr zu verspannen als vorher. Aber vielleicht gehört das ja so? Ich frage mich ernsthaft, wer dabei schlafen kann!

Ich lasse sie noch eine Weile weiterwalken, aber als sie mit dem Rücken fertig ist, unterbreche ich das Prozedere. Mit einer Entschuldigung springe ich auf, zahle, schnappe mir Whisky und entferne mich aus dem Palast der Folter. Alle meine Muskeln tun weh, ich spüre jede Bewegung. Während Whisky noch immer in der Tasche weiterschläft, begebe ich mich zurück zu unserem Quartier. Hier ist alles so ruhig und friedlich. Nur ein sanfter Sommerwind raschelt durch die Blätter. Das nenne ich Entspannung! Außer uns scheint niemand im Haus zu sein. Ich schnappe mir meine Unterlagen, begebe mich zu meinem Stammplatz am Pool und beginne, meinen Text zu verfassen.

Liebe Gräfinnen,
dies ist der Beginn einer neuen Ära! Ich bin keine Esoterikerin oder Psychologin, sondern nur eine Frau mit klarem Menschenverstand, wie ich hoffe! Ich will hier zu keiner Meuterei aufrufen, sondern Gleichgesinnten ein Forum bieten, um sich auszutauschen!
Bis vor Kurzem habe ich mich oft geniert für mich, weil ich nicht dem entspreche, was uns das heutige Schönheitsbild vorgibt. Diese zehn Kilo zu viel haben mich zweifeln lassen, überhaupt »schön« zu sein. Natürlich könnte man sagen, es liegt an mir, an meinem Selbstbild zu arbeiten, mich so zu lieben wie ich bin, aber das wird einem oft nicht sehr leicht gemacht. In jeder Illustrierten, in der ich blättere, stehen die neusten Diättipps und die abgebildeten Models sind weit dünner als ich. Da muss man irgendwann einen Komplex bekommen.
Ich habe lange versucht, einem Ideal hinterherzulaufen, für das mein Körper scheinbar nicht geschaffen ist. Aber heißt das, dass nicht auch ich mich zufrieden und schön fühlen kann? Ganz ehrlich, ich kenne kaum Frauen, die in dieses Modeklischee passen, und wenn, dann nur unter großer Anstrengung! Falls man diese Anstrengungen nicht auf sich nehmen will, wird man als faul angesehen. Aber warum muss ich etwas machen, worauf ich so gar keine Lust habe? Und jetzt die bahnbrechende Antwort: Ich muss nicht! *Übernehmen wir, normale Frauen, doch wieder die Macht über unsere Körper! Entscheiden wir doch selbst, was uns guttut und wie wir uns wohlfühlen, nicht was uns vorgegeben wird! Wenn ich mich jetzt vor meinen Spiegel stelle, sehe ich eine Frau, die nicht durchsichtig ist und das ist auch gut so. Wir alle sind Seelen, die einen Körper bewohnen, wer weiß, wo wir vorher gewohnt haben, in dünnen, dicken, pummeligen, ausgezehrten Körpern, wer weiß das schon genau. Unser Strahlen kommt von innen! Jede von uns hat eine Gräfin in sich und es ist an der Zeit, sich auch so unserem Körper gegenüber zu verhalten! Ihn gut zu behan-*

deln und nicht zu kasteien, auch wenn das bedeutet, nicht in Welpengröße zu passen. Ich rufe euch auf, mir eure Erfolgsgeschichte zu berichten! Wie du die Gräfin in dir entdeckt hast und dich nicht mehr von vorgegebenen Idealen leiten lässt! Geben wir auch anderen Frauen den Mut, sich nicht mehr dem Medienbild zu unterwerfen: Denn wir bestimmen!
Vorerst war es das von mir!
Eure Jessy, ihres Zeichens auch eine Gräfin!

Im Stillen überfliege ich den Text noch mal und hoffe, ich habe damit das rüberbringen können, was ich aussagen will. Denn das soll kein Freibrief sein, sich komplett gehen zu lassen, nur ein Zeichen gegen diese Uniformierung unserer Körper.

»Hallo Jessy!« Hinter mir taucht Julian auf, in der Hand hält er ein auf einem Teller drapiertes Tortenstück, überzogen mit feinstem Zuckerguss, das er mir vor die Nase hält. »Magst du?«

»Das sieht wirklich sehr verführerisch aus, aber weißt du, ich muss auf meine Figur achten.« Schon nehme ich ihm den Teller aus der Hand und beginne das Tortenstück zu bearbeiten.

Julian lacht laut auf und sagt: »Weißt du, ich mag deinen Humor! Deine Figur ist übrigens genau richtig, wie sie ist!« Das aus seinem Munde tut natürlich ziemlich gut.

»Du hast recht, das ist sie!«, pflichte ich ihm bei.

»Was schreibst du denn Schönes?« Kurz umreiße ich meine Idee und er scheint überrascht. »Frauenprobleme! Ich habe das ja nie richtig verstanden, welchem Druck ihr euch oft aussetzt. Wenn ich eine Frau kennenlerne, fallen mir ein paar Kilo mehr oder weniger nicht auf. Das Gesamtpaket muss stimmen, da ist bei einer eben mehr dran und bei der anderen weniger. Es ist doch Unsinn, sich auf einen gewissen Typ zu beschränken. Ganz ehrlich, diese Plastikfrauen, an denen nichts mehr echt ist, haben mich noch nie begeistert, und glaube mir, da bin ich nicht der Einzige!«

Ich sehe es lieber, wenn er sich auf mich beschränkt, denke ich heimlich. »Es ist schon ok, wenn einen etwas an sich stört und man es verbessern will, aber dann bitte so, wie es in der Natur liegt. Nicht einen komplett anderen Menschen aus sich formen!«, erläutere ich noch mal meine Einstellung.

»Da gebe ich dir recht!« Na bitte, ein Mann mit der richtigen Einstellung!

»Dieser ganze optische Wahn, wo führt der uns hin? Wir entfernen uns mehr von uns selbst, als dass wir uns näherkommen! Auf der einen Seite gab es noch nie so eine Vielfalt an Angeboten, sich optisch zu ›verschönern‹, auf der anderen Seite rennen immer mehr Menschen zu irgendwelchen Heilern, Gurus und Psychologen, weil sie sich innerlich leer fühlen oder unglücklich sind. Es schließt natürlich nicht aus, gut aussehen zu wollen und an sich selbst zu arbeiten, aber das Innere sollte immer wichtiger sein als das Äußere! Dieser Wahn zur äußeren Perfektion, die aber jemand anderer vorgibt, dem will ich entgegentreten!«

Er nickt aufmerksam. Jetzt höre ich mich bald wie eine Predigerin an, Zeit das Thema zu wechseln!

Das nimmt Julian selbst in die Hand, als er sagt: »Ich muss ein paar Tage zurück nach Wien. In der Firma gibt es Schwierigkeiten und sie brauchen mich persönlich. Sonst mache ich das meiste ja von hier aus, mit Videokonferenzen oder per E-Mail, aber diesmal reicht das leider nicht.«

Plötzlich wird mir bewusst, dass ich ihn eigentlich nie gefragt habe, was er arbeitet. Wir haben uns über so viel unterhalten, aber nie über seinen Job. »Das ist mir jetzt irgendwie peinlich, aber was machst du eigentlich beruflich?«

»Nichts Spektakuläres! Ich arbeite in der IT-Branche, ich programmiere Webseiten. Ziemlich trocken. Spannend ist etwas anderes, aber jeder muss sein Geld verdienen.«

»Da könnte ich dich gleich für mein Projekt engagieren!«

»Stimmt! Ich kann dir gerne helfen! Eigentlich wäre es mein Traum, die Villa auf Vordermann zu bringen und richtig edle, individuelle Urlaube hier anzubieten, aber daraus wird mal vorerst nichts!«

»Dein Großvater meinte, dich interessiert das hier alles nicht!«

»So sieht er es, weil ich in Wien Geld verdienen muss. Irgendwer muss das hier ja auch finanzieren.«

Er sieht plötzlich richtig verärgert aus. Ich kann mir gut vorstellen, dass es nicht einfach ist, Peter zu erklären, warum er nicht die ganze Zeit in der Villa ist, und am einfachsten gibt er sich dann wahrscheinlich mit der Begründung zufrieden, dass Julian kein Interesse an dem alten Kasten hat, was aber definitiv nicht der Fall ist.

Abschließend sagt er: »Naja, ich werde mich dann auf den Weg machen! Wenn ich wieder hier bin, könnten wir ja unsere Führung durch die Gegend fortsetzen, wenn du Lust hast?«

Natürlich habe ich Lust! »Das könnten wir …«

Zum Abschied beugt er sich zu mir runter und gibt mir einen zarten Kuss auf meinen Mund. Mein Herz tanzt Squaredance! Julian hat mich geküsst! Ich erröte, und als ich meine Worte wiedergefunden habe, ist er schon weg, und ich kann ihm nur noch verträumt nachschauen.

»Verliebt, verlobt, verheiratet …«, dringt es aus meiner Strandtasche hervor.

»Whisky!«

»Ich habe alles gesehen! Wird das jetzt mein neues Herrchen?«

»Du bist blöd! Gar nicht wahr! Julian hat sich nur freundschaftlich von mir verabschiedet!«

»Ach, so machen Freunde das!« Er gackert vor sich hin wie ein Huhn und ich frage mich, welche Fremdsprachen Whisky vielleicht noch beherrscht.

»Eventuell war es ein bisschen mehr als Freunde … Ich hoffe, es war mehr«, rutscht es mir raus.

»Jessy ist verliebt. Lalalalala!« Dann bleibt ihm sein Lala im Hals stecken, denn Milly biegt anschmiegsam um die Ecke. Er hechtet aus der geblümten Tasche und steht schon vor ihr. Aus seiner Bewegung erkenne ich, dass er sich vor ihr aufplustert wie ein Pfau und es scheint ihr zu gefallen. Sie schmiegt sich an ihn. So geht das eine Zeit lang. Als sie weg ist, kommt er ganz verträumt zu mir hinüber.

»Whisky und Milly!«, beginne ich ein selbst erfundenes Lied anzustimmen, jetzt muss er die Pein über sich ergehen lassen.

»Ist ja schon gut!«

»Ihr seid das süßeste Katzenpaar der Welt!«, gebe ich ehrlich zu.

»Stimmt«, antwortet er schlicht.

*

Heute schlafe ich besonders gut ein, denn ich hoffe, von Julian zu träumen. Wäre ja mal was Neues! Aber was passiert? Als ich eingeschlafen bin, befinde ich mich wieder in der Villa, in einem himmelblauen Kleid und wer sitzt mir gegenüber? Mein Vater. Also eigentlich Helenes Vater … Anscheinend sitzen wir hier schon eine Weile und schweigen uns an.

»Morgen ist die große Verlobungsfeier! Stolzer war ich nie, mein Kind!«

Ach ja, toll, meine erzwungene Verlobung, mit dem überaus charmanten Barone steht mir bevor! Morgen? Die Zeit ist schneller vergangen als üblich. Panik steigt in mir hoch.

Er fährt fort: »Deine Stellung in der Gesellschaft wird sich dadurch in einem Ausmaß festigen, wie es dir kein anderer

Mann bieten könnte!« Kein Wort über meine Gefühle für Gabriele, das scheint nicht wichtig zu sein. Nur Rang, Namen und Titel sind Dinge, die für meinen Vater zählen. Es hat keinen Sinn, ihn darüber einzuweihen, wie ich empfinde. »Dadurch stehen deiner Schwester natürlich alle Möglichkeiten offen!«, schwelgt er weiter in seiner Freude.

»Vater, ich muss noch eine Besorgung machen. Entschuldigst du mich bitte?«

»Aber natürlich, meine liebste Helene. Du hast sicher noch viel für morgen vorzubereiten!«

Das habe ich tatsächlich, aber nicht wie mein Vater vermutet. Ich muss Wilhelm treffen, ihn einweihen, ihn um Rat bitten, in dieser scheußlichen und ausweglos erscheinenden Situation. Seit der Erpressung seitens des Barone ist Marie verschwunden und an ihrer Stelle ist ihre Cousine nun meine Zofe. Daher hatte ich sicher recht mit der Vermutung, dass sie die Geschichte mit meiner Schwester zu Gabriele durchdringen ließ. Ihre Nachfolgerin Eva ist ein schüchternes, dunkelhaariges Mädchen, das arbeitsbeflissen versucht, Marie zu ersetzen, aber nicht ihr Geschick besitzt. Wobei ich froh bin, dass Marie weg ist. Wie sollte ich ihr weiter in die Augen schauen, wissend, dass sie mich durch ihren Verrat in die Situation zwingt, einen Mann zu heiraten, den ich nicht liebe.

Eva bringt mir meine Handschuhe und einen überdimensionalen weißen Hut. Schnell raffe ich die beiden Dinge an mich und beeile mich, zu unserem Platz an der Promenade zu kommen. Wilhelm sitzt dort, versunken in ein Buch. Es ist so schön, dass wir beide die Liebe zur Literatur teilen.

»Mein Liebster!«

»Meine liebste Helene!«

Es sind einige Tage vergangen, ich erinnere mich an weitere heimliche Treffen, die wir hatten. Komische Traumwelt. Zeit und Raum sind hier so surreal. Es blitzt die Erinnerung in mir auf. Wilhelms Gesicht. Wir hatten uns wieder an unserem Geheimplatz getroffen, er stand vor mir. Ich konnte sehen, wie viel Mühe es ihn kostete, aber er blieb stehen, sah mich lange und ernst an. In mir entstand eine ungewisse Aufregung. Wir hatten uns viel erzählt, doch seit unserem Kuss waren wir uns nicht wirklich nahegekommen. Er vermied es, von Vergangenem zu sprechen. Meist ging es um meine Träume und Wünsche. Doch das sollte sich ändern an diesem Nachmittag …

»Helene, ich war oft sehr unbesonnen in meinem Leben. Als ich jung war, dachte ich, alles sei ein Spiel. Meine Möglichkeiten schienen unbegrenzt. Alles was sich ergab, habe ich mir genommen, ohne lange nachzudenken.«

»Auch Frauen?«, unterbrach ich ihn, obwohl ich wusste, dass ich die Antwort in Wahrheit gar nicht hören wollte.

Er sah mir direkt in die Augen. »Es gab die eine oder andere Frau, aber sie hatten keine Bedeutung. Ich war verwöhnt, durch den Reichtum, den Lebensstandard, den ich hatte. Als dann mein Vater starb, erbte ich als einziger Nachkomme alle Besitztümer. Doch ich hatte nie gelernt, mich einzuschränken, behutsam mit dem, was ich hatte, umzugehen oder mich zu mäßigen. Diesen Mann hättest du nicht gemocht und ich mag ihn in der Rückschau auch nicht mehr.« Er hielt inne, als ob seine Worte etwas an meiner Zuneigung zu ihm hätten ändern können.

Still blieb ich stehen, legte ihm meine Hand auf seine Schulter. »Jetzt bist du nicht mehr dieser Mann.«

Doch er scheint meine Worte nicht wahrzunehmen, sondern fährt fort: »Immer öfter veranstaltete ich größere, dekadentere Feste, die mit der Zeit aber auch ihren Reiz für mich verloren haben. Dann begann ich zu spielen, die Einsätze erhöhten sich stetig. Doch auch das wurde langweilig. Eines Tages brachte ein Freund Gabriele mit. Wir beide waren uns bis dahin gut aus dem Weg gegangen. Aber die Fehde, die unsere Familien verband, übertrug sich auch auf uns. Niemand kann mehr genau sagen, was der Hintergrund war, aber wir waren verfeindet. Vom ersten Moment an hatten wir eine Abneigung gegeneinander, aber plötzlich war da eine Möglichkeit der Rache, die meine Langeweile durchbrach. Wir spielten gegeneinander, Gabriele gewann meistens und ich begann, die Einsätze immer weiter hinaufzutreiben, im Glauben, mehr und mehr bald zurückzugewinnen. Es war ja mehr als genug da. Welch törichter Irrtum! Sie sehen, meine liebste Helene, es war meine eigene Schuld, meine Arroganz, die mich in die jetzige Situation gebracht hat. Erst als ich alles verlor, habe ich begriffen, bin demütig geworden. Ich hätte fliehen können, meine Wettschuld nicht einlösen, aber ich nahm mein Schicksal an. Gabriele demütigte und führte mich vor, wie er nur konnte, aber ich habe eingesehen, dass es nur durch meinen schwachen Charakter so weit kommen konnte. In gewisser Weise bin ich ihm zum Dank verpflichtet, so grotesk es sich auch anhört.« Wieder entstand eine Pause. Er war nicht immer der gütige, selbstlose Mann, den ich kennengelernt hatte. Das Leben hatte ihn wahrhaftig viel gelehrt. Umso mehr begann ich ihn zu bewundern: Er stand zu seinen Fehlern, hatte sie bitter bereut. Dann fuhr er fort: »Ich nahm mein Schicksal an. Bis ich Sie traf! Nie hätte ich zu hoffen gewagt, dass Sie mich bemerken, geschweige denn meine Bekanntschaft suchten. Eine wunderschöne, gebildete, liebenswerte Frau wie Sie und ein Mann wie ich, der alles verloren hat.« Ich will etwas erwidern, aber Wilhelm schüttelt energisch den Kopf und fährt fort. »Erst durch Sie wollte ich wieder leben! Ein anderes Leben als das, mit dem ich mich abgefunden habe. Ich liebe Sie. Wahrhaftig, ohne die Erwartung, je von Ihnen diese Gefühle erwidert zu bekommen.«

Unbemerkt war es dunkel geworden, der Mond scheint nun hell und lässt das Meer wie einen funkelnden Sternenteppich aussehen, fast schon irreal kitschig.

»Wilhelm, egal wer Sie waren, das spielt für mich keine Rolle. Mein Herz ist schon lange Ihres und nichts kann das ändern.«

Noch einmal durchlebe ich in meinen Gedanken, in meinem Traum, diesen Moment und es überkommt mich ein warmes, wahrhaft traumhaftes, beglückendes Gefühl. Ich liebe und werde geliebt, nicht mehr und nicht weniger und dennoch die ganze Welt für mich. Doch sind es nicht meine Gefühle, es sind die Gefühle der Gräfin. Aber momentan liegt eine große Last auf meinem Herzen, weil ich es bis jetzt verdrängt habe, mich mit dem Barone verlobt zu haben. Obwohl Wilhelm die Vorbereitungen im Schloss mitbekommen hat, konnte ich ihn irgendwie davon überzeugen, dass die Verlobung reine Einbildung von Gabriele wäre. Ich habe wohl noch auf ein Wunder gehofft! Aber die Zeit drängt, ich muss ihn einweihen und wir werden einen Weg finden! Aber wie fange ich es an? Da kommt mir eine Idee, die schon einmal funktioniert hat, in meinem realen Leben. Wir müssen fliehen!

»Wilhelm, ich war nicht ganz ehrlich zu dir«, setze ich an. Er beobachtet mich aufmerksam. »Was sich zwischen uns in letzter Zeit entwickelt hat, übertrifft jedes Gefühl, das ich bis jetzt kennenlernen durfte. Vom ersten Moment an warst *du* es für mich! Der Mann, mit dem ich mein restliches Leben verbringen will.« Puh, das ist aber schon ganz schön gestelzt. Aber die Worte kommen mir, wie schon öfter in meinen Träumen, einfach von meinen Lippen.

»Liebste …«, will er mich unterbrechen, doch ich fahre ohne Rücksicht auf Verluste fort: »Leider war das noch nicht alles. Ich werde in eine Lage gezwungen, die ich unmöglich hinnehmen kann und will.«

Er scheint meine Gedanken zu erraten. »Du musst ihn heiraten. Was hat er gegen dich in der Hand?«

Klug kombiniert! Ich erzähle ihm die ganze Geschichte der Geschichte. Er bleibt starr neben mir sitzen und sagt kein Wort, ich sehe seine Anspannung und die Wut über das Gefühl der Machtlosigkeit, das sich ausbreitet.

»Wir haben keine Wahl!«, sagt er beherrscht, fast etwas kühl.

»Doch die haben wir!«, sage ich mit belegter Stimme. »Wir können fliehen!«

»Ich kann dich dem nicht aussetzen! Nie kann ich dir das bieten, was du verdienst. Deine Schwester und deinen Vater zu verlassen, würde dich todunglücklich machen!«

»Ich will bei dir sein! Wie sollte ich es ertragen, mit Gabriele zu leben und dich jeden Tag zu sehen?«

»Nichts wünsche ich mir mehr, als mein Leben mit dir zu verbringen, das musst du mir glauben!« Nun wirken seine Augen ganz traurig, die Zuversicht, die sie sonst ausstrahlen, ist überschattet. Wie kann er nur so schnell aufgeben? Beide sind wir in Gedanken vertieft. »Es gäbe da einen Ort, an den wir könnten.« Vorsichtig spricht er die Worte aus und ich bin begierig darauf, mehr zu hören.

»Als mein Vater starb, hat er mir alle seine Güter hinterlassen. Wie du jetzt weißt, habe ich alles durch meinen Leichtsinn verloren. Alles, bis auf einen kleinen Bauernhof in Ungarn, wo meine Vorfahren herkommen. Er gehörte zu großen Ländereien, die wir nach und nach verkaufen mussten. Barone Checone weiß nichts davon. Niemand hat eine Ahnung, dass ich ihn noch besitze.« Dann wendet er sich von mir ab. »Es ist deiner nicht würdig.«

»*Du* bist meiner würdig, all das Drumherum brauche ich nicht! Ich will mit dir dort leben!« Ich höre ein Rascheln und Stimmen, die sich nähern. Nachdem ich die Schnellere von uns beiden bin, flüstere ich ihm noch rasch zu: »Morgen, gleicher Ort, gleiche Zeit. Nimm alles mit, was wir zur Flucht brauchen!« Und schon bin ich weg, auf dem Weg zurück in die Villa.

Vater und Louise warten schon im Salon auf mich und beide wirken angespannt. Es tut mir weh, sie zu sehen, denn bald werde ich sie verlassen. Ich hoffe, der Zorn des Barone überträgt sich nicht auf sie.

»Oh, gut, dass du wieder zurück bist, meine liebste Tochter! Wir sprachen gerade über die Notwendigkeit einer Begleiterin für Louise. Du wirst mir doch jetzt recht geben?«

»Ich will aber bei dir bleiben, Schwester!«

Ihre Stimme hört sich verzweifelt an, doch ich muss erwidern: »Das ist leider unmöglich!« Weinend verlässt sie das Zimmer.

»Siehst du nun, wie du sie in den letzten Monaten verzogen hast? Sie hat keinen Anstand, es ziemt sich nicht, dem eigenen Vater zu widersprechen!« Zornig trommelt er mit den Fingern auf einer Zigarrenkiste herum. »So nicht! Louise gehört gemaßregelt!«

»Lieber Vater, ich will ja zugeben, dass sie in letzter Zeit ein bisschen aufmüpfig war, aber nicht mehr als andere Mädchen in ihrem Alter«, versuche ich die Situation wieder einzurenken.

Doch meine Gedanken sind ganz woanders: In meiner romantischen Vorstellung sehe ich einen kleinen Bauernhof vor mir, den ich mit Wilhelm bewirtschafte, ein paar Schafe, Kühe, natürlich auch Esel. Das muss sein! Ich liebe ihre kratzbürstige Art, ihr graues Fell und vor allem ihre lustigen großen Ohren. Siam-Whisky wird sich etwas umgewöhnen müssen, aber das wird schon! Bäuerin zu sein war nie eine Option in meinem Leben als Gräfin, aber mit Wilhelm kann ich mir einfach alles vorstellen.

Vater setzt an, das Thema mit Louise wieder aufzugreifen, aber dazu fehlt mir im Moment jegliche Lust. Ich muss einen Plan erstellen, was ich alles mitnehme, ohne dass es jemandem auffällt. Um all meine schönen Kleider tut es mir wirklich leid, aber wer weiß, vielleicht kehren wir ja doch irgendwann wieder in meine Villa zurück. Wenn es aber so ist wie in meiner Gegenwart, dann wird die Gräfin nie zurückkehren … Doch das ist ja alles nur ein Traum, oder? Ich verschließe sorgfältig die Tür hinter mir. Ich beginne, meine Räume zu durchforsten und nehme mir vor, nur so viel mitzunehmen, wie ich tragen kann. Aber da sind so viele schöne Sachen, auf die zu verzichten mir gar nicht so leicht fällt. Sanft streichle ich über die Oberfläche eines silbernen Handspiegels, der wie die meisten meiner Sachen aufwendig verziert und verschnörkelt ist. Blütenranken über Blütenranken. Den werde ich mitnehmen, schließlich muss ich mich ja auch als Bäuerin im Spiegel anschauen! Oh, und dieses wunderbare Kamm- und Bürstenset aus Elfenbein, das kann ich doch nicht zurücklassen. Es wäre wirklich zu schade! Leider geht es mir bei fast allen Dingen so und nach einer Stunde habe ich einen riesigen Haufen von unbedingt benötigten Reiseutensilien gesammelt. Mir wird bewusst, dass es unmöglich ist, mit drei überdimensionalen Schrankkoffern unauffällig von hier zu verschwinden. Das ist aber auch wirklich unfair! Da besitze ich lauter Sachen, die ich in meinem echten Leben nie besitzen werde, und dann muss ich sie hierlassen.

Es klopft an der Tür. »Helene?« Ich höre die zitternde Stimme von Louise. Unmöglich kann ich sie in mein Zimmer lassen, sie begreift sicher sofort, dass hier etwas nicht stimmt. Die Klinke bewegt sich auf und ab, zum Glück habe ich abgeschlossen. Panisch versuche ich, meinen Haufen an zusammengesammelten Reiseutensilien wieder zu verteilen. Durch die Tür erwidere ich: »Meine Liebe, ich kann jetzt nicht. Lass uns später sprechen!«

Aber sie lässt nicht locker. »Bitte, Helene, ich muss mit dir sprechen!«

Sie hört sich so verzweifelt an, dass ich schnell die Überdecke vom Bett ziehe und sie großflächig über meine Reiseschätze breite. Ich schließe unwillig auf und mir stürzt eine tränenüberströmte Louise entgegen. »Bitte schick mich nicht fort!«, bricht es voller Trauer aus ihr heraus.

Ich will sie nicht fortschicken, ich will auch nicht ohne sie sein, aber meine Situation macht es unmöglich. Wie soll ich sie mitnehmen? Es kommt mir so schwer über die Lippen, aber ich kann ihr nicht die Wahrheit sagen: »Es ist das Beste für dich, wieder nach Wien zurückzukehren! Wenn ich erst mal … na du weißt schon, wenn ich nicht mehr hier wohne, dann kann ich nicht mehr auf dich schauen, es ist wichtig für dich, jemanden zu haben …« Ich rede mich in einen komischen Strudel, kann nicht einmal aussprechen »wenn ich verheiratet bin«. Lügen war noch nie meine Stärke.

»Ich verspreche dir, ich werde mich ganz ruhig verhalten und dir keine Probleme mehr machen!«, ruft sie flehentlich aus. »Alles, was Vater tun wird, ist, mich unter die Bewachung irgendeiner alten Dame zu stellen, der ich nichts bedeute. Er hat sich nie gekümmert und das weißt du genau. Seit Mutters Tod ist auch in ihm etwas gestorben. Mir hat er es nie verziehen, dass sie wegen mir …«

Da unterbricht sie sich und ich kann den Schmerz tief in mir spüren, der viel zu frühe Verlust unserer Mutter. Es stimmt, Vater hat nie ein gefühlvolles Verhältnis zu Louise gehabt. Was soll ich bloß antworten? Wie kann ich ihr die Situation möglichst schonend erklären? Ich fühle mich überfordert. Sie hat keine Mutter mehr und nun wird sie in Kürze auch ihre Schwester verlieren. Ihre Augen sind ganz blind von den vielen Tränen, sodass sie auch die Unordnung in meinem Zimmer nicht bemerkt, die mir aber mittlerweile egal ist. Meine Entscheidung wird immer klarer, ich kann

Louise nicht in so einer lieblosen Umgebung zurücklassen. Wir werden gemeinsam ein neues Leben beginnen.

*

»Louise …«, setze ich an.

»Jessy? Alles ok?« Whisky liegt neben mir, streckt sich und nach mehrmaligem Hin- und Herrollen, starrt er mich unablässig an.

»Wo? Was? Das gibt's ja nicht, da bin ich in einer entscheidenden Phase meines Traumes und dann werde ich wach!«

»Tja, Pech kann man haben!« Mein Kater scheint komplett desinteressiert und putzt sich langsam seine Pfote, was er immer macht, wenn er Langeweile ausdrücken will. Damit ärgert er mich regelmäßig, wenn ich die tollsten Kunststücke mit seiner Spielmaus vollführe, damit er endlich mal ein bisschen herumtobt, er aber seelenruhig sitzen bleibt und sich akribisch zu putzen beginnt.

»Du bist mir eine große Hilfe! In meinen Träumen scheinst du dich gar nicht mehr blicken zu lassen! Wenn, dann sitzt du in der Küche und bettelst um ein Stückchen Fleisch!«

»Eure Menschenprobleme sind nicht wirklich die spannendsten!«

»Vielen Dank auch!« So unsensibel hätte ich Whisky nicht eingeschätzt. Auf der anderen Seite, er ist ein Kater, ein glücklich verliebter Kater im »Jetzt«, warum soll er sich da mit unglücklicher Liebe und Flucht im Traum aufhalten?

Da fällt mir Julian ein, was mich wieder sanfter stimmt! Er hat mich gestern zum Abschied geküsst, und wenn er wiederkommt, werden wir an unseren letzten Spaziergang anknüpfen. Ein Lächeln erhellt mein Gesicht, während Whisky noch immer nicht reagiert.

»Was ist mit Milly?«

Er zuckt die Schultern. Ach, daher weht der Wind. Hat sie ihn etwa wieder versetzt? »Komm her, du kleiner, pelziger Troll!«

»Was ist, du Nacktschnecke?« Ich muss kichern, keine besonders charmante Bezeichnung, aber ich weiß ja, dass er es nicht böse meint.

»Jetzt erzähl mal! Was ist los mit Milly und dir?«

»Ich weiß auch nicht, eigentlich lief alles genau richtig, aber da gibt es noch diesen blöden großen Tigerkater vom Hafen unten. Ich meine, weit unter Millys Niveau … Ihm fehlt ein Teil vom Ohr und auch sonst ist er nicht wirklich gepflegt, aber immer wenn wir beide einen Spaziergang machen, taucht er aus dem Nichts auf und macht sich wichtig! Ich kann da halt nicht mithalten, mit all seinen Räubergeschichten …«

»Und wie kommst du darauf, dass dieser Haudegen Milly begeistert?«

»Was weiß ich, schließlich könnte sie ihn ja auch wegschicken!«

»Jetzt hab dich nicht so, an deiner Stelle würde ich sie konkret ansprechen, vielleicht erwartet sie, dass du als ihr Begleiter die Situation regelst und den Typen wegschickst!«

»Vielleicht …«, brummt er.

Da sehe ich plötzlich, wie sich elegant, fast primaballerinenartig, ein weißes Katzenmädchen über die Balustrade des Balkons hievt. Whiskys Gesicht beginnt zu strahlen, als wäre höchste Alarmstufe im Atomkraftwerk! Seine Augen werden sanft und ich kann fast die Blümchen und die Herzen darin sehen.

»Milly!«, haucht er.

Zeit für mich, die beiden alleine zu lassen, wobei fast wieder der Drang überwiegt, Milly zu streicheln. Ihr zartes Angorafell wirkt durch die Sonnenstrahlen, als wäre es Watte, und ihr lächelndes Gesicht ist wie gemalt. Kein Wunder, dass sich der Straßenkater immer wieder aufdrängt! Ich beherrsche meinen Knuddelzwang, ziehe mich an, schnappe meine Unterlagen und verdrücke mich in den Garten. Mit Julian brauche ich ja heute nicht zu rechnen. Ich beginne einen neuen Artikel zu schreiben. In den nächsten Tagen wird meine Webseite online gehen und da muss ich die Maschine mit Informationen füttern. Ich habe zwar noch keine Ahnung, wie ich die Seite aufbaue, aber irgendwie wird das schon. Ich beginne zu schreiben: »Liebe Gräfinnen …«

Was dann folgt, sind Herzchen, Julian in verschiedensten Schnörkelschriften, Julian & Jessy, J & J … Aus jetzt! Ich bin eine erwachsene Frau, was geht da vor? Eine Gräfin und kein peinlicher Teenager! Da muss ich über mich selbst lächeln, peinlich hin oder her, das Gefühl ist wunderbar! Mein Handy habe ich sicherheitshalber in Reichweite gelegt, vielleicht kommt ja eine Nachricht von Julian. Wobei, wie sollte die kommen? Er hat ja nicht mal meine Telefonnummer … Egal.

Peter kommt mir mit einem Krug Eistee, der mit frischer Minze garniert ist, entgegen. »Darf ich Ihnen ein Glas anbieten, Fräulein Stein?«

»Gerne! Setzen, Sie sich doch zu mir!«, fordere ich ihn freundlich auf. Jetzt wäre doch die Chance, wieder mal wegen der Gräfin nachzubohren. »Hier ist es wirklich wundervoll, der Garten, die Villa! Es ist bewundernswert, wie Ihre Familie sich immer noch bemüht, das Ganze so zu erhalten! Gab es niemanden aus der Familie der Vorbesitzerin, der da Anspruch erhoben hat?«

Mittlerweile hat Peter Platz genommen, er schaut mich mit großen Augen an. »Wie gesagt, als ich auf die Welt gekommen bin, war die Gräfin schon lange fort.«

Das ist keine befriedigende Antwort. Er scheint nicht darüber berichten zu wollen. Seltsam! »Was war mit Louise?« Er starrt mich erstaunt an. Gut, vielleicht vermische ich da zu viel Traum mit Gegenwart.

»Ich kann Ihnen da wirklich nicht viel erzählen. Um ehrlich zu sein, beschäftigt mich im Moment mehr die Zukunft dieser Villa als die Vergangenheit.« Sein Ton ist traurig.

»Machen Sie sich keine Sorgen, Julian wird schon etwas einfallen, das alte Gemäuer wieder in Schuss zu bekommen!«, versuche ich ihn aufzumuntern.

»Mein Vater hat es als seine Pflicht gesehen und auch für mich ist dieses Haus meine Lebensaufgabe. Aber Julian …«

Da sprechen wieder die Zweifel aus Peter, wobei die unbegründet sind, denn ich weiß mittlerweile, wie viel die Villa auch Julian bedeutet. Peter scheint in seinen Gedanken versunken zu sein, da macht es wenig Sinn, noch weiter wegen der Gräfin nachzuhaken. Also schweige auch ich und begebe mich wieder auf meinen klapprigen Liegestuhl, schließe die Augen, stelle mir vor, wie Julian und ich auf der Promenade spazieren und döse langsam ein.

*

»Helene, heute ist dein großer Tag! Es ist an der Zeit, dir eine Neuigkeit, die mein Leben betrifft, zu berichten.« Graf von Rosenfels, mein Vater, steht festlich gekleidet vor mir.

Noch mehr Neuigkeiten, na dann schieß los, denke ich mir. Meine Worte sind selbstverständlich weitaus geziemter, wie es sich für eine Gräfin gehört: »Es freut mich zu hören, dass es auch in deinem Leben Neuigkeiten gibt, deinem Gesichtsausdruck nach zu urteilen, schließe ich auf gute.«

»Meine Liebe, ich werde noch einmal heiraten und mit meiner Zukünftigen in ihre Heimat, nach Frankreich, in die Provence ziehen!« Erwartungsvoll sieht er mich an, dann fährt er fort: »Louise wird in der Vormundschaft von Fürstin Schönberg bei uns in der Nähe wohnen.« Toller Vater! Louise muss ihm ja unglaublich viel bedeuten.

»Wer ist die Dame deines Herzens?«, bringe ich knapp hervor.

Er lächelt mich verlegen an. »Du kennst sie! Noch als deine Mutter lebte, war sie unser Haushaltsvorstand.«

Mein Vater will sich mit der alten Fregatte, dieser hinterlistigen Französin, die damals unseren Haushalt führte, vermählen? Ich glaube, ich spinne! Mir wird unstandesgemäßes Verhalten nachgesagt und der vergnügt sich scheinbar schon ewig mit dieser Madame Violetta. Jetzt wird mir einiges klar. Gut, sie stammt aus adligen Verhältnissen, aber trotzdem!

»Sie war mir ein großer Halt, als deine Mutter plötzlich nicht mehr war!«

»Gratulation!«, sage ich so kalt wie möglich.

Diese Frau hat uns mit dem Rohrstäbchen die Finger verhauen, war immer schon berechnend und eiskalt, also meine Freude hält sich wirklich in Grenzen. Vater bekommt von meiner Ablehnung natürlich nichts mit, seine Fürsorge ist wie immer rein oberflächlich. Hauptsache, ich verheirate mich jetzt gut und Louise ist möglichst weit abgeschoben. Wut steigt in mir hoch. Während ich unruhig im Zimmer auf und ab gehe, bleibt mein Blick in der Spiegelung der großen Glastür hängen. Oh Gott, ich habe mein Verlobungskleid an. Natürlich ist es genauso schön, wie ich es mir nur vorstellen könnte, es ist aus einer feinen hellrosa Spitze gearbeitet, mit zarten kleinen Perlchen und Blumen bestickt, es umhüllt mich majestätisch. Die Zeit ist knapp. Wilhelm! Ich muss hier weg!

Dann wird mir die Aussichtslosigkeit der Situation bewusst. Aus dem Foyer dringen Stimmen zu mir, ich bin gefangen. Überall sind festlich gekleidete Menschen, die mich scheinbar zur Verlobungsfeier begleiten wollen. Gezwungen fröhlich sage ich schnell: »Vater, es freut mich für dich! Du wirst mich entschuldigen, ich muss mich noch frisch machen!«

»Kind, du siehst bezaubernd aus! Aber es ist jetzt an der Zeit, dass wir uns zu der Familie des Barone aufmachen! Wir wollen sie doch nicht länger warten lassen!«

Nein, nein, nein! Von mir aus können sie bis in alle Ewigkeit warten! Als hätte er ein Gespür für meine Panik, nimmt er mich streng am Arm und führt mich hinaus zu den anderen. Louise steht blass und traurig in einer Ecke, ich werfe ihr einen verzweifelten Blick zu, da öffnen sich schon die Türen und ich werde in die Kutsche gedrängt. Was soll ich bloß machen? Wie komme ich da heraus? Wilhelm wird glauben, dass ich ihn vergessen habe. Irgendwie muss ich ihm eine Nachricht zukommen lassen. Aber ich habe keinen Vertrauten, niemanden, den ich damit beauftragen könnte. Um mich herum ertönt lautes, erfreutes Geschnatter, das Klappern der Hufe, während in mir ein Orkan der Ohnmacht tobt. Immer schneller befinde ich mich auf dem Weg in mein Verderben, immer weiter weg von meiner einzig wahren Liebe.

Schon sind wir beim Schloss angekommen, das wie erwartet opulent geschmückt ist, in zartrosa und lindgrünem Blütenschmuck, pastellig, passend auf mein Kleid abgestimmt. Auf der breiten, einladenden Treppe steht Gabriele, gesäumt von seinem Vater und seiner Mutter, die mich gekonnt von oben herab beobachtet. Nirgendwo ist Wilhelm zu entdecken. Vielleicht ist er im Schloss, vielleicht wartet er aber auch noch auf unserem geheimen Platz. Niemand nimmt wirklich Notiz von meinem, für mich augenscheinlichen Unglück. Sobald ich die Kutsche verlasse, werde ich auch schon von einem zum anderen gezerrt, um beglückwünscht zu werden. Gabriele lässt mich keine Sekunde aus den Augen. Er strahlt ob seines Triumphes die überhebliche Art aus, die ich erwartet habe. Jede von uns hat einmal den Traum, eine Nacht lang eine Prinzessin zu sein, mit edlem Geschmeide, traumhaften Gewändern und der ach so wichtigen Krone auf dem Kopf. Neben mir steht der obligatorische Prinz mit seinem Schloss, seiner feinen Verwandtschaft, gut aussehend, gebildet, hochgewachsen. Für mich könnte aber niemand weniger Prinz sein als er. Dieser ganze Pomp, dieses aufgesetzte Lächeln. Es geht hier nur um seinen Sieg über einen anderen Menschen, und dieser Mensch bin in dem Fall leider ich. Wilhelm hat optisch wirklich nicht die Attribute eines Märchenprinzen, sein schmaler Körperbau, sein wehes Bein … Dafür strahlt er von innen in einer Art und Weise, die Gabriele mit keinen Gütern dieser Welt kaufen könnte. In meiner Welt habe ich mich oft gefühlt wie Wilhelms Bein, nachhinkend, nicht schön anzusehen. Dabei kommt es immer nur auf den Blickwinkel an, und wer weiß, vielleicht hat schon vorher irgendjemand da draußen in mir meine Gräfin entdeckt, nur habe ich nicht hingesehen und es daher nicht bemerkt! Ich muss kämpfen, um meine Liebe und um meine Freiheit.

»Entschuldige mich bitte!« Wieder einmal winde ich mich aus der Umklammerung des Barone. Ich will mich auf den Weg in den Garten machen, um die Möglichkeiten meiner Flucht zu checken. Doch leider ist das schwieriger als gedacht. Louise heftet sich an meine Fersen und die Mutter des Barone lässt mich auch nicht aus den Augen. Ich lächle der alten Hexe zu und mache ein paar Schritte in den Garten. Es gibt eine Möglichkeit, die ich bis jetzt aus gewissen Gründen nicht in Betracht gezogen habe, die mir aber nun als gar nicht mehr so schlechte Idee erscheint.

»Louise, ich muss mit dir reden«, raune ich ihr zu. »Du darfst dich nicht auffällig benehmen! Tu einfach so, als ob ich dir beiläufige Dinge erzähle. Du musst mir schwören, all das, was du jetzt erfährst, für dich zu behalten!« Ernst und feierlich nickt sie, stolz darüber, von mir ins Vertrauen gezogen zu werden. »Ich kann den Barone nicht heiraten! Es gibt einen anderen Mann, den ich liebe, der auf mich wartet, mit dem ich heute noch fliehen werde.«

Ihre Augen weiten sich, sie stößt einen erstaunten Schrei aus. Unauffälligkeit liegt nicht in unserer Familie. Ein paar Blicke richten sich auf uns, natürlich auch der von Gabrieles Mutter. Wie ein Greifvogel fixiert sie uns beide.

Ich lache künstlich auf, in betont klaren, lauten Worten sage ich: »Meine liebe Schwester, natürlich ist das Collier, das ich trage, mit echten Edelsteinen besetzt! Es ist aus dem alten Familienbesitz des Barone. Leider muss ich es nach der Verlobungsfeier wieder ablegen, dann kommt es zurück in die Schmucksammlung!«

»Wirklich, ich dachte, es gehört ab jetzt dir!« Na endlich spielt sie mit!

»Nein, du Dummchen, leider nicht!« Das Interesse der Damen in unserer Umgebung dürfte sich wieder gelegt haben, es wird weiter geplaudert und keine Notiz mehr von uns genommen. Flüsternd fahre ich fort: »Wie du siehst, bin ich hier unter permanenter Überwachung! Ich habe keine Chance, unbemerkt zu verschwinden. Du bist meine einzige Hoffnung, Wilhelm eine Nachricht zukommen zu lassen. Er wartet auf mich, an einer verabredeten Stelle.«

»Langsam, damit ich dich richtig verstehe. Du liebst den Barone nicht, aber einen anderen. Warum aber musst du dann fliehen, warum hast du der Verlobung zugestimmt?«

Damit habe ich rechnen müssen, natürlich will sie Erklärungen. Dafür fehlt mir aber die Zeit, denn ich sehe schon, wie Gabriele sich den Weg zu uns bahnt, um mich weiter in der Gegend als glückliche Braut vorzuführen. »Louise, ich kann dir nicht lange erklären, wie es dazu gekommen ist. Nur so viel, Gabriele hat mich erpresst, ihn zu heiraten. Wenn ich es nicht tun sollte, wäre der Ruf unserer ganzen Familie dahin. Vater wird noch einmal heiraten, die Schrecken einflößende Madame Violetta, er will dich in der Obhut der Fürstin Schönberg in die Provence mitnehmen.« Meine Worte überschlagen sich, Gabriele kommt immer näher, kurz wird er noch durch einen lästigen Herren aufgehalten, der mir noch schnell Zeit verschafft. Ich stecke Louise einen kleinen Zettel für Wilhelm zu, den ich noch zu Hause in aller Eile geschrieben habe und schließe meine Hand über der ihren. »Lauf zu der Bank an der Strandpromenade, gegenüber der Villa Kasta, sie ist unter Büschen versteckt. Dort wartet Wilhelm …« Mehr kann ich nicht mehr sagen.

»Na, meine Damen, amüsiert ihr euch?« Gabriele umschließt wieder fest mein Handgelenk. »Liebste Helene, ich werde Sie kurz zu einem weit entfernt lebenden Onkel entführen, der extra zu unserer Feier angereist ist.«

Auf dem Weg in den großen Salon versuche ich Louise noch mit meinen Augen zu beschwören und bete, dass sie alles richtig verstanden hat und mein Vertrauen in sie die richtige Entscheidung war!

*

Brrrrrr brrrrrrr brrrrrrr. Verwirrt schaue ich auf. Neben mir vibriert mein Handy. Eine unbekannte Wiener Telefonnummer.

»Stein am Apparat! Wer spricht bitte?«

»Jessy, zum Glück erreiche ich Sie!« Es ist Daniel, mein ehemaliger Chef. Er wirkt etwas verwirrt, weil ich mich so förmlich melde. Erstaunt sage ich mal gar nichts, also fährt er fort: »Seit Tagen versuche ich, Sie telefonisch zu erreichen, aber Sie haben auf meine Nachrichten nicht reagiert. Ich weiß, es war ein ziemlich überraschender Abgang, den Sie da machen mussten, aber glauben Sie mir, es war nicht meine Entscheidung …« Er versucht mich mit Schmeicheleien und Beschwichtigungen einzulullen, ich kann mir dabei genau seinen Gesichtsausdruck vorstellen: verschlagen und überlegen, wie der von Gabriele. »Sie waren mir immer eine so große Stütze, an Ihrer Arbeit gab es ja nichts auszusetzen. Auf jeden Fall steckt der Verlag in einer prekären Situation und ich würde für ein paar Wochen Ihre Hilfe brauchen, als Aushilfe quasi! Davon muss ja niemand etwas erfahren!« Den letzten Satz hängt er so dran, als ob wir beide ab jetzt ein intimes Geheimnis hätten. Was glaubt der bitte? Feuert mich und besitzt dann die Frechheit zu denken, dass ich sofort angelaufen komme, um seinen Hintern zu retten?

»Lieber Daniel, ich bin Ihnen die Jahre, die ich für Sie gearbeitet habe, kein einziges Mal ein aufrichtiges Dankeschön wert gewesen! Ich bin mir sicher, Sie wissen nicht einmal, wie ich aussehe! Sie waren nur damit beschäftigt, anderen, blonderen, hübscheren Damen Ihre Aufmerksamkeit zu schenken. Das Einzige, was ich mir gewünscht hätte, wäre Ihr Rückhalt gewesen, eine Verteidigung, als es um meine Kündigung gegangen ist, aber selbst da sind Sie einfach still daneben gesessen. Ganz ehrlich, aber auf so einen Chef kann ich verzichten!«

Jawohl, das ist die neue Jessy! Dem habe ich es gegeben! Endlich habe ich mich nicht kleinkriegen lassen! Noch vor nicht allzu langer Zeit hätte ich alles stehen und liegen lassen, um ihm zu Hilfe zu eilen, aber diese Zeiten sind vorbei.

Wieder ist es kurz still in der Leitung. »Jessy, wenn ich gekonnt hätte, hätte ich mich für Sie eingesetzt, das müssen Sie mir glauben, aber meine Position im Unternehmen ist natürlich wichtiger als Ihre und daher …«

»Falsche Einstellung, mein Lieber, aber ich bin mir sicher, Frau Herz hilft Ihnen liebend gerne aus!«

Mit diesen Worten drücke ich den roten »Beenden«-Knopf. Es ist wie ein Sieg, Daniel gegenüber, aber auch irgendwie allen Männern wie ihm. Das Telefon beginnt erneut zu vibrieren. Hat da jemand noch nicht genug Abreibung? Ich drücke den grünen Knopf und schleudere, ohne auf ein Wort zu warten, meinem telefonischen Gegenüber entgegen: »Sie glauben, Sie sind so unwiderstehlich, dass alle Frauen nach

Ihrer Pfeife tanzen, wenn Sie nur den armen Hundeblick aufsetzen. Aber nicht mit mir!«

Kleinlaut kommt es von meinem Gegenüber: »Jessy?« Das ist ja gar nicht Daniels Stimme! »Hier spricht Julian …«

Ich fühle mich gerade, als ob ich wieder einen Kopf kleiner werden würde. »Oh, hallo Julian! Entschuldige bitte, ich habe dich verwechselt!«

»Das hoffe ich wohl!« Sein Lachen klingt sehr unsicher. »Soll ich dich später anrufen?«

»Nein, nein! Ich hatte vorher nur ein Telefonat mit meinem alten Chef, da sind mit mir die Pferde etwas durchgegangen …«

Zum Glück kann er mich jetzt nicht sehen! Ich bin mit Sicherheit hochrot im ganzen Gesicht, vor Aufregung über mein voriges Gespräch, aber auch weil Julian mich angerufen hat. Das heißt, er denkt an mich!

»Wolltest du etwas Bestimmtes?« Warum fällt mir nichts Besseres ein?

»Eigentlich ja!«, erwidert er zu meiner Überraschung. In dem Moment steht Peter vor mir, reicht mir einen schwarzen Laptop. Mit einem wissenden Lächeln legt er den Rückwärtsgang zur Empfangshalle ein. »Hat Großvater dir den Computer gegeben?«

»Ja, jetzt gerade. Aber was hat das zu bedeuten?«

»Öffne ihn!« Ein sanfter Befehlston, dem ich nur allzu gerne nachkomme. Ich klappe das Gerät auf und vor mir erscheint eine leere Seite im Internetbrowser. »Gib jetzt Folgendes ein: www.diegraefininmir.com.«

Ich tue, wie mir geheißen, und ein entzückter Schrei entweicht mir. »Das ist meine Seite! Du hast mir eine eigene Seite für meine Blogs angelegt!« Eine Internetseite, in ganz schlichtem Design, oben links steht ein Schwarz-Weiß-Foto von mir und Whisky auf der Terrasse der Villa. Darunter ist ein Feld, in Form eines Briefes, das noch mit Blindtext gefüllt ist. Das Foto muss er heimlich gemacht haben, denke ich. Ich beginne jetzt aber nicht, die Fehler an mir wie in einem Suchbild zu definieren, sondern bin einfach nur gerührt. Julian hat sich mit meinem Thema beschäftigt, hat sich alles gemerkt, was ich ihm über mein Projekt erzählt habe! »Das ist so unglaublich lieb von dir! Aber wann hast du das gemacht? Du bist doch sicher total im Stress!«

Verlegen, aber stolz gibt er zu: »Ich habe mich heute Nacht noch hingesetzt und ein bisschen herumgespielt. Es ist noch nicht alles fertig, aber du kannst schon schreiben und deine Texte im Internet veröffentlichen.«

»Wow! Ich kann es kaum erwarten. Du bist einfach unglaublich!«

»Du bist unglaublich, Jessy!«

Ich schmelze dahin. »Schade, dass du nicht hier bist …«

»Na, bald bin ich ja wieder da und bis dahin hoffe ich, etwas von dir auf deiner Seite zu lesen!«

»Du wirst bald nicht mehr nachkommen mit dem Lesen!«, witzele ich noch kurz herum, bevor er sich von mir verabschiedet, denn im Hintergrund verlangt schon eine Männerstimme nach ihm.

Als ich auflege, bin ich auf Wolke sieben! Voller Eifer mach ich mich gleich daran, meinen ersten »Brief« an meine Gräfinnen da draußen zu verschicken. Ich fühle mich unbesiegbar, könnte Bäume ausreißen!

»Hiiiiillllfffeeee!« Das ist Whiskys Stimme. Schnell schaue ich mich um, als ich ihn wieder mal in der Heckenrose hängen sehe. »Was ist denn mit dir passiert?«, pruste ich heraus. Es sieht einfach zu komisch aus, er hat sich kopfüber in den Schlingen der Pflanze verfangen und baumelt etwa eineinhalb Meter über dem Boden. Er scheint sich nicht verletzt zu haben, doch er rudert wie wild mit seinen überdimensionalen Samtpfoten.

»Anstatt zu lachen, könntest du mich aus meinem Leid erretten!«

Behutsam befreie ich seine Pfoten und den Schweif aus den Ranken, hebe Whisky herunter, setze ihn auf die Wiese. »Was machst du für Sachen, kleiner Freund?«

Er schüttelt seinen Pelz, um die letzten Reste seiner Schmach von sich zu wedeln, dabei brummt er: »Wir wollten 'ne Wette machen, wer als Erster beim Felsen ist.«

»Milly hat gewonnen? Oder steckt sie auch noch irgendwo in der Begrünung der Mauer fest?«

»Na, was glaubst du?«, gibt er patzig zurück.

»Komm, ich begleite dich zur Promenade. Wer weiß, wo du dich sonst noch verfängst!«

Ich muss wieder lachen, wenn ich an den hin und her schaukelnden Whisky denke. Vereint gehen wir nebeneinander her. Ich lenke ab und erzähle ihm von Julians Überraschung.

»Scheint ja wirklich ganz ok zu sein, für einen Menschenmann!«

»Ja, das ist er!«, antworte ich verträumt. Ich kann es gar nicht fassen und spüre die leichte Aufregung, die sich immer in mir breit macht, wenn ich an ihn denke oder seinen Namen erwähne. Dieser eine zarte Kuss war hoffentlich nur ein Anfang.

Die Sonne geht schon langsam unter und die ganze Gegend ist in ein weiches Licht getaucht. Bald erreichen wir den Felsen, auf dem Milly schon ungeduldig wartet. Ich nehme an, er erklärt ihr, von mir aufgehalten worden zu sein, denn sie schaut mich kurz anklagend an. Dann lasse ich die beiden wieder alleine und spaziere noch ein bisschen herum. Vielleicht finde ich ja eine bestimmte Bank … Bis jetzt ist sie mir noch nicht aufgefallen, aber ich habe noch nie in den verwundenen Winkeln und hinter den vielen Sträuchern nachgesehen, ob sich da möglicherweise eine Sitzmöglichkeit verbirgt. Um ehrlich zu sein, ist es mehr ein Spiel für mich. Ich erwarte nicht, sie zu finden. Aber als ich mich einer vertrauten Stelle nähere, wird mir ganz komisch. Diese Sträucher, der Gipfel einer alten Villa, die von noch älteren Bäumen versteckt wird. Es ist alles viel verwachsener als in meinen Träumen, aber diesen Ort kenne ich. Ich schlage mich durch das Gestrüpp und bleibe wie vom Donner gerührt stehen. Das ist sie. Die Bank von Wilhelm und Helene. Es gibt keinen Zweifel. Vorsichtig setze ich mich auf das schon morsche Holz, das von Gusseisen umrahmt ist. Dieser Platz wurde einfach vergessen, aber für mich ist er so nah, wie kaum ein anderer. In meinen Träumen bin ich erst vor Kurzem hier gesessen, habe Wilhelm neben mir gespürt.

Peter muss mir jetzt endlich sagen, was es mit dem Verschwinden der Gräfin auf sich hat. Ich muss es wissen! Schnellen Schrittes begebe ich mich zurück in den Garten der Villa und mache mich auf die Suche nach Peter. In der Küche werde ich fündig. Diesmal lasse ich ihn nicht davonkommen! Leicht außer Atem frage ich: »Peter, was ist damals mit der Gräfin passiert?«

Er hebt erstaunt den Kopf. »Ich sagte Ihnen doch, sie ist verschwunden!«

Ungeduldig bohre ich weiter: »Warum sind hier keine Bilder von ihr? Wieso hat sie niemand gesucht?«

»Ich habe damals noch nicht gelebt!«, gibt er etwas beleidigt seinen Standardsatz zurück.

Doch diesmal lasse ich ihm diese Ausrede nicht durchgehen, ich bin mir sicher, er weiß mehr. »Das haben Sie mir schon öfter gesagt, aber Ihr Vater wird doch etwas erzählt haben!« Langsam wird ihm wohl bewusst, dass ich nicht aufhören werde, zu fragen.

»Wenn Sie es unbedingt wissen wollen: Sie war eine Diebin!«, kommt es ihm schwer von den Lippen. »Die große, anbetungswürdige Gräfin Helene von Rosenfels war eine gemeine Diebin! Als sie weg war, ließ ihr Vater alle Porträts von ihr vernichten. Der Einzige, der immer an ihre Unschuld glaubte, war mein Vater. Er hat sie immer verteidigt, hat sich dadurch aber nicht wirklich beliebt gemacht. Er war so sicher, dass sie unschuldig war, aber sie ist nie zurückgekommen, also wurde es auch nicht aufgeklärt. Man könnte auch sagen, dass sie damit bestätigt hat, was alle von ihr geglaubt haben.«

»Was soll sie denn gestohlen haben?« Ich kann einfach nicht glauben, was ich da höre, ich, nein Helene, kann keine Diebin gewesen sein!

»Es ging um ein altes Erbstück ihres Verlobten, ein unbezahlbares Collier.«

»Das glaube ich einfach nicht, es muss ein Missverständnis gewesen sein! Ich wusste doch, dass ich den wertvollen Halsschmuck zurückgeben muss«, entfleucht es mir. Peter schaut mich an, als ob ich etwas irr wäre, äußert sich aber nicht weiter dazu.

»Wie auch immer, es ist nie wieder aufgetaucht. Ihr Vater wollte nach dem Vorfall auch nichts mehr von der Villa wissen. Nachdem er den Großteil ihrer persönlichen Sachen vernichtet hatte, hat er es meinem Vater offengelassen, sich weiter um ihr Anwesen zu kümmern. Und wie Sie sehen, haben wir das.«

Spinnen die alle? Warum hat niemand versucht, den Fall aufzuklären? Peter scheint nicht mehr sehr danach aufgelegt zu sein, mit mir zu plaudern, also kehre ich in mein Zimmer zurück. Jetzt ist mir zumindest klar, warum ich hier kaum Details wiederfinde, die ich in meinen Träumen gesehen habe. Helenes Vater hat sich abgewendet, aber trotzdem: Wie konnte er seine eigene Tochter für eine Diebin halten? Fragen über Fragen, deren Antworten ich vielleicht nie finden werde. Es sei denn in meinen Träumen … Ich lege mich auf mein Bett, schließe die Augen und die letzten Tage und Träume erscheinen vor meinem geistigen Auge. In diesem Wirrwarr entgleite ich in den Schlaf.

*

Nie kann ich sagen wann, wo oder zu welcher Uhrzeit ich mich in meinen Träumen wiederfinde. Ich schaue mich um, ich befinde mich wieder in der Villa. Es ist strahlend heller Tag, ein paar Fetzen Vergangenes tauchen in mir auf. Louise auf meiner Verlobungsfeier, die mich auf die Seite zieht, um mir mitzuteilen, dass Wilhelm nicht da ist. Mein Erstaunen und die Traurigkeit, die sie durch ihre Aussage bei mir auslöst. Ich habe noch immer einen dicken Kloß im Hals. Es sind Tage vergangen. Er ist wie vom Erdboden verschluckt und ich halte ein zerknittertes Stück Briefpapier in der Hand, einen Brief, den ich gestern zugestellt bekommen habe. Erneut lese ich ihn durch.

Sehr geehrte Gräfin von Rosenfels,
auch wenn es mir nicht zusteht, muss ich diese Worte an Sie richten. Nachdem ich nie mehr die Möglichkeit haben werde, mich persönlich von Ihnen zu verabschieden, tue ich es auf diesem Weg. Sie sind das zauberhafteste Wesen, das mir je begegnet ist, um vorweg zu entschuldigen, warum ich mich dem Traum, ein Leben mit Ihnen zu führen, hingegeben habe. Wie konnte ich aber nur einen Moment glauben, dass Sie Ihre Stellung in der Gesellschaft für mich aufgeben würden, um mit mir zu flüchten? Kurz habe ich das erhofft, habe auf Sie gewartet, den ganzen Tag, an unserer verabredeten Stelle, bis mir bewusst wurde, dass Sie sich anders entschieden haben. Vielleicht hatten Sie auch nie etwas zu entscheiden … Der Barone und Sie werden heiraten!
Es ist nicht mein Recht, Ihnen irgendeinen Vorwurf zu machen, nur mein armes verletztes Herz muss Abschied von Ihnen nehmen, ohne Groll oder Zorn. Was auch immer unsere

Gespräche, Zugeständnisse und Absichten bedeuteten, es waren Momente, die nun vorbei sind. Trotz all dem haben Sie mir wieder Mut gegeben, plötzlich kann ich wieder eine Zukunft sehen. Wenn auch leider ohne Sie an meiner Seite, doch auch nicht mehr als Diener meines Widersachers. Dafür werde ich Ihnen immer dankbar sein, auch für die Augenblicke, die ich mit Ihnen verbringen durfte, die ich für immer wie einen Schatz hüten werde. Es war töricht von mir, auf mehr zu hoffen, bitte vergeben Sie mir! Verbrennen Sie diesen Brief, oder werfen Sie ihn weg. Er wird in Ihrem Leben keine Bedeutung mehr haben. Sie werden das Leben führen, das Ihnen zusteht, in einem Schloss, vielen Festlichkeiten und dem Mann, den Sie gewählt haben! Dafür wünsche ich Ihnen von ganzem Herzen das Beste! Entschuldigen Sie bitte nochmals die Aufdringlichkeit meines Schreibens.
Es verbleibt in Liebe und Freiheit
Ihr Wilhelm

Wieder fließen meine Tränen unablässig und ich starre ungläubig auf den Brief. Er ist weg, er hat mir nicht vertraut, nicht unserer Liebe. Wenn er nur wüsste … Ich bin verloren hier und in ein paar Tagen soll ich heiraten. Erneut schluchze ich los.

»He, es ist noch nicht aller Tage Abend!«, erhebt sich eine Samtstimme neben mir. Siam-Whisky! Er schmiegt sich an meine berockten Beine. »Wer wird denn aufgeben? Wir können auch alleine fliehen!«

»Aber wohin sollen wir? Wilhelm will mich nicht mehr, er glaubt, ich habe ihn verraten.«

»Aber das hast du nicht! Jetzt komm raus aus deinem Selbstmitleid! Wir machen einen Plan!«

Mein Hals ist wie zugeschnürt und ich kann einfach nichts anderes tun als weinen. Wieder wandert mein Blick zu dem Brief und ich beginne ihn von vorne zu lesen.

Siam-Whisky reißt ihn mir mit seiner Pfote und den kräftigen Krallen aus der Hand. »Schluss jetzt!«, sagt er bestimmt. »Wie oft willst du den noch lesen? Du, Louise und ich werden hier weggehen, und zwar noch heute Nacht! Du weißt, wo Wilhelm sich aufhält, er liebt dich noch immer, also wo ist das Problem? Es war einfach ein blödes Missverständnis. Wie sollte er wissen, dass du nicht weggekommen bist?«

Ich starre vor mich hin. Er hat recht! Mein kluger Kater! Ich atme tief durch, sehe im Spiegel vor mir meine verheulten Augen und straffe meinen Rücken. Es ist an der Zeit, der Gräfin zu helfen. Wir werden nicht aufgeben! Egal wie unausweichlich mir die Situation noch vor wenigen Minuten erschienen ist, ich bekomme langsam meine Selbstbestimmung wieder. Ich schaue mich in meinem Zimmer um, auf meinem Spiegeltisch liegt noch immer das Collier, das ich wohl auch zu meiner Hochzeit tragen sollte, die es aber nicht geben wird! Die Ohrringe, mit denen das ganze Unglück begonnen hat. Ich packe die beiden Dinge in eine Kiste, denn ich werde Gabriele nicht heiraten und ich werde mich nicht kaufen lassen! Am besten ich lasse ihm seine Glitzersteine sofort zukommen.

Louise öffnet vorsichtig die Tür. »Helene, geht es dir besser? Ich kann Vater nicht mehr länger mit Ausreden hinhalten. Er will nach dem Arzt schicken lassen.«

»Mir geht es besser, viel besser!«

Louise war in den letzten Tagen und Nächten eine gute Zuhörerin. Ich habe ihr in allem Ausmaß die Situation geschildert. Außerdem habe ich meine alten Ansichten berichtigt und versucht, ihr den Glauben an die Liebe wieder zu geben. Kein Standesdünkel kann entscheiden! Wo das Herz hin will, zählt, auch wenn ihre Liebe zu Albert sich nicht erfüllt hat. Ungläubig sieht sich mich deshalb an, sie ist noch auf dem Stand, dass die Welt im Untergehen ist.

»Meine liebe kleine Schwester, die ganze Sache mit der Hochzeit ist nicht tragbar und ich werde nicht klein beigeben. Ich möchte weg, zu Wilhelm! Wenn ich ihm alles erklärt habe, wird er verstehen, aber auch wenn nicht, werde ich ein neues Leben beginnen, irgendwo, wo mich niemand kennt. Meine Frage an dich: Willst du mich dabei begleiten?« Ich halte ihre kleinen, zarten Hände in den meinen und schaue ihr gerade in ihre klaren blauen Augen.

Sie holt tief Luft und nickt energisch. »Wo du hingehst, das wird auch mein Weg sein!«

»Gut!« Das beruhigt mich, ich hätte es nicht ertragen, sie bei Vater und seiner neuen Frau zurückzulassen. Geschäftig beginne ich Schmuck aus meinen Schatullen in ein Tuch einzuwickeln. Währenddessen versuche ich meinen noch etwas unklaren Plan in Worte zu fassen: »Vater werden wir sagen, wir machen Besorgungen für die Hochzeit, dazu lassen wir uns mit der Kutsche in die Stadt bringen. Unter unseren Kleidern tragen wir aber andere, schäbigere, wie die von einer Bauersfrau. Ich habe ein bisschen Geld und meinen Schmuck, damit sollten wir es schaffen, mit einer Postkutsche oder einem anderen Gefährt nach Ungarn zu kommen. Es wird mühsam und sicher nicht so einfach, aber unser Fehlen wird erst nach Stunden bemerkt werden und durch unsere andere Kleidung wird man unseren Weg nicht so schnell nachverfolgen können. Dann sollten wir genug Vorsprung haben!«

»Sie werden uns suchen!«

»Dann müssen wir eben geschickt genug sein, um nicht gefunden zu werden!«

»Und der Barone? Er wird alles tun, um dich zurückzubekommen!«

»Nicht, wenn er glaubt, dass ich das hier gestohlen habe und vor ihm geflohen bin!« Ich halte demonstrativ die

Schachtel mit dem teuren Familienschmuck von Gabriele hoch.

Jetzt wird Louise ganz blass. »Du willst ihn bestehlen?«

»Nein, natürlich nicht! Wir werden die Sachen natürlich hierlassen und erst viel später werde ich ihm eine Nachricht zukommen lassen, wo der Schmuck versteckt ist. Wenn wir in Sicherheit sind! In dem Glauben, dass ich eine Diebin bin, wird er nicht das Verlangen haben, mich weiterhin zu ehelichen, er wird versuchen, den Vorfall zu verschleiern.«

»In meinem Schreibtisch gibt es eine Geheimlade, dort können wir die Sachen doch verstecken!« Das wusste ich gar nicht, dann fällt mir ein, wie oft Louise an ihrem Damenschreibtisch gesessen hat und wenn ich gekommen bin, irgendwelche Briefe schnell verschwinden ließ.

»Das machen wir! Ich werde einen Brief mit einer kurzen Erklärung vorbereiten, den ich in meinem persönlichen Familienalbum verstecke. Vater wird sich bestimmt irgendwann die Bilder durchsehen, wenn wir nicht mehr zurückkommen. So wird sich die Situation lösen, der Schmuck wieder zu seinem rechtmäßigen Besitzer zurückkehren!«

Eine brillante Idee von mir! So kann nichts schiefgehen. Siam-Whisky muss sich einfach in der Kutsche verstecken, in der Stadt werde ich ihn dann in eine Tasche packen. Louise umarmt mich ganz fest, ich spüre ihre Angst. Selbst fühle ich mich im Moment auch etwas seltsam, es ist aber der einzig richtige Weg! Jetzt muss ich nur noch aus den ausrangierten Kleidern unserer Bediensteten unsere Fluchtkleidung zusammenstellen. Zum Glück weiß ich, dass die immer auf dem Dachboden für den Lumpensammler, der einmal im Jahr kommt, verwahrt werden. Und dann geht alles wie von selbst, zieht nur wie ein Schleier an mir vorüber. Niemand schöpft Verdacht, als wir in die Stadt fahren wollen, Siam-Whisky hat sich schon in der Kutsche versteckt und wartet nur noch darauf, dass wir losfahren. Ich verabschiede mich von Vater, während Louise den Schmuck und Brief vereinbart platziert. Und dann ein Blackout. Alles wird schwarz.

*

Um mich herum ist es dunkel, ich taste um mich. Scheinbar liege ich im Bett in der Villa, es ist mitten in der Nacht. Aber wer bin ich? Bin ich ich, oder die Gräfin? Da, ein Schalter! Licht! Ich bin im Hier und Jetzt. Mist, gerade wo es spannend war! Wie geht die Flucht weiter? Neben mir liegt Whisky und strampelt mit seinen kleinen Pfoten. Er ist wohl noch im Traumland und begleitet Louise und Helene auf ihrem großen Abenteuer. Also, ganz fair ist das nicht! Krampfhaft versuche ich die Augen zu schließen, um wieder einzuschlafen. Aber nichts passiert. Ich nehme ein Buch in die Hand, blättere desinteressiert ein paar Seiten durch, versuche darin zu lesen, lege es wieder zur Seite. Drehe den Fernseher auf, möglichst leise, um Whisky nicht im Schlaf zu stören, drehe ihn wieder ab. Ich bin einfach hellwach. Starre an die Decke, wende mich von einer zur anderen Seite. Nichts! Nach gefühlten Stunden schlafe ich dann doch ein. Aber ich träume nicht.

Die Mittagssonne scheint mir ins Gesicht, als ich wieder wach werde. Ich fühle mich wie gerädert. Der Platz, an dem Whisky gelegen hat, ist noch warm, aber keine Spur von ihm. Wieder einmal wird mir bewusst, dass ich diese Träume nicht steuern kann. Vielleicht kann mir ja mein treuer Kater mehr berichten, also mache ich mich auf die Suche nach ihm. Heute ist es besonders heiß! Nach kurzem Umhergesuche gebe ich auf, ich kann ihn nicht finden und werde mich wohl mit meinen Fragen gedulden müssen! Am besten ich gehe eine Runde schwimmen, das macht mich bestimmt wieder ganz munter. Alles fühlt sich so irreal an, niemand ist im Haus und die Hitze lässt die ganze Luft flirrend wirken.

Dennoch überkommt mich ein kühler Schauer, irgendwie als wäre noch jemand anwesend. Ich drehe mich um und plötzlich sehe ich mein Spiegelbild! Da ist aber kein Spiegel, das kann nicht ich sein. Die Gräfin! In meiner Zeit! Nein, das ist unmöglich. Aber da steht sie vor mir, so wie ich mich selbst oft in meinen Träumen im Spiegel gesehen habe. Ein weißes, schlichtes Kleid, die Haare hochgesteckt, wunderschön, fast wie ein Engel sieht sie aus. Ich schnappe nach Luft.

Sie lächelt milde. »Du weißt, was du wissen musst.«

»Wie, was?« Ich kenne mich gerade gar nicht mehr aus. Was will sie hier? Warum kann ich sie sehen? Ich will sie berühren, mich überzeugen, dass das hier real ist, doch bevor mir ganz bewusst wird, was passiert, bevor ich alle unbeantworteten Fragen stellen kann, ist sie auch wieder verschwunden. War das jetzt so eine Art Halluzination? Oder muss ich langsam an meinem Verstand zweifeln? Mir schaudert, das ist alles ziemlich unheimlich. Was meint sie damit? Was habe ich wissen sollen? Ich weiß doch gar nicht, wie die Geschichte ausgeht! Ob sie die Flucht schaffen? Ob sie glücklich wird? Das passiert doch alles nur in meinen Träumen! Dann sacke ich zusammen.

Aus der Ferne höre ich eine Stimme.

»Jessy? Alles ok?«

»Julian …«, murmle ich kaum hörbar.

»Zum Glück! Jessy!« Er drückt mich fest an sich.

»Was ist passiert?«

»Ich denke, du bist ohnmächtig geworden! Kein Wunder bei der Hitze! Hast du schon etwas getrunken?« Er drückt mir ein kühles Glas Wasser in die Hand. »Trink erst einmal ein paar Schluck!« Dann hilft er mir auf und verfrachtet mich auf einen Sessel im Schatten.

»Ich habe geträumt …«, stammle ich. »Warum bist du schon wieder da?«

»Ich bin heute gleich ganz früh losgefahren, als alles im Büro geklärt war!«

Langsam komme ich wieder in die Realität zurück, es war wohl wirklich die Hitze, die mich so umgehauen hat. Ich betrachte Julians Augen, die mich wieder an Wilhelm erinnern: seine langen Wimpern. Wie er mich ansieht, so liebevoll und besorgt. »Der perfekte Mann zum Heiraten!«

»Wie bitte?«

Habe ich das jetzt laut gesagt? Bitte, bitte nicht!

»Was redest du da von heiraten?«

Es muss wohl laut gewesen sein. »Gar nichts, ich habe eigentlich gemeint: der perfekte Ort zum Heiraten. Hier! Also, nicht wir beide.« Dümmlich grinse ich, als wäre es eine völlige Utopie, Julian heiraten zu wollen. »Für irgendjemand anderen, meine ich. Ich will nie heiraten!«, füge ich hinzu, um glaubhafter zu wirken und nicht wie eine Irre, die nach ein paar Tagen schon an die große Hochzeit in Weiß denkt.

»Ach so. Stimmt, ist ein schöner Platz für eine Hochzeitsfeier«, bemerkt er abwesend. Habe ich ihn verschreckt? Warum rutschen mir auch immer solche Sachen raus!

»Ja, für Feiern überhaupt«, plaudere ich munter weiter, um abzulenken. Obwohl ich mich nach meiner Begegnung der besonderen Art noch irgendwie komisch fühle. »Warum macht ihr nicht einmal einen großen Kostümball hier? Ihr könntet auf die Historie dieses tollen Hauses aufmerksam machen und nebenbei ein bisschen Geld für die Renovierung zusammenbekommen!« Er legt den Kopf schief, wie ein Hund, der gerade sein Stichwort gehört hat. So sieht er noch süßer aus, aber ich beherrsche mich, meinen Gefühlen nachzugeben. »Es könnte ja alles unter einem Motto stehen, die Gäste müssten in Kleidern im Stil der damaligen Zeit kommen. Die Villa wird mit vielen Kerzen beleuchtet und natürlich müssen alle modernen Sachen weggeräumt werden. Man könnte eine längst vergangene Epoche mit ihren rauschenden Festen aufleben lassen!«

»Das ist gar keine schlechte Idee!« Er scheint Feuer gefangen zu haben, denn seine Augen bekommen einen neuen Ausdruck, ein Funkeln. Eigentlich wollte ich nur von der Hochzeits-Geschichte ablenken und habe gar nicht großartig überlegt, was ich da sage, aber als ich mir das Ganze so durch den Kopf gehen lasse, finde ich es eigentlich ebenfalls eine super Idee.

»Da gibt es aber unglaublich viel zu tun, das Umdekorieren des Hauses, die Zusammenstellung eines Menüs, die ganze Koordination …«

Bevor er weiterreden kann, unterbreche ich ihn enthusiastisch: »Das ist alles kein Problem, ich bin dafür bekannt, eine hervorragende Gastgeberin zu sein! Ich werde dich unterstützen und dir helfen, wo ich kann!«

Gut, das ist etwas übertrieben, die hervorragende Gastgeberin war ich in meinen Träumen. Im wahren Leben brennen mir sogar Nudeln an. Ein paar Mal habe ich versucht, eine Party zu veranstalten, das war noch zu Schulzeiten. Nachdem ich aber nicht sonderlich beliebt war, hat das meist in einer großen Enttäuschung geendet. Die coolen Typen sind eben nicht auf die Feste von den Uncoolen gegangen. Mein Freundeskreis war sehr beschränkt, also war nichts mit großen Feiern. Als ich dann älter wurde, habe ich mich nicht mehr getraut, an so etwas auch nur zu denken. Die Pein saß mir noch immer zu tief in den Knochen. Meine Esseneinladungen im kleinen Rahmen waren nicht häufig und dann auch dafür bekannt, dass es besser war, nicht mit leerem Magen zu kommen, außer man hatte einen guten Magenschnaps bei sich. Wahrscheinlich habe ich auch immer zu sehr versucht, alles perfekt zu machen, möglichst exotische Gerichte zu kochen, die schiefgehen müssen, wenn man nicht auf einen breiten Erfahrungsschatz in der Küche zurückgreifen kann. Von meiner Mutter habe ich auf jeden Fall wenig abschauen können, ihre Menüs bestanden aus Fertiggerichten, in der Mikrowelle zubereitet. Aber ich habe ja auch nicht angeboten, zu kochen!

»Das wäre toll, wenn du quasi mit Großvater und mir als Gastgeberin fungieren könntest!«

Ich strahle Julian an. »Das macht bestimmt Spaß!«

»Das sollte ich gleich einmal durchkalkulieren!« Energisch steht Julian auf. Auf dem Weg in die Villa macht er noch kurz kehrt und dreht sich zu mir um. »Lass uns das doch heute bei einem schönen Abendessen genau besprechen!«

»Nichts lieber als das!«

Zufrieden setzt er seinen Weg fort. Ich sinke tiefer in den etwas unbequemen Sessel, nehme mein Telefon und wähle aufgeregt die Nummer meiner Mutter. Es ist schon lange überfällig, ihr von meinem neuen Leben zu erzählen. Das tue ich dann auch, ausführlichst, und sie scheint begeistert und stolz zu sein.

»Ich finde es großartig, dass du deinem Leben einen neuen Anstrich verpasst hast. Ganz ehrlich, ich wollte dich ja nie kritisieren. Du bist erwachsen, führst dein eigenes Leben, aber ich habe mir natürlich mehr für dich gewünscht. Dein Job in diesem Verlag hat dich nicht glücklich gemacht, die viele Arbeit, keine Zeit mehr, ein richtiges Leben zu führen.«

Da muss ich ihr beipflichten, aber ich habe mich eben nicht getraut, selbst etwas zu ändern. Eigentlich müsste ich Daniel dankbar sein, etwas Besseres hat mir nicht passieren können. Ich sitze hier im Garten einer wunderschönen Villa, das Meer vor mir, der strahlend blaue Himmel über mir. Obwohl ich meinen hässlichen Badeanzug anhabe, fühle ich mich in mir wohl. Hier habe ich einen wundervollen Mann kennengelernt, der mich auch noch in meinem neuen Projekt unterstützen will. Es könnte nicht besser laufen!

Nur ganz leise in meinem Herzen regt sich ein leichter Schmerz. Wenn ich nur wüsste, dass es der Gräfin, Louise und Siam-Whisky jetzt ebenso gut geht. Wenn ich nur den Ruf von Helene wieder herstellen könnte … Aber ich schiebe das Ganze zur Seite. Diese verworrenen Träume haben sich schon jetzt zu sehr in meine Realität gedrängt. Ich habe keine Lust, irgendwann in der Psychiatrie zu landen, weil ich ständig Menschen sehe, die gar nicht da sind! Nach dem erfreulichen Telefonat mit meiner Mutter, die ich zu dem großen Fest schon einmal vorab mit ihrem jungen Loverboy eingeladen habe, stehe ich auf und nehme Julians Notebook zur Hand. Es ist an der Zeit einmal nachzuschauen, ob schon jemand auf meinen Blog reagiert hat. Leider nein! Enttäuscht starre ich auf den Bildschirm. Na gut, kein Grund, den Mut zu verlieren! Ich sollte vielleicht etwas »Werbung« machen. Wer soll schon sonst zufällig auf meine Seite kommen? Sara wird mir bestimmt helfen! Sie hat einen großen Bekanntenkreis und war immer schon eine brillante Networkerin, im Gegensatz zu mir. Außerdem hat sie mir ihre Unterstützung angeboten, auf die ich nun gerne zurückgreifen werde.

Nachdem wir kurz telefoniert haben, schickt mir Sara alle möglichen Kontaktdaten von Freundinnen, Verwandten, Bekannten. Ich verfasse einen kurzen Text, der auf meinen Blog neugierig macht, das hoffe ich jedenfalls. Den restlichen Tag verbringe ich damit, E-Mails zu verschicken. Danach mache ich mich fertig, um mit Julian auszugehen. Whisky scheint noch immer wie vom Erdboden verschluckt. Ich stelle ihm frisches Futter hin. Wahrscheinlich ist er mit seiner Milly unterwegs. Obwohl ich mich gezwungen habe, den Rest des Tages nicht an die Gräfin zu denken, hätte ich Whisky doch ganz gerne ausgefragt, was er in seinen Träumen alles gesehen hat. Aber ich werde mich weiterhin in Geduld üben. Es klopft an der Tür. Julian steht vor mir, oder besser gesagt sehe ich zuerst nur einen riesigen Feldblumenstrauß, der mir den Blick verstellt.

»Wow! Womit habe ich das verdient?« Ich nehme Julian die bunt zusammengemischten Blumen aus der Hand und muss gleich einmal kräftig niesen.

»Das tut mir leid! Bist du allergisch?«

»Nein!«, bringe ich noch schnell vor dem nächsten Niesanfall heraus. Meine Augen beginnen zu tränen, es kitzelt in der Nase. Schnell nimmt Julian mir den Verursacher meines unerwarteten Zustandes wieder aus der Hand. Er starrt mich mit einem seltsamen Ausdruck an.

»Ich bringe nur schnell die Blumen weg, bin gleich wieder da! Mach du dich inzwischen frisch.«

Was meint er mit »frisch machen«? Ich habe mich doch gerade hergerichtet. Doch als ich mich in den Badezimmerspiegel sehe, verstehe ich seine Aussage. Aber ich fürchte, mit frisch machen ist es nicht getan. In kürzester Zeit sind meine Augen auf halbmast zugeschwollen, meine Nase rot, wie von Rudi dem Rentier.

»Oh mein Gott!«, entfährt es mir, als ich mich näher betrachte. Hektisch klatsche ich mir Make-up ins Gesicht, was das Ganze eher verschlimmert, denn jetzt bin ich auch noch gefleckt. Wie soll ich so ausgehen? Ich will doch, dass Julian mich hübsch findet. Mit dieser Fratze ist das wohl kaum möglich. Vielleicht steht er ja auf ein bisschen asiatisch, denn meine Augen werden mehr und mehr zu Schlitzen. Da höre ich schon wieder Schritte die Treppen hinaufkommen. Was soll ich machen? Schnell werfe ich mir ein T-Shirt über den Kopf. Jetzt kann ich zwar nichts mehr sehen, aber auch Julian kann mein Gesicht nicht erkennen, was mir viel wichtiger ist. Die Tür steht noch immer offen. Den Geräuschen nach schätze ich, dass er sich jetzt im Zimmer befindet.

»Jessy, es tut mir echt leid!« Dann stutzt er kurz. »Warum hast du ein T-Shirt über deinem Gesicht? So furchtbar ist es bestimmt nicht!« Der hat ja keine Ahnung!

»Ich will nicht, dass du mich so siehst!«, sage ich der Ehrlichkeit halber, denn es hat keinen Sinn, sich jetzt irgendwelche Ausreden einfallen zu lassen.

»Ich finde dich immer hübsch!«

Gut, das war ein Kompliment. Mein Herz schlägt sofort schneller, aber ich weiß, es ist noch zu früh in unserer Beziehung, um ihn mit diesem Monsterkopf zu konfrontieren. Scheinbar wartet er darauf, dass ich etwas erwidere, was ich aber nicht tue.

»Willst du jetzt doch nicht essen gehen?«

»Nein!«, nuschel ich durch meinen Sichtschutz.

»Wir können ja auch hierbleiben und ich koche uns etwas Schönes!«

Wie soll das denn funktionieren?, frage ich mich, denn eins weiß ich mit Sicherheit: Julian wird mich nicht so sehen, wie ich jetzt aussehe! Ich schüttle energisch den Kopf.

»Das ist jetzt ein bisschen kindisch, Jessy!«

Ich kann mir sein Lächeln vorstellen, wie seine süßen Grübchen zur Geltung kommen … Trotzdem, es geht beim besten Willen nicht. Besser, er ist ein bisschen grantig auf mich, als dass ich das Bild zerstöre, das er von mir hat. Schließlich hat er vor ein paar Minuten noch gesagt, dass ich hübsch bin!

»Na komm schon!«, versucht er mich zu überreden. »Es gibt so viel zu besprechen wegen des Festes. Großvater war übrigens begeistert von der Idee! Das war auch der Grund des Blumenstraußes. Ist wohl etwas danebengegangen, also lass es mich wiedergutmachen!«

»Es geht wirklich nicht, Julian. Lass es uns auf morgen verschieben!«

Aber er bleibt hartnäckig. »Lass halt von mir aus das T-Shirt über deinem Kopf, schneide dir Löcher rein für Mund und Augen und fertig.«

Praktisch veranlagt scheint er ja zu sein, aber ich frage mich, ob das nicht noch lächerlicher wirkt. Auf der anderen Seite würde ich schon gerne den Abend mit ihm verbringen und ich brenne auf das Feedback auf den Ball.

Er merkt mein Zaudern und hakt gekonnt nach: »Also abgemacht, ich koche uns eine Kleinigkeit und wir treffen uns in einer halben Stunde auf der Terrasse. Sofern du nicht irgendwo anrennst oder dich verirrst!« Er lacht laut auf.

Ich fühle mich zwar eigentlich weniger zum Lachen, aber dann überkommt es mich doch. Die Situation ist wirklich zu komisch. Dann höre ich, wie die Tür wieder ins Schloss fällt, ich reiße mir erleichtert die Verkleidung vom Kopf. Vorsichtig begutachte ich mein Gesicht. Es ist nicht besser geworden. Verzweifelt lasse ich mich aufs Bett plumpsen.

Da erklingt eine wohlbekannte und vermisste Stimme: »Zum Himmel, was ist mit dir passiert?«, kreischt Whisky.

»Feldblumenstrauß bekommen«, antworte ich knapp.

Er wiehert vor sich hin. »Hahaha! Du siehst aus wie dieses Kind in dem Film mit Cher!«

»Wahnsinnig komisch! Man macht sich weder über jemanden, der anders ist, noch über Allergien lustig!«, ermahne ich den Fellkollegen.

»Wer sagt das?« Wieder bricht ein Schwall von Gelächter über mich nieder. »Wer hat sich denn über meinen ungewollten Kopfstand in der Heckenrose nur so ausgeschüttelt vor Lachen?«

»Ich weiß nicht, wen du meinst!«, gebe ich pampig zurück. Durch meine Augenschlitze entdecke ich Millys Gesicht, das ungläubig um die Ecke stiert. »Na toll, jetzt sieht mich deine Liebste auch noch so!«

Mir ist zwischen Weinen und Lachen zumute. Ich entscheide mich für das Letztere und pruste los. Whisky stimmt ein. Wenn Milly auch lachen könnte, dann würde sie das jetzt bestimmt tun, denn ihr Schnäuzchen hebt sich nach oben und ihre Augen funkeln mich belustigt an. Pfote für Pfote nähert sie sich mir, bis sie schließlich ganz nah ist und ihr Köpfchen an meinem reibt. Das nenne ich Frauensolidarität!

»Ich habe ein ganz anderes Problem, Julian will mit mir essen und ich kann ihm unmöglich zumuten, so ein Gegenüber bei Tisch zu haben! Habt ihr zwei eine Idee?« Mir ist schon bewusst, dass nur Whisky antworten kann, aber ich will Milly nicht ausschließen, auch wenn sie kein Wort versteht.

»Setz dir eben eine Maske auf!«

»Gute Idee – und woher bekomme ich eine?«

Stille! Doch dann habe ich einen Einfall, ich nehme eine meiner Gossip-Zeitschriften zur Hand, trenne das stärkere Cover herunter, schneide mithilfe einer Nagelschere Öffnungen für Mund und Augen hinein und befestige das Ganze abschließend mit einem Gummiband. Jetzt habe ich eine Maske, sogar mit dem Gesicht von Jennifer Aniston drauf. Es sieht lächerlich aus, aber immer noch besser als das T-Shirt. So gewappnet mache ich mich auf den Weg zu dem wunderschön gedeckten Tisch mit freiem Blick auf den Garten und das dahinterliegende Meer. Die beiden Samtpfoten habe ich noch mit einer extra Portion Futter belohnt. Julian verfällt erneut in einen Lachkrampf und hält sich den Bauch, als er mich sieht.

»Wolltest du nicht schon immer ein Date mit einem Promi?«, frage ich ihn keck und versuche mit den Wimpern zu klimpern, was aber unnötig ist, weil man sie gar nicht sehen kann.

»Das ist das seltsamste Abendessen, das ich je hatte! Ich versichere dir, ohne Maske wärst du für mich nach wie vor genauso hübsch, aber wenn du meinst, dann bitte ich zu Tisch!«, sagt er kopfschüttelnd.

Wir trinken viel, essen ausgezeichnet und umso mehr lachen wir. Mit der selbst konstruierten Maske komme ich mittlerweile ganz gut zurecht, sie fällt mir gar nicht mehr auf. Als wir dann mit unserem Mahl fertig sind, wird es auf einmal eigenartig still. Julian rückt näher, streift mir die Maske vom Kopf und gibt mir einen sanften Kuss. Ich schrecke zuerst zurück, will mein Gesicht wieder bedecken, aber er lässt es nicht zu. Ach, was soll's, schließlich soll er sich in meinen Charakter verlieben!

»Jessy Stein, du bist wirklich eine seltsame Frau!« Naja, das wollte ich jetzt nicht hören, aber das bin ich wohl. Dann fährt er fort: »Genau diese Mischung macht dich einfach wunderbar! Eigentlich hatte ich das Gefühl, du bist komplett selbstsicher und dann so was!« Er grinst mich an und küsst mich wieder. Das übertrifft wirklich alle meine Erwartungen!

Irgendwann ist es aber dann doch Zeit, schlafen zu gehen. Auch wenn wir uns nur schwer voneinander trennen können, weiß ich doch, dass ich ihn morgen wiedersehe. Glücklich lasse ich mich auf mein Bett fallen.

Die Tage fliegen dahin und mit rasanter Geschwindigkeit nähern wir uns dem großen Ereignis, dem Sommernachtsball in der Villa. Meine Nächte bleiben zwar traumlos, aber dafür sind meine Tage umso traumhafter. Julian und ich werden zu einem eingespielten Team. Gemeinsam entwickeln wir die Einladungen, treffen uns mit der Dame vom Fremdenverkehrsamt, stellen Aushilfskräfte für das Fest ein und verbringen dazwischen eine wunderschöne Zeit zu zweit. Obwohl ich mich wundere, dass ich in meinem Träumen keine Gräfin mehr bin, habe ich das Gefühl, im wahren Leben eine zu sein. Whisky und ich haben beide unsere Träume nicht mehr erwähnt und langsam scheinen sie mir auch immer weiter entfernt. Es schwingt ein bisschen Wehmut mit, wenn ich daran denke, aber auf der anderen Seite lasse ich das Erbe von Helene noch einmal richtig glänzen. Seit meiner Begegnung mit ihr in der Realität bin ich auch irgendwie froh, dass ich nicht mehr Ähnliches erlebt habe. Es ist wohl besser für mich, das alles als vergangen anzusehen.

Es gibt viel zu tun, um die Villa wieder ursprünglicher wirken zu lassen. Heute werde ich mir den Dachboden vornehmen. Mal sehen, was ich da finde und als Dekoration verwenden kann. Whisky läuft wie ein kleiner Schoßhund hinter mir her. Wir hatten in den letzten Tagen nicht viel voneinander und seine momentane Anhänglichkeit tut mir gut.

»Da war wohl schon länger niemand oben!«, sage ich zu ihm, als wir die Treppen hochsteigen und Whisky sich in einem Spinnennetz verfängt.

Er quietscht auf wie ein kleines Mädchen. »Das ist ja nicht so meins, aber es ist meine Pflicht als dein Kater, dich in diese dunklen Abgründe zu begleiten!«, erklingt seine Stimme nun pathetisch.

»Das finde ich auch äußerst liebenswürdig von dir, ohne dich würde ich mich bestimmt fürchten!« Das stimmt so nicht ganz, aber ich will seine Loyalität mir gegenüber untermauern. Es ist egal, ob es Menschen oder Katzen sind, das männliche Geschlecht hat es nun mal gern, wenn sie die Beschützer von uns Frauen sein können und ich lasse mich allzu gerne von Whisky beschützen. Er pirscht vor, an mir vorbei.

»Alles so weit in Ordnung, du kannst weiterkommen!«

»Danke, mein starker, mutiger Kater! Was täte ich nur ohne dich!«

Zufrieden brummt er vor sich hin.

Es ist ziemlich dunkel hier oben und meine kleine Taschenlampe bringt nicht wirklich das erwünschte Licht. Zumindest kann ich erkennen, dass die Dachluken mit alten Tüchern verhängt sind. Wenn ich die entferne, wird es bestimmt heller! So ist es auch, aber durch meine Tat wirbelt ganz schön viel Staub auf. Das Sonnenlicht durchstrahlt den dunklen Raum, die feinen Staubkörnchen wirbeln wie ein Sandsturm durch die Luft. Die Sicht auf alle möglichen Dinge wird plötzlich frei. Alte Kisten, Möbel, ein ausgestopfter Leopard, ein Hirschgeweih, Silberleuchter, alles durcheinandergewürfelt.

Whisky jagt wie wild von einer Ecke zur anderen. »Mäuse!«, ruft er mir mitten im Lauf entgegen.

Na toll, um ehrlich zu sein, fürchte ich mich vor Mäusen. Sie sind so klein und flink, aber mein Kampfkater wird sie gut in Zaum halten, während ich mich mit den verborgenen Schätzen beschäftige. Zuerst muss ich mir aber einmal den Weg durch die wirr übereinandergestapelten Sessel bahnen. Es sind schöne historistische Stühle, aus dunkelbraunem Nussholz mit Löwenpranken. Die werde ich dann alle nach unten tragen, es fehlen uns nämlich Sitzgelegenheiten. Ich habe darauf gehofft, hier etwas Passendes zu finden. Es ist traurig, zu sehen, wie lieblos all diese schönen Sachen hier oben verstauben. Ich bezweifle, dass Julian sich je die Zeit genommen hat, hier zu stöbern. Aber ich werde jetzt einige Stücke aus ihrem mehr als hundertjährigen Schlaf erwecken. Vor mir steht eine alte Reisekiste mit verzierten Verschlägen, die von einer dicken Staubschicht überdeckt ist. Ich wedle mit einem der herumliegenden Tücher darüber. Knarrend lässt sie sich öffnen. Kleider über Kleider. Einige kommen mir sehr bekannt vor. Das ist doch dieses mitternachtsblaue Seidentaftkleid, das ich als Gräfin einmal anhatte! Es berührt mich auf eigenartige Weise. Stück für Stück ziehe ich sie aus der Kiste, betaste die Stoffe, fühle mich der Zeit ihrer Entstehung nahe. Wie aufwendig sie gearbeitet sind, alles Handarbeit. Die zarten Knöpfchen, die feine Spitze. Sie haben die

Zeit gut überstanden, es muffelt zwar ein bisschen, aber ich bin mir sicher, man kann sie wieder auf Vordermann bringen.

»Jessy?«, höre ich Julian rufen. »Bist du da oben?«

Sofort bin ich wieder in der Gegenwart. »Ja, ich bin hier!«

Julian steigt wie ich zuvor die steile Treppe hoch. Er schüttelt den Kopf als er das ganze Chaos sieht. »Da hast du dir aber einiges vorgenommen …«

Mit einem Lächeln drehe ich mich zu ihm um und umarme ihn. »Diese Sessel sind ideal!« Ich drücke ihm einen in die Hand.

»Und ich soll die jetzt alle runtertragen?«

»Richtige Schlussfolgerung!« Er gibt sich nach kurzem Unmut über die Situation geschlagen. Denn nein, andere Sitzgelegenheiten wirken nicht so authentisch wie diese hier.

Für heute lasse ich es gut sein. Während Julian schleppt, nehme ich eine Handvoll Kleider und trage meine Beute hinunter.

Whisky ist von seiner erfolglosen Jagd ganz erschöpft und schleppt sich hinter mir her. »Ich hätte sie ja alle gefangen, aber leben und leben lassen ist mein Motto.«

Ich schweige dazu, denn allzu gerne hätte er eine erwischt, das weiß ich genau.Whisky hatte diesen gierigen Blick, den er bekommt, wenn im Fernsehen Katzenfutterwerbung läuft. Mich macht es hingegen froh, dass er keinen Erfolg hatte. Auch wenn ich mich vor Mäusen fürchte, bin ich gegen Lebendfutter. »Nicht, dass du glaubst, ich wäre kein guter Jäger, der bin ich sehr wohl!«, schwafelt er weiter. »Die Mäuse haben mit Sicherheit jetzt so große Angst vor dir, dass sie sich einen anderen Standort suchen!«

»Da haben sie auch recht, wenn sie das tun!« Ich streichle über sein Fell und muss niesen. »Du bist ein riesiger Staubwedel! Ich fürchte, wir müssen dich duschen!«

Als er das gefürchtete Wort hört, aktiviert er noch einmal all seine Kraft und rennt los, wie von der Tarantel gestochen. Soll er sich im Garten von seinem Staub befreien, das ist mir nicht unrecht. Whisky zu duschen, ist eine Tortur der Extraklasse, er fährt seine Krallen aus, macht sich so sperrig wie möglich und weint, als ob man ihn kastrieren würde. Wenn er dann gewaschen ist, verzieht er sich wie ein Häufchen Elend in eine Ecke und schaut mich die nächsten Stunden nicht an. Ich habe mal gehört, es gibt Katzen, die gern schwimmen und richtige Wasserfanatiker sind, Whisky gehört definitiv nicht dazu.

Es sind anstrengende, aber auch beglückende Tage. Schon lange habe ich nicht mehr das Gefühl gehabt, so sinnvolle Dinge zu tun. Als ich ein kleines Zeitfenster habe, drehe ich den Computer auf und gebe gespannt meine Internetadresse ein. Ganz aufgeregt tippe ich langsam www.diegraefininmir.com. Innerlich beginne ich zu jubilieren! Vier Kommentare! Das ist nicht die Welt, aber immerhin es gibt da draußen jemanden, der es gelesen und darauf geantwortet hat. Der erste Kommentar ist von Pixie 34, sie schreibt:

Liebe Gräfin Jessy,
ich kann dir gar nicht sagen, wie du mir aus der Seele sprichst! Finde ich eine tolle Idee, was du da vorhast! Langsam habe ich es satt, mich durch sämtliche Diäten zu quälen, denn eigentlich mag ich mich so wie ich bin. Aber ich mache es wegen der Mode. Es ist gar nicht so einfach, schicke Sachen in Größe 44 zu finden, das kann ich dir sagen. Mein Mann liebt meine Figur, so wie sie ist, und das ist doch eigentlich das Schönste, das es gibt! Also freue ich mich schon auf deine Einkaufstipps, die mir hoffentlich helfen, das Hungern zu umgehen!
Alles Liebe
Gräfin Pixie

Die Aussagen der nächsten zwei Leserinnen sind ähnlich und sie gratulieren mir zu meinem Vorhaben. Glücklich beginne ich das letzte Statement zu lesen, und dann das: Es ist kurz und beleidigend:

Ist sicher von einer fetten, faulen Kuh verfasst, dieser Blog, die eine Ausrede sucht, fett und faul bleiben zu können!

Mir treibt es sofort die Tränen in die Augen. Wie kann jemand nur so gemein sein? Natürlich ist die Aussage anonym. Sofort überlege ich, wie ich das löschen kann, aber da muss ich wohl Julian fragen, denn mein technisches Können ist ziemlich beschränkt. Dann nehme ich all meinen Mut zusammen und antworte diesem Feigling:

Liebe/r XY,
schade, dass du nicht einmal den Mut hast, mit deinem Namen zu deiner Aussage zu stehen. Da bin ich lieber eine Kuh, als dass ich du bin.
Mit den besten Grüßen
Gräfin Jessy

Kein textliches Meisterwerk, vielleicht sollte ich diese Aussage doch lieber einfach aus meinem Blog entfernen, aber jetzt habe ich sie schon abgeschickt. Mein Bestreben ist es, auf dieser Seite keine gemeinen Hin- und Herzankereien zu haben, sondern einen Austausch zwischen Menschen, die ähnlich empfinden. Gekränkt schließe ich den Laptop. Wie hätte Helene jetzt gehandelt? Sie wäre über dieser Situation gestanden, wäre einfach ihren Weg weitergegangen. Sie fehlt mir!

Ich verziehe mich in mein Zimmer und lege mich aufs Bett. Es ist noch zu früh, um schlafen zu gehen, aber ich will mich gerade der Welt da draußen nicht stellen. Es ist eigentlich nichts Großartiges passiert, aber plötzlich fühle ich mich wieder klein und lächerlich. Da habe ich so große Fortschritte gemacht und mit einer einzigen Aussage stelle ich wieder alles infrage. Das stimmt mich traurig. Aber ich habe doch damit rechnen müssen, dass vielleicht unangenehme Rückmeldungen kommen! Trotzdem war ich nicht darauf gefasst ... Noch einmal lasse ich mir alles durch den Kopf gehen, ich habe doch nichts geschrieben, das jemanden beleidigen könnte, oder doch? Rastlos gehe ich auf dem knarrenden Parkettboden auf und ab, dann öffne ich wieder mein Notebook und beginne erneut zu schreiben:

Liebe Gräfinnen,
die Vorstellung, sich so annehmen zu können, wie man ist, ist schön, und auch, dass die Umwelt das tut. Wenn ich mich gut finde, warum sollte jemand anderen das stören? Was ich mir auf dieser Seite wünsche, ist ein respektvoller Umgang miteinander. Wem die Grundidee nicht gefällt, der muss hier nicht verweilen, denn natürlich gibt es viele unterschiedliche Meinungen auf der Welt. Das ist auch gut so! Genauso viele unterschiedliche Figuren gibt es, warum sollen wir uns dann genau einer vorgegebenen anpassen? Wenn es jemandem Spaß macht, soll er das gerne tun, aber wenn nicht, dann ist das doch auch ok! Es gibt Tage, an denen bin ich ganz zufrieden mit mir, und dann gibt es eben solche, da mag ich mich gar nicht. Da stört mich meine Figur, weil sie nicht die eines 18-jährigen Models ist. Aber hätte ich diese Figur, würde mich vermutlich etwas anderes stören. Also hängt es doch wieder mit der inneren Zufriedenheit zusammen. Trotzdem gibt es Dinge, die echt nerven können. Man will sich etwas Schönes gönnen, sich hübsch anziehen und man findet nichts. Das hängt aber nicht nur damit zusammen, dass man etwas mehr auf den Rippen hat, sondern vielleicht auch damit, dass man zu groß oder zu klein ist. Individualität ist in diesen Zeiten etwas unglaublich Wichtiges, aber warum sind dann Modeschöpfer mit ihren Größen nicht

genauso individuell? Auch wenn ich mich heute nicht so wohlfühle in meiner Haut, weiß ich, dass ich genau richtig bin, so wie ich bin, und ich hoffe, ihr da draußen wisst das auch, was euch betrifft! Ich freue mich wie immer über euer Feedback, auch wenn ihr die Traummaße habt!
Alles Liebe
eure Gräfin Jessy

Nachdem ich den letzten Satz getippt habe, fühle ich mich besser. Nicht alles läuft im Leben immer gleich ohne Probleme oder Hürden. Wenn man eine Meinung hat und diese ausspricht, muss man eben auch damit rechnen, dass ein anderer nicht so empfindet. Trotzdem kommt es auf die Form an, wie man sich äußert. Eigentlich sollte ich mich wieder über den Dachboden hermachen, aber im Moment fehlt mir irgendwie die Lust, also lasse ich mich wieder aufs Bett sinken und schließe die Augen.

*

»Jessy!« Neben mir steht eine kleine Reisetasche mit einem Henkel aus Holz, aus ihr dringt Gemaunze und Kratzen. Verwirrt schaue ich mich um. Louise! Ich bin wieder die Gräfin! Innerlich jubiliere ich kurz, bis mir die Situation bewusst wird: Wir sitzen mit abgerissenen Kleidern zusammengepfercht in einem Zugabteil.

Ich öffne die Tasche einen Spalt, ein lautes Fauchen ertönt: »Wird ja auch mal Zeit!«

Ich sehe mich in dem Abteil um, es scheinen alle zu schlafen, auch meine Schwester. »Whisky! Es tut mir leid, aber es war nötig!«, flüstere ich ihm zu.

»Es ist nicht gerade angenehm, hier in dieser Tasche seit Stunden eingesperrt zu sein!«

Vorsichtig streichle ich ihn und hebe ihn heraus. »Wir müssen unauffällig sein! Zwei arm aussehende Frauen, die mit einer Siamkatze reisen und sprechen, sind wohl eher selten!«

Das sieht er dann doch ein. Er streckt sich ein paar Mal in alle Richtungen und verschwindet dann wieder zusammengefaltet in seinem Versteck. Da bin ich also wieder, als Gräfin! Auf der Flucht! Mein Ziel: Wilhelms Hof.

Louise öffnet müde die Augen. »Hast du was gesagt? Ich bin wohl eingeschlafen!«

»Schlaf ruhig weiter! Wir haben noch einen längeren Weg vor uns, du wirst deine Kräfte brauchen!«

»Haben wir sie abgehängt?«

»Ich glaube schon!«, erwidere ich nachdenklich.

Wieder kommen Erinnerungen in mir hoch: die Fahrt in die Stadt, das schnelle Wechseln unserer Kleider in einem dunklen Winkel. Siam-Whisky, den ich in eine vorher gekaufte kleine Tasche stopfe. Die Suche nach einem Verkehrsmittel, die Droschke, die wir nehmen, das Unverständnis des Kutschers über die augenscheinliche Armut seiner Fahrgäste, die sich aber dann doch diese Fahrt leisten können. Der nächste Bahnhof, immer mit der Angst, entdeckt zu werden, erkannt zu werden. Aber bis jetzt ist es gut gelaufen! Eigentlich hatte ich mir das Ganze weitaus spannender vorgestellt, mit Verfolgungsjagd und so.

Erleichtert seufze ich, in Gedanken bin ich schon bei Wilhelm. Wir sind jetzt seit zwei Tagen unterwegs und alles scheint sich zu unseren Gunsten zu entwickeln, bis der Zug abrupt zum Stehen kommt. Die anderen Insassen des Waggons werden unsanft aus ihrem Schlaf gerissen. Mir fällt der stickige Geruch auf, die Schäbigkeit der Kleider, obwohl wir gar nicht unter den ganz Armen sitzen, immerhin haben wir eine Art eigenes Abteil. Draußen höre ich laute Stimmen, hektisches Treiben. Ich schaue aus dem Fenster, eine ganze Artillerie auf Pferden blickt mir entgegen, ich fange Wortfetzen auf. Gräfin von Rosenfels … Schwester … Ich erstarre. Die meinen uns! Louise scheint sich nicht auszukennen und blickt mich nur fragend an. Ich beuge mich zu ihr hinüber, flüstere ihr zu: »Die suchen uns! Wir müssen sofort verschwinden!«

Verzweifelt schaut sie sich um. »Aber wie?«

Ich schnappe die Reisetasche und ihre Hand. Entschuldigend quetschen wir uns durch die anderen Fahrgäste. Einige andere Menschen sind zum Glück auch auf die Idee gekommen, auszusteigen, um nach Luft zu schnappen. Als wir uns unbemerkt unter diese begeben, suchen wir einen Fleck, der unbeobachtet ist und laufen los. Wir rennen wie die Wahnsinnigen, über Straßen, über Felder, in einen Wald hinein. Dort bleiben wir endlich stehen, um wieder zu Atem zu kommen. Es scheint uns niemand gefolgt zu sein.

Louise beginnt zu wimmern: »Was sollen wir bloß tun?«

Es ist meine Aufgabe, stark zu sein, also nehme ich sie in den Arm und wiege sie beruhigend. »Es ist alles gut gegangen! Sie haben uns nicht bemerkt! Mach dir keine Sorgen!«

Es ist mittlerweile stockdunkel, weit und breit sehe ich keine Lichter.

»Ich will nach Hause!« Die Ungewissheit der ganzen Lage überkommt Louise.

Innerlich schelte ich mich, sie so zu überfordern, sie ist noch ein halbes Kind, wie konnte ich ihr das nur antun? Aus meinen Rocktaschen hole ich ein Stück Brot und eine Wasserflasche hervor, reiche sie ihr. »Bald haben wir es geschafft! Wir suchen uns jetzt einen Schlafplatz und morgen werden wir uns schon zurechtfinden, es ist bestimmt nicht mehr weit. Wir sind schon über der Grenze!«

Das Essen und meine Worte scheinen sie ein bisschen aufzumuntern, aber, um ehrlich zu sein, bin ich selbst verwirrt. Ich weiß nicht, wo wir uns befinden, wie weit entfernt Wilhelms Hof ist. Es wird langsam kühl, mir ist nach Weinen zumute, aber ich tue es nicht. Jetzt habe ich sie endlich wieder, meine Träume, die ich so vermisst habe. Aber so toll ist das auch nicht. Da waren die traumlosen Nächte um einiges entspannender! Zum Glück finden wir eine kleine Scheune. Der Kater, Louise und ich breiten uns in dem Stroh aus und decken uns notdürftig zu. Wenigstens habe ich in meinen Träumen keine allergischen Reaktionen, denke ich mir still, als ich zum Ersatz für ein Kopfpolster einen Strohballen nehme. Bald höre ich ein Schnarchen, das natürlich von Siam-Whisky kommt! Wie gesagt: egal, wo, wie, wann – schlafen kann er immer, der Pelzkönig. Auch mich übermannt schließlich die Anstrengung, die Müdigkeit und ich sinke in einen nervösen Schlaf.

Vogelgezwitscher. Strohgeruch. Ein paar Sonnenstrahlen zwängen sich durch die Holzbretter der Scheune. Ich bin aufgewacht! In meinem Traum aufgewacht, denn ich bin noch immer die Gräfin und nicht in meinem bequemen Gegenwartdasein. Zart stupse ich Louise an. »Aufstehen!«, raune ich ihr zu.

Einen Moment scheint sie sich, so wie ich, nicht auszukennen, aber dann ist sie wieder voll bei sich. Trotz des unbequemen Schlafes und der ganzen Strapazen sieht sie wirklich hübsch aus. Ihr langes blondes Haar fällt ihr ins Gesicht, als sie sich aufsetzt. Der Schlaf hat gutgetan und ich bin voller Tatendrang, was auch damit zusammenhängt, dass ich langsam ziemlich hungrig bin. Ich zupfe uns beiden das Stroh aus Haar und Kleidern, stehe auf und begebe mich ins Tageslicht.

Siam-Whisky kommt auf mich zugelaufen. »Na, auch schon wach? Ich habe mittlerweile die ganze Lage gecheckt und wie es aussieht, befinden wir uns nicht unweit von einem kleinen ungarischen Dorf. Dort sollte es ein Leichtes sein, sich nach dem restlichen Weg durchzufragen, also nach einem ausgiebigen Frühstück natürlich!«

Dieser Kater überrascht mich immer wieder! Ich schließe fest meine Arme um ihn und drücke ihm ein paar Küsse auf sein weiches, ein bisschen nach Kuhmist riechendes Fell.

»Sprichst du mit deinem Kater?«, höre ich Louise hinter meinem Rücken sagen. Ich drehe mich prompt um, lasse Siam-Whisky zu Boden plumpsen.

»Ja, ich meine nein. Nicht wirklich. Also manchmal.«

Es scheint sie nicht zu irritieren, dass ich so herumstottere. »Als ich noch ganz klein war, habe ich mich oft mit unseren Pferden unterhalten. Manchmal hatte ich das Gefühl, sie verstehen jedes Wort, aber sie haben leider nie geantwortet«, sagt sie lächelnd.

»Naja, wie sollten sie auch!«, erwidere ich und beiße mir dabei auf die Zunge. Zu gern hätte ich ihr von meiner Kommunikation mit Siam-Whisky erzählt, aber auch wenn das hier nur ein Traum ist, empfinde ich es doch als mein Geheimnis, das ich nicht preisgeben darf. Vielleicht will ich auch nur nicht für verrückt gehalten werden …

Dann habe ich wieder das Gefühl, die Zeit dreht sich schneller vorwärts, alles fliegt an mir vorbei, das Dorf, Straßen, Wege, Felder. Die nächste Nacht kommt. Diesmal haben wir einen Gasthof gefunden, den wir uns dank der Geldreserven, die wir noch haben, leisten können. Alles etwas schäbig, aber es gibt ein Bett, in dem wir uns alle zusammenkuscheln, und einen Krug mit Wasser, um endlich die allzu nötige Wäsche vorzunehmen. Da wird mir bewusst, wie luxuriös und fortschrittlich es doch in der Villa war. Hier gibt es noch nicht einmal elektrisches Licht oder fließendes Wasser. Die Toilette steht im Garten und riecht, freundlich ausgedrückt, ziemlich streng. Jetzt lerne ich einmal die andere Seite dieser Zeit kennen. Die weniger glanzvolle, glamouröse. Also romantisch ist was anderes. Umso fester kuschle ich mich in den Polster.

*

Ich öffne die Augen, schaue auf die Uhr neben meinem Bett und stelle erstaunt fest, dass ich gerade mal eine Viertelstunde geschlafen habe. Das ist doch wirklich seltsam! Zumindest befinde ich mich wieder hier, in der Gegenwart! Aufmerksam nehme ich alles um mich herum in mich auf. Ich bin dankbar für mein Badezimmer, vor allem für die Toilette. Ich fühle mich gestärkt, weiß ich doch jetzt, welchen Bedingungen Helene ausgesetzt ist und sie trotzdem nicht den Mut verliert! Aber werden sie es schaffen? Werden die drei Wilhelms Hof wohlbehalten erreichen? Gut, jetzt aber wieder zurück zu der Wirklichkeit.

»Whisky? Bist du hier?«, rufe ich laut. Nichts rührt sich, also werde ich die Dachbodenaktion alleine weitermachen müssen.

Erneut steige ich die steile verwundene Treppe hinauf. Irgendwie unheimlich. Ich kämpfe mich bis zum letzten Winkel vor. Durchstöbere sämtliche Kisten, finde aber nichts wirklich Aufregendes. Ich hatte so gehofft, ein Bild der Gräfin zu entdecken, aber leider nein. Doch dann springt mir ein in die Ecke verbanntes, wohlbekanntes Möbelstück ins Auge. Der Schreibtisch von Louise! Natürlich ist auch er fingerhoch mit Staub bedeckt, aber trotzdem kann ich die Schönheit dieses zarten, mit Schnitzereien verzierten Stücks erkennen. Ich streiche sanft über die Oberfläche und fühle mich plötzlich ganz komisch, aufgeregt, als hätte ich eine wichtige Entdeckung gemacht. Mal sehen, ob ich das Geheimfach finde, von dem Louise in meinen Träumen gesprochen hat. Ich öffne die kleinen Laden, suche überall nach einem geheimen Hebel, finde aber nichts. Das macht mich wahnsinnig! Aber vielleicht gibt es dieses Fach ja gar nicht. Als ich schon aufgeben will, breche ich unabsichtlich fast einen Teil von der Schnitzerei ab, irgendetwas rastet ein und vor mir offenbart sich ein gar nicht mal so kleines Versteck. Meine Hände beginnen zu zittern. Da ist eine Art Schatulle drinnen! Oh mein Gott! Das kann nicht sein! Ich traue mich kaum hinzugreifen. Ist es möglich? Ist es tatsächlich möglich, dass das angeblich gestohlene Collier noch immer in seinem Versteck ruht? Bis jetzt völlig unentdeckt? Mir wird heiß und kalt zugleich, ich versuche mich wieder zu beruhigen. Still bleibe ich vor dem Kästchen stehen, starre es die nächsten Minuten nur an. Vielleicht hat der Brief den Barone nie erreicht. Peter hat mir doch einmal erzählt, dass der Vater von Helene so ziemlich alles Persönliche von ihr vernichten ließ. Meine Nervosität steigert sich ins Unermessliche! Ich muss es öffnen, nur dann kann ich sichergehen, dass der Schatz wirklich nie gefunden wurde. Ganz vorsichtig beginne ich damit. Da funkelt mir etwas entgegen! Schnell schließe ich den Deckel wieder, klemme mir die Kiste unter den Arm und stürze die Stufen hinunter. Diese Entdeckung will ich nicht alleine machen, sondern mit Julian und Peter teilen.

Im Foyer stoße ich beinahe mit Julian zusammen. »Du hast es aber eilig!«, entfährt es ihm.

Aufgeregt deute ich auf die Kiste. »Ich habe etwas gefunden, das wird dich umhauen!« Meine Aufregung kann ich kaum verbergen. »Hol deinen Großvater her – schnell!«

Verwundert sieht er mich an. »Immer mit der Ruhe! Ist es wieder so ein toller Fund wie die Stühle?«

Ich muss zugeben, einige von denen waren dann doch stärker ramponiert, als es mir auf den ersten Blick aufgefallen ist. Julian hat die meisten davon wegschmeißen müssen, nachdem ich ihn nicht davon überzeugen konnte, sie restaurieren zu lassen.

»Nein, diesmal ist es etwas ganz anderes! Sozusagen ein Schatz, ein echter!«

Ungeduldig warte ich, bis sich alle zusammengefunden haben. Als ich die Schachtel öffne, bleibt nicht nur mir der Atem weg. Der Erste, der sich wieder halbwegs fängt, ist Julian. Sein

Großvater hat sich mittlerweile hingesetzt und starrt nur ungläubig vor sich hin.

»Ist es das, was ich denke, das es ist?«, stellt er in den Raum.

Eifrig nicke ich. »Die Gräfin war keine Diebin! Sie hat den Schmuck hinterlegt, aber niemand hat ihn je gefunden!« Stolz bringe ich die Worte heraus, schließlich habe ich ein großes Geheimnis gelöst und dabei die Reputation von Helene wieder hergestellt.

Leise, geradezu bedächtig, beginnt nun auch Peter zu sprechen: »Mein Vater hatte recht! Er hat immer an ihre Unschuld geglaubt …« Er scheint völlig verstört zu sein. Julian streichelt über die Diamanten des Colliers, verblüfft, aber gleichzeitig irgendwie stolz. Währenddessen bringe ich die wunderschönen Ohrgehänge zum Vorschein und kann nicht widerstehen, sie mir sofort anzulegen.

»Dir ist aber bewusst, dass die Schmuckstücke ihrem rechtmäßigen Eigentümer zurückgegeben werden müssen?«

Ich bewundere mich im Spiegel! Es ist dasselbe Gefühl wie damals, als ich sie als Gräfin angelegt habe. »Die Ohrringe können wir aber behalten!«, sage ich in bettelndem Ton.

Peter fügt hinzu: »Ganz unrecht hat Fräulein Stein nicht … Mein Vater hat mir damals erzählt, dass die Gräfin von dem Barone zur Verlobung eben diese Ohrringe geschenkt bekommen hat.«

»Geschenkt ist geschenkt!«, beeile ich mich zu sagen.

Julian fühlt sich nicht ganz wohl mit der Situation. Dafür mag ich ihn, weil er nie etwas behalten würde, was ihm nicht gehört. Er ist rechtschaffen und ehrlich, beides Eigenschaften, die ich sehr schätze.

»Ich sehe es als Vermächtnis von Helene! So schwer es mir fällt, diese Ohrringe je wieder abzunehmen, aber mit dem Verkauf wäre die Renovierung der Villa gesichert.«

Julians Augen blitzen auf, die Vorstellung schneller voranzukommen als geplant, scheint ihm zu gefallen.

»Mhmm, das sollten wir alles noch einmal in Ruhe überdenken. Außerdem müssen wir die Erben ausfindig machen. Wenn die Nachkommen des Barone genauso sind, wie er war, dann tut es mir jetzt schon leid, das Collier hergeben zu müssen.«

Leider muss ich mir eingestehen, dass es eben nur geborgt war und daher muss es auch zurückgegeben werden. Die Steine funkeln so verführerisch, ich raffe das kostbare Geschmeide an mich. »Mein Schatz!«, krächze ich.

Julian lacht. »Du bist mein Schatz!«, sagt er, nimmt mich in die Arme und drückt mir einen fetten Schmatz auf die Stirn. »Aber jetzt einmal zurück zum Anfang. Wie bist du überhaupt auf diese Schatulle gestoßen?«

Geheimnisvoll zwinkere ich ihm zu. »Ich bin eben eine begabte Schatzsucherin!« Dass ich dabei die Hilfe der Person hatte, die es dort versteckt hat, erwähne ich natürlich nicht. Peter hat inzwischen drei prächtig geschliffene Sektflöten geholt und verteilt sie.

»Wir sollten einmal anstoßen! Auf Sie, Jessy!«

Das fühlt sich wirklich gut an. Trotzdem korrigiere ich: »Auf Gräfin Helene von Rosenfels!«

Was für ein Tag! Julian hat mich noch in ein gemütliches Restaurant eingeladen. Wir haben uns ausgemalt, was für Veränderungen in der Villa angebracht wären, und ich habe mich dafür eingesetzt, so viel wie möglich wieder in den Ursprungszustand zu versetzen. Julian war erstaunt über mein Detailwissen, hat aber nicht nachgefragt. Die vielen alten Möbel auf dem Dachboden werden wieder instand gesetzt. Das bin ich diesem alten Gemäuer irgendwie schuldig.

Als ich in mein Zimmer stakse, zufrieden benebelt durch den vielen Sekt, stolpere ich fast über Whisky, der ausgebreitet auf dem Boden liegt. Natürlich berichte ich ihm sofort aufgeregt von den neuesten Geschehnissen. Er scheint etwas beleidigt zu sein, weil er von der Schatzsuche ausgeschlossen war.

»Was soll ich machen, du warst ja nirgendwo zu finden!«

»Ist schon recht«, brummt er vor sich hin. »Aber wie du wissen müsstest, war ich ziemlich erschöpft von einer gewissen Flucht, die ich einer gewissen Person zuliebe angetreten habe!«

Unsere Träume haben doch mehr Wahrheitsgehalt, als wir zuerst vermutet haben. Vielleicht habe ich eine Art Tor in die Vergangenheit gefunden? Aber die ganze Geschichte kommt mir selbst so unglaubwürdig vor, dass ich sie niemandem erzählen kann. Für mich selbst kann ich nur sagen, dass sich dadurch viel verändert hat in mir. Vielleicht habe ich eine alte Seele, die ihr Zuhause einmal in der Gräfin hatte, vielleicht aber auch nicht. Die Angst vor dem endgültigen Ende ist aber irgendwie verschwunden. Auch die Angst davor, peinlich zu sein, etwas falsch zu machen, sich nicht richtig zu benehmen. Mein Gang ist aufrechter, ich fühle mich in mir sicherer. Noch ein letztes Mal betrachte ich mich eingehend mit den wunderschönen Ohrgehängen. Sie haben Helene kein Glück gebracht, daher ist es das Beste, wenn Julian sie verkauft.

Wehmütig sehe ich mich an, halte mir die Haare hoch, damit es so wirkt, als hätte ich sie hochgesteckt. Dann bereite ich dem Zauber ein Ende. Schmücke mich ab und mache mich zum leider traumlosen Schlaf bereit.

»Ich habe Neuigkeiten für dich!«, empfängt mich Julian, als ich mich am nächsten Morgen zum Frühstückstisch bewege. Gespannt spitze ich die Ohren. »Seit dem Morgen hänge ich im Internet, um die Nachfahren der Familie des Barone ausfindig zu machen.« Eine Pause, die die Spannung noch mehr aufbauen soll, mich aber richtig zappelig macht.

»Jetzt erzähl schon und spann mich nicht weiter auf die Folter!«, sage ich flehentlich.

»Wir werden heute am Nachmittag Besuch bekommen! Mehr verrate ich dir noch nicht.«

»Du bist so gemein!« Ich stampfe mit einem Fuß gespielt beleidigt auf. Das ist ja alles so aufregend! Julian setzt seinen Verführerblick auf, da kann ich ihm einfach nicht böse sein. »Na gut, dann muss ich eben warten, wer uns beehrt.« Er gibt mir einen leichten Klaps auf meinen ballonförmigen Po und macht sich davon, bevor ich ihn zurechtweisen kann. Da höre ich mein Mobiltelefon vor sich hin brummen.

»Hallo?«, hebe ich fröhlich ab und zwitschere in das Gerät.

»Hallo Jessy! Ich bin's. Sara!«

»Hallo meine Liebe! Wie geht's denn so?«

»Ganz gut.« An ihrer Stimme erkenne ich aber, dass da was im Busch ist.

»Der Grund, warum ich anrufe, ist aber ein anderer!« Leichte Aufregung macht sich bemerkbar. »Hast du heute schon auf deine Internetseite geschaut?«

»Nein, warum?«, frage ich ein bisschen eingeschüchtert. Schließlich war der letzte Kommentar nicht der erfreulichste.

»Auf der Seite geht es rund! In den letzten Stunden hast du unglaublich viele neue Kommentare bekommen!«

Ich schlucke. »Wie viele sind unglaublich viele?«

Sie übergeht die Frage. »Nach dem Artikel, den sie in dieser Frauenzeitschrift gebracht haben …«

»Was für ein Artikel?«, unterbreche ich sie aufgeregt.

Warum habe ich schon wieder mal gar nichts mitbekommen? Gut, ich war mit anderen Dingen beschäftigt und hab mich, um ehrlich zu sein, nicht getraut, die neuen Nachrichten auf meiner Seite anzusehen.

»Es ist toll Jessy, sie haben über deinen Blog berichtet, wie wichtig es ist, zu sich zu stehen. Deine Idee wurde über den grünen Klee gelobt!«

Ich kreische auf. »Das gibt's doch nicht!«

»Doch, das gibt's! Du wirst jetzt mit einigen Interviewanfragen rechnen müssen!«

Das geht mir jetzt alles etwas zu schnell. »Das sind ja tolle Neuigkeiten! Aber Sara, ich bin doch komplett unerfahren in solchen Dingen …«

»Mach dir da mal keine Gedanken, sei einfach wie du bist, dann geht mit Sicherheit alles gut!«

Das ist leichter gesagt als getan.

»Sehe ich dich übermorgen?« Ich habe Sara mitsamt Anhang auch zu dem Sommerball in der Villa eingeladen, sie hat mir aber noch nicht fest zusagen können.

»Na klar, das lasse ich mir doch nicht entgehen. Markus' Mutter wird sich um die Kinder kümmern. Wir werden im Laufe des Tages eintrudeln.«

»Das sind die besten Neuigkeiten!« Wie ein kleines Kind hüpfe ich auf und ab.

»Also, geh jetzt auf deine Seite, alles Weitere können wir dann besprechen, wenn ich da bin. Auf jeden Fall bin ich sehr stolz auf dich!«

»Ich kann es kaum erwarten!«

Mit gemischten Gefühlen nehme ich den Computer zur Hand. Es übertrifft wirklich alle meine Erwartungen! Nachdem ich ein paar Nachrichten und Kommentare durchgelesen habe, fühle ich mich bestätigt in meinem Vorhaben! Natürlich sind auch kritische Stimmen dabei, aber nichts Verletzendes. Es sind einfach viele Frauen, die ihre Geschichte erzählen, Tipps geben, wo man toll shoppen kann, und dies und das. In meinem Postfach befinden sich wirklich einige Anfragen von der Presse. Die könnte ich doch gleich zu unserem Ball einladen, überlege ich kurz. Im selben

Moment verwerfe ich die Idee aber auch schon wieder. Es ist jetzt schon stressig genug, alles bis übermorgen halbwegs perfekt hinzubekommen, da sollte ich mir nicht noch mehr aufhalsen. Ich bin so aufgeregt, der Ball, mein Blog, die vielen Rückmeldungen …

Aber alles der Reihe nach! Fast vergesse ich die Überraschung, die mir Julian für den Nachmittag angekündigt hat, der geheimnisvolle Besuch. Bis es an der Tür klingelt. Nachdem niemand aufmacht und ich mich hier schon mehr als heimisch fühle, öffne ich sie schwunghaft. Ich glaube, ich spinne, schon wieder so eine Erscheinung tagsüber. Vor mir steht Gabriele! Mit einem Schwung werfe ich die Tür wieder zu. Es klingelt erneut. Wie angewurzelt bleibe ich stehen, rühre mich nicht vom Fleck.

»Kannst du bitte öffnen?« Julian steht neben mir, etwas verdutzt, weil ich mich noch immer nicht bewegt habe, also öffnet er selbst die Tür.

Die beiden Männer begrüßen sich, während ich noch unter Schock stehe. Wie verquer ist das denn? Werde ich langsam wirklich verrückt?

Julian flüstert mir zu: »Ich hole kurz Getränke! Führe unseren Gast doch schon mal auf die Terrasse.« Ich nicke ihm zu. Unbehagen breitet sich in mir aus. Pflichtbewusst erfülle ich den Part, den mir Julian zugedacht hat und führe den »Gast« zu dem vorbestimmten Platz.

»Was wollen Sie hier?«, zische ich Gabriele zu. Verwirrt starrt dieser mich an, aber ich fahre fort: »Wie kommen Sie in meine Gegenwart? Reicht es nicht, dass Sie die Gräfin damals vertrieben haben, erpresst …!« Meine Worte überschlagen sich.

»Entschuldigen Sie, ich glaube da muss eine Verwechslung vorliegen!«, unterbricht er hilflos meinen Redeschwall.

»Natürlich, eine Verwechslung!« Hysterisch lache ich auf. Schweigen tritt ein. Aufmerksam betrachte ich ihn. Warum trägt er ein dunkelblaues Poloshirt mit aufgestellten Kragen, Jeans und Flipflops? Da passt irgendwas gar nicht zusammen. Aber ich bin mir sicher, dass es der Barone ist. Dieses Gesicht hat sich mir eingeprägt. Ich fühle mich gar nicht gut, alles beginnt sich zu drehen und ich muss mich setzen.

»Darf ich Ihnen …?« Gabriele scheint das zu bemerken und schiebt mir hilfsbereit einen Sessel entgegen.

»Den brauch ich nicht!«, fahr ich ihn an und schmeiße mit einer ausholenden Handbewegung den Stuhl um.

»Kann ich Ihnen irgendwie helfen?«

Wie soll der mir helfen können? Was bildet der sich schon wieder ein? Er hätte mich als Gräfin einfach in Ruhe lassen sollen, so wie jetzt auch! »Verschwinden Sie einfach!«, entwischt es mir lauter und schärfer als geplant.

Das hat gesessen! Er dreht sich kopfschüttelnd um und verlässt mich in Richtung Haustür.

Julian kommt mit einem Tablett voller Getränke und Snacks auf die Terrasse.

»Was ist los? Wo ist Konstantin?«

»Konstantin? Wer ist Konstantin? Wenn du diesen unmöglichen Typen meinst, den habe ich aus dem Haus verwiesen!«

Er starrt mich an. »Du hast was? Sag mal Jessy, was ist eigentlich los mit dir?« Enttäuscht starrt er mich an, bevor er fortfährt: »Er ist der Nachfahre der Familie Checone. Ich dachte, du freust dich, wenn wir ihm gemeinsam das Collier überreichen!« Seine Augen blitzen wütend.

»Nachfahre? Das war kein Nachfahre, das war der Barone!«, sage ich etwas unsicher, aber nicht minder zornig! Doch es dämmert mir natürlich, dass es Schwachsinn ist.

Julian lässt mich eiskalt stehen, versucht den vermeintlichen Barone noch zu erwischen, bevor er wegfährt. Was ihm leider nicht gelingt. Tränen ob meiner Unfähigkeit steigen mir in die Augen. Als Julian alleine zurückkommt, sieht er noch immer ziemlich sauer aus.

»Es tut mir leid! Irgendwie habe ich mich geirrt. Du weißt schon, es ist heiß, mein Kreislauf …«

Doch meine Beschwichtigungen verfehlen ihre Wirkung.

»Es wäre mehr als wichtig, dass so ein altes Adelsgeschlecht, das noch immer großen Einfluss in dieser Region hat, zu dem Sommernachtsball kommen würde. Aber dir ist das Ganze ja anscheinend nicht so wichtig!«

So kenne ich Julian gar nicht, ich verstehe zwar seine Enttäuschung, aber er muss mich ja nicht gleich so anherrschen! Beleidigt drehe ich mich weg.

»Soll der Typ doch froh sein, dass wir ihm dieses blöde Klunkerding zurückgeben, schließlich habe ich es gefunden und hätte es ja auch behalten können!«, füge ich pampig hinzu.

»Das wäre nicht recht gewesen und das weißt du auch!«

»Zum Glück bist du ja so gescheit!«

»Manchmal verstehe ich dich einfach überhaupt nicht. Es ist, als würdest du in einem Paralleluniversum leben!«

Länger kann ich die Tränen nicht halten, ich renne an ihm vorbei, die Treppen zu meinem Zimmer hinauf. Ich will nur weg hier! Schluchzend rolle ich mich auf dem Sofa zusammen. Wie kann er nur so gemein zu mir sein? Ich meine, was habe ich schon Fürchterliches gemacht? Gabriele war böse, also sind es seine Nachfahren mit Sicherheit auch. Die kann man ruhig vor die Tür setzen! Plötzlich spüre ich eine kalte feuchte Nase an meiner Wange. Ich muss die Augen nicht öffnen, um zu wissen, dass es mein einzig wahrer Freund ist. Ich breche erneut in heftiges, armseliges Geheul aus.

»He, Jessy! Ich habe die Szene vorhin mitbekommen.« Whiskys Stimme klingt sanft an meinem Ohr. »Glaubst du nicht, dass du etwas überreagierst?«

»Ich?« Empört setze ich mich auf. Was will der Verräter von mir? »Hast du nicht mitbekommen wie Julian mich angeschrien hat? Hältst du jetzt zu ihm? Männliche Solidarität oder wie?«

»Ich bin es: dein Kater! Hier gibt es keine Geheimpläne! Ich halte immer zu dir! Aber es ist auch meine Aufgabe, dir zu sagen, wenn du dich mal irrst. In diesem Fall ist es so. Der arme Kerl, den du vor die Tür gesetzt hast, hat Gabriele ähnlich gesehen, das stimmt, aber er war es nicht! Gabriele gibt es nämlich nur noch in deinen Träumen. Traum – Wirklichkeit – zwei verschiedene Dinge!«

Ich hasse es, dass Whisky immer so altklug sein muss! Und noch weniger kann ich ausstehen, dass er recht hat. Wie eine Irre muss ich gewirkt haben, als ich diesen Konstantin angefahren habe. Zum Glück kennt Julian nicht das Ausmaß meines Fauxpas.

»Trotzdem hätte Julian mich nicht so gemein behandeln müssen!«

»Wie du meinst …«

Mit seiner lapidaren Aussage will mich mein Kater dazu bringen, selbst zu erkennen, dass ich die Situation falsch eingeschätzt habe und mich dann bei Julian zu entschuldigen. So gut kenne ich den Pelzpsychologen schon. Im Moment ist mir aber nicht nach Entschuldigen zumute! Es ist mir nach gar nichts zumute. Ich bleibe einfach noch eine Weile auf dem Sofa liegen und lecke meine Wunden. Doch mein »lieber« pelziger Freund lässt mich nicht wirklich in meiner Lethargie versinken.

»Du bist echt seltsam! Was willst du? Einen Typen, der bei allem was du machst, Ja und Amen sagt und selbst wenn du daneben haust, begeistert klatscht? Aber kaum macht er mal was falsch, wird sofort alles infrage gestellt und er mit Missachtung bestraft!«

Whisky kennt mich wirklich ziemlich gut. Aber ich mag es nun mal nicht, wenn man mich anschnauzt, dann fühl ich mich immer hilflos und klein. Er fährt in seinem Monolog fort: »Verstehe, du willst einen Waschlappen! Na dann viel Spaß!«

Natürlich will ich keinen Waschlappen, aber je mehr Whisky sich in Rage redet, umso bockiger werde ich. Alles in mir wehrt sich dagegen nachzugeben, obwohl mir bewusst ist, dass ich nicht so ganz im Recht bin. Eigentlich hat sich Julian eine Entschuldigung verdient. Irgendwann gibt Whisky es auf, auf mich einzureden und verzieht sich in eine stille Ecke, um ein Schläfchen zu halten. Auch ich bin erschöpft und müde von dem ganzen Tag.

Tief in mir drin hatte ich gehofft, dass Julian noch zu mir aufs Zimmer kommt, wir über meine überzogene Reaktion reden, bis sich alles in Gelächter auflöst, wir beide einsehen, wie unnötig dieser Streit war und uns am Schluss in den Armen liegen. Das ist aber gestern nicht mehr passiert. Ich bin eingeschlafen und habe wirres Zeug geträumt, alles zusammenhanglos.

Heute Morgen war ich schon früh munter. Es ist der Tag des Sommernachtsballs. Meine Mutter wird kommen, Sara und noch ein paar Dutzend Gäste, die ich nicht kenne. Ich fühle mich kein bisschen wie die strahlende Gastgeberin. Mürrisch öffne ich die Zimmertür, um mich dem bevorstehenden Ereignis zu stellen, da stolpere ich fast über eine riesige weiße Schachtel. Es steht kein Absender drauf, auch sonst kein Hinweis. Doch als ich sie öffne, weiß ich, dass sie von niemand anderem als von Julian sein kann.

Ein Lächeln zaubert sich auf mein Gesicht. Es ist das wunderschöne dunkelblaue Seidenkleid der Gräfin. Es riecht frisch, blumig, als ich es aus dem Seidenpapier, in das es eingewickelt ist, befreie. Das ist so lieb von ihm! Julian hat es wohl einer Schneiderin gegeben, die es von den Spuren der letzten Jahrzehnte befreit und erneuert hat. Mein schlechtes Gewissen regt sich, es ist wohl schon mehr als an der Zeit, mich bei ihm zu entschuldigen.

Ungeduldig laufe ich die Stufen hinunter, finde Julian im Garten, während er Tische und Stühle gruppiert. »Es tut mir so leid!«, platzt es aus mir heraus. »Ich habe mich unmöglich benommen! Glaube mir, das Letzte, was ich wollte, war, dich irgendwie in eine unangenehme Situation zu bringen! Ich habe mich in den letzten Tagen wohl zu viel mit der Geschichte dieser Villa beschäftigt, da habe ich alles durcheinandergebracht!«

Zuerst blickt er noch ziemlich verärgert drein, doch dann bekommen seine Augen wieder diesen sanften Ausdruck, den ich schon von Wilhelm kenne. »Mir tut es auch leid, Jessy. Der ganze Stress … Trotzdem hast du mich in eine wirklich heikle Situation gebracht und ich konnte Konstantin nur mit ziemlicher Mühe davon überzeugen, heute Abend zu dem Ball zu kommen!«

Na toll, auf das Ebenbild von Gabriele bin ich nicht gerade sehr heiß, aber ich werde mich jetzt zusammenreißen. Schließlich ist er ja nicht der Barone, sondern nur ein Nachfahre.

»Da bin ich froh!«, schwindle ich. »Danke übrigens für das Kleid!«

»Kleid?« Verwirrt schaut er mich an.

»Tu nicht so, du weißt schon, was ich meine. Einen kurzen Augenblick hätte ich dir fast den Ahnungslosen abgenommen.«

Julian scheint nicht darüber reden zu wollen. Warum, ist mir nicht ganz klar, aber ich belasse es wohl besser dabei. Er hat mir auf jeden Fall eine riesige Freude gemacht.

»Ich kann es kaum erwarten, dich heute über diese Treppen schreiten zu sehen!«, gibt er zu. Erleichtert nähere ich mich ihm und lasse mich in seine Arme fallen. All die Anspannung fällt von uns beiden ab.

»Unser erster Streit!«, flüstere ich.

»Na das kann ja noch lustig werden!«, flüstert er zurück.

In seiner Nähe fühle ich mich so sicher und frei! Trotz dieser Gefühle muss ich mich nach einer Weile lösen, denn es sind noch unglaublich viele Dinge zu erledigen! Es ist schließlich meine Aufgabe, die Villa standesgemäß zu schmücken! Gerade trifft der Blumenschmuck ein. Die Gestecke sind zart und dezent, sie fügen sich perfekt ein. Duftende blassrosa englische Rosen, Lavendel und lustig büscheliges Gras. Helene wäre bestimmt begeistert! Auch Whiskys Interesse scheint geweckt. Aufgeregt jagt er den Halmen hinterher und verursacht dabei fast eine Karambolage bei den Floristen.

»Jetzt ist aber genug!«, schelte ich ihn und verweise ihn, wie gestern Konstantin, des Hauses

Er nimmt es aber weit gelassener und verzieht sich fröhlich mit Beute im Maul nach draußen, wo Milly schon auf ihn zu warten scheint. Es sieht fast so aus, als hätte er den Rosenkopf für seine Angebetete stibitzt, denn er legt ihn ihr zu ihren weißen zarten Pfoten. Da kann man ja schlecht böse sein, es war schließlich eine Tat aus Liebe! Erneut klingelt es an der Tür.

Hektisch reiße ich sie auf.

»Jessy!«

»Sara!« Wir fallen uns in die Arme. Am liebsten würde ich sie nie wieder loslassen. Hinter ihr steht Markus mit zwei Taschen in der Hand und wartet geduldig unsere freudige Begrüßung ab. Diesmal habe ich mir vorgenommen, ihm eine ehrliche Chance zu geben.

Irgendetwas hat sich in mir verändert. Ich frage mich, ob es daran liegt, dass ich selbst gerade verliebt bin und einen neuen Freund habe. War ich vorher nur so garstig zu Markus, habe jede seiner Bewegungen, jedes seiner Worte, abwertend beurteilt, weil ich in Wahrheit eifersüchtig war, selbst niemanden hatte? So will ich nicht sein! Eine verblühte, verbitterte Singlefrau mit sprechendem Kater. Ich gehe in mich. Zu meiner Zufriedenheit stelle ich fest, dass es kein Neid war, vielleicht ein bisschen Eifersucht, aber nicht weil ich niemanden hatte, sondern weil Sara damals plötzlich jemand anderem als Erstem all ihre Probleme, Sorgen und auch Freuden mitgeteilt hat. Jemand, der auf einmal einen Part eingenommen hat, den ich vorher besetzte. Nachdem sie Markus kennengelernt hatte, war sie kurz danach wie von der Bildfläche verschwunden, ich plötzlich nicht mehr gebraucht oder gewollt. Wer mag so ein Gefühl? Natürlich ist es ein Unterschied, ob man einen Partner hat oder eine Freundin, aber manchmal hätte ich mir einfach gewünscht, sie auch wieder einmal nur für mich alleine zu haben. Dann ist sie relativ schnell schwanger geworden und noch jemand hat sich zwischen uns beide gedrängt. Eine neue Erfahrung, die ich nicht mit ihr teilen konnte. Am Anfang hat sie mir wirklich gefehlt, aber durch meinen Job hatte ich ja selbst kaum Zeit für ein Privatleben. Mit der Zeit hat mir dann gar nichts mehr gefehlt, nicht einmal mehr ich mir selbst. Ich habe alles hingenommen, wie es gekommen ist.

Stolz führe ich Sara und Markus durch die Villa. Die beiden sind begeistert.

»Sieh dir nur diese imposanten Kristalllüster an! Diese Möbel! Wahnsinn, alles Antiquitäten! Da können wir mit unserer IKEA-Einrichtung nicht mithalten!«, meint Sara unverhohlen. Es erfüllt mich mit Stolz, dass sie so entzückt sind.

»So, jetzt zeige ich euch eure Räumlichkeiten!« Wir begeben uns in den ersten Stock hinauf. »Dieses Zimmer bewohnte ursprünglich die Schwester der Gräfin, die diese Villa für sich als Sommerresidenz erbauen lies: Louise von Rosenfels. Ich habe versucht, es so gut wie möglich in den Originalzustand zurückzuversetzen!«

»Nicht schlecht, Fräulein Stein! Woher wusstest du, wie es vorher aussah?« Sara scheint etwas überwältigt von meinem Wissen.

»Als ich damals in der Gräfin …« Schnell unterbreche ich mich. Beide sehen mich erstaunt an, in der Erwartung, nun die Erklärung zu hören. »Natürlich kann ich das gar nicht wissen! Ich wollte eigentlich sagen, dass ich versucht habe, mir das alles irgendwie zusammenzureimen mit den Möbeln, die ich auf dem Dachboden gefunden habe und so!« Verlegen schaue ich weg, aber sie scheinen nichts von meiner Mogelei bemerkt zu haben. »So, jetzt lasse ich euch in Ruhe auspacken und erwarte euch dann unten auf einen Drink!«

»Ich hoffe, dann lernen wir endlich den fabelhaften Julian kennen! Ich kann es kaum erwarten!« Sara strahlt mich neugierig an.

»Es wird euch nichts anderes übrig bleiben, als ihn kennenzulernen!«, gebe ich lachend zurück.

Da höre ich ihn auch schon von unten rufen: »Jessy, da ist noch jemand für dich!«

Heute ist aber wirklich was los! Dann höre ich eine unverkennbar schrille, aber einschmeichelnde Stimme: »Das ist sehr freundlich von Ihnen!«

Eindeutig die Stimme meiner Mutter! Wie immer sieht sie um einiges jünger aus, ihr kurzes rotes Haar ist zu einem strengen Bubikopf geschnitten, der perfekt zu ihrer schmalen Silhouette passt. Leider habe ich nicht die Gene meiner Mutter geerbt, denke ich im Stillen, als ich sie so betrachte. Dann ermahne ich mich selbst, denn jeder hat die Figur, die zu einem gehört, und ich hatte doch beschlossen, aufzuhören damit zu hadern!

»Jessy! Ich freu mich so, dich zu sehen! Hast du zugenommen?«

Typisch meine Mutter! Ich überhöre die letzte Frage einfach und schließe sie in meine Arme. Da bemerke ich hinter ihr einen jungen Mann, etwa in meinem Alter.

»Apropos, das ist Juan, ich habe ihn auf der Kreuzfahrt kennengelernt!« Stolz schiebt sie ihn vor mich hin.

»Hallo Jessy!«, versucht er sich in gebrochenem Deutsch. Weggefahren ist meine Mutter noch mit einem anderen Mann, wenn ich mich richtig erinnere. Juan ist definitiv neu! Verwirrt blinzle ich meiner Mutter zu.

»Du kannst ruhig sagen, was dir durch den Kopf geht, Juan versteht eh kein Wort! Gell, mein Schatz?« Sie kneift ihn in den Po.

Beschämt drehe ich mich weg. Ich hatte ganz vergessen, wie peinlich meine Mutter sein kann. Julian beobachtet die Szene aus sicherer Entfernung, bis meine Mutter auf ihn zugestürzt kommt und ihn umarmt, als wäre er der verloren geglaubte Sohn. Hilflos blickt er mich an.

»Mama, das ist Julian, mein Freund!«

»Das habe ich mir schon gedacht, Liebes! Was für ein Glück, ich dachte schon, du findest nie mehr jemanden!« Jetzt reicht es!

Beherrscht, aber dennoch scharf erwidere ich: »Ich will eben etwas Langfristiges und nicht einmal den, einmal den. Da unterscheiden wir uns wohl!«

Sie lacht mich nur an und wechselt schnell das Thema. Ich glaube, das hat gesessen! Meine Mutter besichtigt die Räume, während ihr Juan wie ein kleiner Hund hinterherdackelt. Sie scheint sehr zufrieden zu sein, lobt meine Dekoration und der Ärger von vorhin ist wie verflogen. Die beiden haben sich ein Hotelzimmer in der Nähe genommen, worüber ich nicht unglücklich bin. »Wir sehen uns am Abend, meine Lieben!«, flötet sie uns zu.

Erleichtert bringe ich die beiden noch zur Tür. »Meine Mutter ist nicht so die klassische Mutter …«, versuche ich

Julian, der etwas verdattert dreinschaut, die Situation zu erklären, nachdem die beiden weg sind.

»Das habe ich schon bemerkt, aber das macht ja nichts. Schließlich hat sie dich geboren, was mir nicht unrecht ist.«

Manchmal sind Julians Komplimente etwas seltsam, hölzern, aber ich weiß, was er gemeint hat und gebe ihm einen dicken Kuss.

»Du kennst ja meine Mutter noch nicht, sie ist zwar ziemlich das Gegenteil von deiner, aber auch nicht weniger anstrengend. Also manchmal. Sie ist eine liebe Frau.«

»Du brauchst sie nicht zu entschuldigen, ich bin mir sicher, dass sie eine tolle Frau ist, bei so einem Sohn ...«

Schlag auf Schlag geht der weitere Nachmittag voran. Alles läuft nach Plan! Peter werkelt fleißig in der Küche und die Mädchen aus dem Ort, die servieren werden, sind auch schon gekommen. Ich statte alle mit passenden Kostümen aus, die ich extra anfertigen habe lassen. Julian war zuerst nicht so überzeugt, weil das alles ziemlich viel gekostet hat, aber dann konnte ich ihm die Unerlässlichkeit, von möglichst authentisch aussehenden Dienstmädchen bedient zu werden, nahelegen.

Jetzt ist auch er begeistert, als er das Resultat begutachtet.

»Es ist, als wären wir auf einer Reise in die Vergangenheit! Das war wirklich eine gute Idee!«

»Jetzt hoffen wir noch, dass sich die Gäste auch alle an den Dresscode halten!«, erwidere ich.

Nach einem Blick auf die Uhr stelle ich fest, dass es an der Zeit ist, mich fertig zu machen. Für die beiden Katzen habe ich Schleifchen gemacht, die sie um den Hals bekommen sollen. Milly scheint davon ganz angetan zu sein und hält mir ihr Schneeflockenköpfchen hin, damit ich ihr die zartrosa Schleife über den Hals streifen kann. Whisky ist weniger begeistert und wehrt sich mit allen Pfoten.

»Komm, mein Großer! Schau, wie hübsch das bei Milly aussieht!«

Das scheint ihn nicht so ganz zu überzeugen. Während die hübsche Katzendame auffällig lange vor dem Spiegel auf und ab schreitet, macht sich Whisky noch immer steif. Es ist unmöglich, ihm seine karierte Masche umzubinden. Es gleicht einem händeringenden Kampf, aus dem ich am Ende etwas zerkratzt, aber als Sieger hervorgehe. Ganz hingerissen von dem Katzenpaar mache ich gleich ein paar Fotos. Meine Freude währt aber nicht lange, denn Whisky bestätigt sich als Houdini und fünf Minuten später ist die hübsche Schleife zerfetzt, verteilt über das ganze Bett. Seufzend gebe ich auf und widme mich meiner eigenen Schönheit.

Sachte klopft es an meiner Tür, meine neuerworbenen Schminkkünste müssen warten.

»Hi Jessy! Störe ich dich?«

»Wow!«, entfährt es mir. Sara sieht wunderschön aus, in ihrem dunkelroten, langen Kleid.

»Woher hast du das denn?«

Strahlend antwortet sie: »Ich habe mir das Kleid extra für den Anlass von einem Kostümverleih ausgeborgt! Es ist nur etwas schwieriger zu schließen, als ich dachte.« Hilflos fummelt sie mit den Händen an ihrem Rücken herum.

»Nicht zu unterschätzen, gell? Früher hatte ich eine Zofe die mich immer ein- und ausgeschnürt hat!«, verkünde ich gedankenlos.

»Na klar und ich hatte ein Luftschloss in den Wolken!« Sie kichert.

Schnell wechsle ich das Thema. »Soll ich dir die Haare hochstecken?«

»Kannst du so was denn? Wenn ich mich an deine Versuche erinnere …«

»Na, ich kann es ja mal versuchen!«, erwidere ich bescheiden. Nach zehn Minuten habe ich ein wahrhaftes Meisterwerk vollbracht. Sara scheint es gar nicht fassen zu können.

»Das sieht toll aus! Seit wann kannst du solche Frisuren? Hat dir das auch deine Zofe beigebracht?«

»Ja klar! Ich hab einfach ein bisschen experimentiert und mir was aus Magazinen abgeschaut.«

»Die Frisur ist dir auf jeden Fall gelungen.« Ihr Blick schweift im Zimmer umher, bis er an den wunderschönen Ohrringen vom Barone hängen bleibt. Fasziniert hält sie sich die funkelnden Schätze an.

»Die haben einmal der Gräfin gehört!«, sage ich stolz.

»Und jetzt dir?«

»Leider nicht«, gebe ich betrübt zu. »Aber ich habe sie gefunden! Heute werde ich sie tragen, dann muss Julian sie leider verkaufen. Damit ist zumindest das Weiterbestehen der Villa gesichert.«

Sie legt mir die Ohrringe an. »Als wären sie für dich gemacht! Julian wird es umhauen, wenn er dich sieht!«

Außerdem habe ich im Internet eine Künstlerin gefunden, die aus antiken Seidenblumen traumhafte Blumenkränze macht und damit ich beim Sommernachtsball passend blumig gekrönt bin, habe ich mir einen anfertigen lassen, und fühle mich gleich noch royaler.

Schnell schlüpfe auch ich in mein Kleid und kann es kaum erwarten, mich im Spiegel zu sehen. Es ist, als wäre ich in einem meiner Träume! Was ich sehe, ist die Gräfin. Mich! Im Hier und Jetzt! In meiner Zeit! Noch immer weiß ich nicht, ob Helene die Flucht geschafft hat. Meine Träume haben sich einfach geweigert, sich fortzusetzen. Das stimmt mich ein wenig traurig. Sara bemerkt meine Stimmungsschwankung, legt ihren zarten Arm um mich.

»Es ist wohl ziemlich viel für dich, was so passiert ist in letzter Zeit?« Mitfühlend drückt sie mich an sich. Natürlich hat sie keine Ahnung, was der wahre Grund für meine plötzliche Traurigkeit ist, daher nicke ich nur.

»Heute werden wir einfach feiern, als gäbe es kein Morgen!«

»Es ist schön, dass du gekommen bist, Sara! Ich meine, dass ihr gekommen seid!«

»Finde ich auch!« Vereint bleiben wir noch nebeneinander sitzen, bis es klopft. Unser Zeichen. Es geht los! Die Gäste wollen schließlich empfangen werden, das gehört in meinen Bereich als »Gastgeberin«. Julian und Markus erwarten uns schon nervös. Beide tragen einen klassischen Frack. Ich muss kurz schmunzeln, weil es mich wieder einmal an eine Pinguinparade erinnert.

»Du bist wunderschön!«, flüstert mir Julian zu. Er steckt mir ein zierliches Blumenbukett an, das sich perfekt mit meinem blumigen Kopfschmuck ergänzt. »Damit alle wissen, dass du zu mir gehörst!« Er deutet auf sein Revers, an das er sich ein dazu passendes Blumensträußchen gesteckt hat.

Der Abend ist einfach nur grandios! Nach und nach trudeln die Gäste ein. Bis auf ein paar Verweigerer haben sich alle dem Dresscode unterworfen. Es scheint fast, als hätten wir es geschafft, eine Brücke in eine andere Zeit zu bauen. Auf der Terrasse spielt ein Streichquartett Walzer. Ich wünschte, Helene könnte sehen, wie wir ihre einst imposanten Feste wieder aufleben lassen.

Immer wieder kommen wildfremde Gäste auf mich zu, um ihre Begeisterung auszudrücken. Ich fühle mich unbeschwert, wie anfangs in meinen Träumen. Lächelnd beobachte ich, wie meine Mutter und Juan im Walzerschritt an mir vorbeischweben. Auch Sara und Markus scheint das Tanzfieber gepackt zu haben. Ich bin noch nicht wirklich dazugekommen, mich ihnen anzuschließen, denn Julian ist ständig unter Beschlag und auch ich habe alle Hände voll zu tun, darauf zu achten, dass alle Gäste zufrieden sind, die Gläser gefüllt und der Nachschub fürs Buffet immer bereitsteht.

Es steht mir noch etwas bevor, was meine Laune nicht unbedingt hebt. Die Übergabe des Colliers. Konstantin ist bis jetzt noch nicht aufgetaucht und ein Teil von mir wünscht sich, dass er gar nicht kommt. Aber ich weiß, es ist wichtig, es ist Julian wichtig und daher muss ich meine Vorbehalte einmal außer Acht lassen. Wenn man vom Teufel spricht … Da ist er, der letzte Nachfahre des Barone, in einem legeren, weißen Leinenanzug – entspricht eigentlich nicht der Zeit, aber was habe ich anderes von »so einem« erwartet – sieht er leider ziemlich gut aus. Die Single-Damen beginnen sich gleich um ihn zu scharen. Hat sich ja doch nicht so viel verändert in den letzten hundert Jahren. Aber er lässt sie stehen und kommt direkt auf mich zu. Ich fühle mich unwohl, immer wieder muss ich mir vorsagen, dass das nicht Gabriele ist!

»Guten Abend, Jessy!«

Ich zwinge mich zu einem Lächeln. »Es freut mich, dass Sie gekommen sind, Barone.«

Da unterbricht er mich: »Konstantin – bitte! Die Zeiten, in denen Titel und Stand so wichtig waren, haben wir doch zum Glück schon lange hinter uns gelassen!«

Na vielleicht ist er ja doch ganz ok, eigentlich ist es unfair, jemand nach seinen Vorfahren zu beurteilen. Julian stürmt etwas hektisch auf uns zu, ich glaube er hat Panik, dass ich den Eklat des Abends liefere und Konstantin wieder hinausschmeiße. Ich zeige mich gelassen, zuvorkommend und die Situation entspannt sich immer mehr.

Wir plaudern und lachen, bis es wirklich an der Zeit ist, die offizielle Übergabe des Schmuckstücks zu machen. Irgendwie ist es ein Abschluss mit der Geschichte von Helene, doch kann mich das nicht ganz froh stimmen. Ich hab ihre Gefühle gefühlt, ihre Worte als meine Worte empfunden, ich habe mit ihr gehofft, gelitten, mich verliebt und mich gefreut.

Ich war in meinen Nächten die Gräfin, eine Zeit zumindest. Und jetzt? Was weiß ich schon, wie es ihr ergangen ist. Bloß nicht weinen jetzt, befehle ich mir im Stillen. Doch eine kleine Träne findet ihren Weg. Konstantin nickt mir wohlwollend zu, als ihm Julian *mein* Collier überreicht. Er denkt wohl, ich bin so gerührt, weil es wieder an seinen rechtmäßigen Erben geht. Na, da kennt er mich aber schlecht. Ich hätte kein Problem damit, das Geschmeide zu behalten und tagtäglich meine Erledigungen mit dem auffälligen Halsschmuck zu machen! Es herrscht Aufregung im Saal, die Gäste bestaunen die unglaubliche Geschichte und natürlich den noch unglaublicheren Fund! Ein bisschen stolz bin ich schon auf mich.

Das Getümmel wird mir dann aber langsam doch zu viel, ich brauche Ruhe, aber zurückziehen kann ich mich noch nicht. Also gehe ich ein bisschen Luft schnappen im Garten. Meine Schritte knirschen auf den kleinen Kiessteinchen – endlich ist es still um mich. Ich schaue auf das dunkle Meer, irgendwie schaudert es mich.

»Jessy.«

»Konstantin, Sie haben mich erschreckt! Was machen Sie hier?«

»Diese ganze Aufregung ist mir etwas zu viel geworden, daher dachte ich, etwas frische Luft tut gut!«

Seine Anwesenheit beunruhigt mich, wie lächerlich von mir! Traum ist Traum! Dieser Mann hat nichts mit dem Barone zu tun, außer, dass dasselbe Blut in seinen Adern fließt. Genau das ist es ja, denk ich mir. Eine Zeit lang stehen wir still nebeneinander.

»Dann werde ich mal wieder …«, sage ich und will mich auf den Weg zu der Villa zurückmachen.

Doch Konstantin hält meine Hand fest, sein Gesicht zeigt diesen wölfischen Ausdruck, der mir Angst macht. »Meine Helene … Du trägst *das* Kleid …«

Was? Hat er gerade Helene gesagt? Das Kleid, was meint er damit? Das hat Julian mir geschenkt. Oder? Er hat nicht wirklich so reagiert, als wüsste er, wovon ich spreche, als ich mich für die Überraschung bedankt habe. Aber warum sollte Konstantin mir dieses Kleid schicken? Ich bin völlig durch den Wind.

Er lässt meine Hand los und fragt unschuldig: »Alles in Ordnung, Jessy?«

Anstatt zu antworten, laufe ich fort, geradewegs zurück in die Villa. Natürlich will ich Julian gleich von meinem Erlebnis erzählen, aber er ist beschäftigt, und nachdem ich mich wieder beruhigt habe, bin ich mir nicht sicher, wie viel von dem, was ich gesehen habe, wirklich wahr ist. Ich meine, ich hatte ja schon öfter so Erscheinungen in letzter Zeit. Meine Fantasie muss mit mir durchgegangen sein, etwas anderes will ich mir gar nicht vorstellen. Ich will es vergessen und wirklich abschließen.

Die Zeit ist verronnen, es ist spät geworden. Der Salon leert sich. Meine Füße habe ich den ganzen Abend nicht gespürt, doch jetzt beginnen sie zu brennen und eine zufriedene Müdigkeit breitet sich aus. Konstantin habe ich zum Glück nicht mehr gesehen, er scheint das Fest schon verlassen zu haben. Ich werde mich einen Moment in meinem Zimmer ausruhen, bevor ich Julian bei den Aufräumarbeiten zur Hand gehe.

*

Kaum habe ich mich hingelegt, werde ich auch schon wieder geweckt. Von einer samtig weichen Pfote. »Whisky?« Ich öffne die Augen einen Spalt. Es ist Siam-Whisky. Er sieht ein bisschen zerrupft und molliger aus als in meinem letzten Traum.

Breit grinst er mich an. »Wir durften wohl noch mal zurückkommen!«

Ich liege in einem großen, einfachen Holzbett mit weicher, weißer Bettwäsche und neben mir liegt noch jemand. Es ist Wilhelm! Vielleicht werde ich nie erfahren, wie es die Gräfin geschafft hat, ihn zu finden, aber sie hat ihn gefunden und sie ist glücklich, das spüre ich. Ich erhebe mich, doch meine Traumfigur bleibt im Bett liegen und kuschelt sich an ihren Liebsten.

Ein letztes Mal sehe ich in ihre schönen Augen, die auch die meinen sind und sie flüstert mir leise ein »Danke« zu. Plötzlich löst sich alles in einem hellen Licht auf, die Gräfin, das Zimmer, Wilhelm.

*

Dann ist es wieder dunkel und ich liege in meinem Bett, noch immer in meinem Ballkleid. Die Tür geht leise auf und Julian steht vor mir. »Na, meine Gräfin, war etwas viel der Trubel heute.«

Ich lächle ihn an. »Ja, aber jetzt ist alles gut!«

Ich sinke in Julians Arme und wir lassen den Abend mit einem nie enden wollenden Kuss ausklingen.

Wochen sind vergangen. Meine Träume erscheinen wie lang vergangene Visionen. Die Renovierung der Villa läuft langsam an und Julian ist meist sehr beschäftigt. Ich habe mich inzwischen voll auf meinen Blog gestürzt und das Gefühl, ein ganz neues Leben begonnen zu haben. Immer öfter werde ich zu Vorträgen eingeladen. *Ich*, die ich mich noch vor nicht allzu langer Zeit ja kein zu lautes Wort zu sagen getraut habe, um nicht aufzufallen.

In meinem Herzen trage ich Helene immer bei mir. Sie hat mir eine Seite an mir gezeigt, die ich bis dahin nicht kannte. Ganz klar ist mir die Sache mit Konstantin, dem Kleid – das mir Julian definitiv nicht geschenkt hat – und meinen Träumen nicht geworden. Existiert vielleicht doch mehr zwischen Himmel und Erde, als ich je zu vermuten gewagt habe? Aber man muss nicht alles wissen, manchmal ist es besser, gewisse Dinge ruhen zu lassen. Im Moment füllt mich meine Mission, auch in anderen »die Gräfin in sich zu erwecken« komplett aus. Es freut mich, so ernst genommen zu werden, wie ich bin, und anderen Frauen Mut zu machen, sich nicht damit abzuquälen, irgendwelchen unsinnigen Idealen zu entsprechen.

Vor ein paar Tagen habe ich eine unglaubliche Einladung erhalten: Ich soll nach New York fliegen, um eine große Modekette bei einer individuellen Modelinie zu beraten. Meine Aufgabe wäre es, die Designer zu unterstützen und auch selbst zu designen, nehme ich mal an. Ich bin ganz aufgeregt, aber nicht sicher, ob ich wirklich zusagen soll. Mein Leben beginnt gerade wieder Formen anzunehmen und ich will weder Julian noch mein neues schönes Zuhause zurücklassen.

Doch als ich Julian von der Einladung erzählt habe, war er ganz begeistert. »Das musst du machen! Es ist eine große Chance, endlich Mode zu entwickeln, die nicht nur einem Standard entspricht!«

»Ich weiß, aber dann müsste ich für ein paar Wochen weg …«, gab ich zögerlich zurück.

»Im Moment ist es hier eine einzige Baustelle, wir haben wenig Zeit für uns und wenn du wieder zurückkommst, wird alles im neuen Glanz erstrahlen!«

Ich liebe es, dass Julian mich in all meinen Plänen unterstützt, dass er mir vertraut und meinen Erfolg mit mir teilt, aber dennoch ist mir etwas mulmig zumute. Aber es scheint beschlossene Sache. Ich werde noch eine Nacht darüber schlafen und mich dann entscheiden! Morgen geht der Flug, also muss ich nach dieser Nacht wissen, ob ich es mache.

Nach einem anstrengenden Tag kuschle ich mich zu Julian. Wir haben Whisky und Milly ein Miniaturhimmelbett gebaut, damit die beiden sich nicht immer in unserem Bett breit machen. Julian findet es zwar etwas überzogen, dass ich den beiden eigene Kissen und Decken genäht habe, aber warum nicht? Meine Augen fallen zu, während ich die pelzigen Kuschelkatzen beim Schlafen beobachte.

Epilog

»Jessy?«

»Whisky?« Wir starren einander an.

»Du bist ein Hund!«

»Und du schwarz!« Ich stürme von der kleinen Bühne, auf der ich stehe, und lande instinktiv in einer schlichten Garderobe mit großen Spiegeln und einem kahlen Sessel. Es stimmt, ich bin schwarz. Naja, eigentlich schokobraun. Eine schöne Hauttönung, finde ich, sonst muss ich ewig in der Sonne braten und selbst dann werde ich eher zum Indianer als zur südländischen Schönheit. Fasziniert betrachte ich mein kurzes schwarzes Haar im Spiegel, ein Bubikopf. Steht mir nicht schlecht.

»Kathy, was ist los mit dir? Rauf auf die Bühne und sing weiter, sonst kannst du was erwarten, wenn George das mitbekommt!«

Ein Al-Capone-Verschnitt ist mir gefolgt. Mir ist mulmig, denn mit dem ist sicher nicht zu scherzen. Er packt mich am Arm und will mich auf die Bühne zerren. Nicht sehr freundlich. Aber was soll's, ich bin wohl Sängerin und mein Publikum kann es scheinbar kaum erwarten, mich wiederzusehen und mich mit tosendem Applaus zu feiern.

Doch als ich mich umsehe, bemerke ich, wie schäbig und heruntergekommen das Lokal ist, in dem ich auftrete. Ein paar kleine runde Tischchen, an denen gaffende Männer sitzen und vereinzelt auch Damen – zweifelhafter Herkunft, schätze ich mal. Leichte Mädchen. Ich erhasche einen Blick auf eines der vielen Plakate, das eine der Wände pflastert. »Kathy Pardise singt wieder.« Und dann Datum und Ort. Ich kann es kaum glauben. 1921, New York. Was ist das schon wieder? Ich betrete die Bühne und mein kleiner weißer Schoßhund wartet am Rand auf mich. Plötzlich wird mir schwarz vor Augen.

*

Ich werde wach. Whisky sitzt aufrecht neben mir und seine Augen sehen mich verunsichert an. Julian dreht sich im Schlaf um und ich streiche ihm eine Strähne aus seinem Gesicht.

Lächelnd, aber mit Wehmut sage ich zu Whisky: »Ich glaube, es ist wieder an der Zeit, alter Junge. Auf zu neuen Abenteuern.« Während ich leise meine Sachen zusammenpacke, frage ich: »Was hältst du von New York?«

»Ich will kein Hund sein …«

Und dann treten wir die Reise an.

Danke

Bevor ich begonnen habe, dieses Buch zu schreiben, wollte ich eigentlich schon mit meiner Danksagung beginnen – denn ich liebe es, am Ende eines Buches zu lesen, wem gedankt wird und wer da so beteiligt war. Es gibt einem irgendwie einen persönlichen Blick auf den Autor, was ich spannend finde. Nachdem ich aber abergläubisch bin, habe ich es nicht gemacht –über drei Jahre nicht. Doch jetzt ist es so weit, und ich bin unglaublich dankbar, endlich diese Zeilen schreiben zu dürfen. Ich muss aufpassen, dass es nicht zu lange wird, denn man sagt, ich neige zum Schwafeln, was ich von meiner Mama hätte …

Aber es ist noch mehr, was ich von meiner Mama habe, nämlich die Kreativität und die Liebe zur Literatur. Sie hat mich sehr unterstützt, oft gegengelesen und mit mir und der Gräfin mitgelebt – daher: DANKE Mama!

Der, der behauptet ich schwafle, ist mein lieber Ehemann Rudi, und ich möchte ihm von ganzem Herzen danken, dass er mich einfach tun lässt, woran ich glaube, wenn er es auch nicht immer verstehen kann. Aber ohne ihn wäre ich nie da, wo ich jetzt bin.

Dann gibt es zwei besondere Menschen, die wirklich immer an das geglaubt haben, was ich gerade plante, ob das eine Gesangskarriere, ein eigenes Kloster gründen, Kopfschmuckdesignerin oder Autorin war. Sie haben mich unterstützt, egal wie hochgegriffen meine Träume erschienen: Kerstin und Klaus, ich hoffe ihr kauft jetzt auch die ersten tausend Exemplare, damit ich tatsächlich auch reich werde. (Dann kann ich mir endlich die Villa in Hietzing leisten.)

Elke, ich danke dir, dass du mich stellenweise zu dieser Figur inspiriert hast, und du die nächsten tausend Exemplare kaufst.

Meiner lieben Schwester Jessi danke ich, dass sie mir eine Abwandlung ihres Namens geliehen hat, und, nachdem sie in ihrem Leben freiwillig erst ein Buch gelesen hat, wird dieses hier das zweite, mehr oder weniger, freiwillige sein. Jessi, du hast nie daran gezweifelt, dass ich ein Buch schreiben werde, das weiß ich – auch wenn du dir wohl kaum einen langweiligeren Beruf vorstellen kannst, hast du mich unterstützt.

Und jetzt kommt ein riesengroßes Dankschön an Lisa Blenninger, die an mein Buch geglaubt hat, und es jetzt nach über drei Jahren mit hockebooks umgesetzt hat. Ich kann nicht fassen, dass sie trotz der vielen verstrichenen Zeit noch an mein Werk gedacht hat. Sie hat mir damit einen Lebenstraum erfüllt, und ich danke ihr wirklich aus tiefstem Herzen. Was ich euch allen mitgeben will ist, dass im Leben immer alles möglich ist und dass man nie aufhören sollte, an seine Träume zu glauben. Auch wenn es sich abgeschmackt anhört, aber es ist wirklich so und ich bin der beste Beweis dafür.

Dank gilt auch dem großartigen Roman Hocke, AVA international und hockebooks – es ist mir eine große Ehre bei den Beginnen von hockebooks mit an Bord zu sein.

Aber was ist ein Buch ohne perfektes Cover? Daher vielen Dank an die unglaublich begabte Kera Till, die ich als Künstlerin sehr schätze!

Dann noch ein generelles Danke an all meinen lieben Freundinnen, die mich inspirieren.

Ihr seid für mich wahre Gräfinnen.

Ich widme dieses Buch meinem Kater Tigger, auch als Houdini der Katzenwelt bekannt.

Er hat mich Zeit seines 15-jährigen Lebens inspiriert. Er war der schlimmste, witzigste, klügste Kerl, den ich je kannte, und so bleibt ein Teil von ihm dadurch unendlich.

Ähnlich schlimm war nur mein lieber Papa, der leider auch schon verstorben ist: Frankie Boy, wo immer du jetzt auch bist, ein Teil von dir bleibt in mir!

Alle, die ich jetzt vergessen habe, kommen ja vielleicht in meinem nächsten Buch vor! Da ist die Danksagung dann länger als der ganze Roman.

Und jetzt genug der Schwafelei.

Einfach nur: danke fürs Lesen.

Die Autorin

© Tierlicht/Clemens Schneider

Niki Osl, geboren 1979 in Wien. Grafikerin, Artdirektorin, Gründerin der luxuriösen Kopfschmuckmarke miss lillys hats, die mit ihren Blumenkränzen u. a. bei Künstlern wie Lana del Rey, in internationalen Fashion-Magazinen - VOGUE etc. - und mit aufsehenerregenden Ausstattungen, z. B. beim Wiener Opernball, für Furore sorgt.

Die Gräfin in mir ist ihr Debütroman. Sie lebt mit ihrem Ehemann, zwei Katzen und einem Hund in Wien.

Die Illustratorin

Den Umschlag des Romans hat die Illustratorin Kera Till gestaltet, die unter anderem durch ihre Illustrationen für VOGUE, Ladurée und Hermès bekannt und beliebt ist.